大地花开

高小莉 著

羊城晚报出版社
·广州·

图书在版编目（CIP）数据

大地花开 / 高小莉编著. -- 广州 : 羊城晚报出版社, 2024.11. -- ISBN 978-7-5543-1323-7

Ⅰ. I25

中国国家版本馆 CIP 数据核字第 2024S5H289 号

大地花开

DADI HUAKAI

责任编辑 王晓娜　杨映瑜

责任技编 张广生

执行编辑 林枫炀

装帧设计 蔡见东

出版发行 羊城晚报出版社

（广州市天河区黄埔大道中 309 号羊城创意产业园 3-13B　邮编：510665）

发行部电话：（020）87133053

出 版 人 陶　勇

经　　销 广东新华发行集团股份有限公司

印　　刷 东莞市翔盈印务有限公司

规　　格 787 毫米 ×1092 毫米　1/16　印张 14.5　字数 270 千

版　　次 2024 年 11 月第 1 版　2024 年 11 月第 1 次印刷

书　　号 ISBN 978-7-5543-1323-7

定　　价 68.00 元

作者简介

高小莉，笔名逸野，一级作家，中国作家协会会员，中国报告文学学会会员，广东省报告文学学会副会长，广东省作家协会报告文学专业委员会副主任，逸野朗诵文体创立者。主要作品：长篇小说《天劫》《热血热泪热土》《瞬间柔情》，长篇报告文学《时代与梦想——官金仙与中国物流30年》《风起岭南——广东著名作家访谈笔记》《希望的原野》，散文集《快乐行走》《自在花开》《那些沧海桑田的事》《轻轻叩响你的心扉》《为今天喝彩》等。

序

一次有意义的新写作实践

梁鸿鹰

高小莉是个有才情的作家，小说、散文、报告文学均有佳作问世。前些时间她将书稿《大地花开》交给大家，让提意见，我很快被作品所吸引。作品以一对参与到主题征文活动中的母女的交谈开头，很自然地引出了所要写的内容，从一个个事件和人物展开叙事，将历时五年的主题征文活动全景式铺开，通过不同的场景转换，形态各异的人物故事，展现广东各地青少年参与征文活动的历练和成长，为大家分享了他们的苦乐和得失，困惑及思考。全书色调阳光明朗，积极向上，充满激情和对生活的热爱，具有鲜明的时代特征，探索了拓展报告文学题材的可能性，是一次有意义的新写作，令人振奋。

《大地花开》作为报告文学，以其真实可信赢得大家的好感。作家高小莉自 2023 年 6 月初开始，用半年时间实地走访广东省 21 个地市，深入基层一线，广泛调研采访，跟参与主题征文活动的关工委“五老”、学生、老师、家长、各级关工委工作人员、相关媒体、企业、教育部门、党政部门等面对面沟通交流，受访者达 1000 人左右。大量第一手素材，为创作打下坚实基础，人物刻画、事件还原、细节描述、心路历程揭示，均真实可信，有很强的感染力和说服力。从行文中我们也看出，作家也以自己的独特理解，着墨广东的地域文化，即“广府文化”“潮汕文化”“客家文化”等，使广东浓郁的地方文化在作品中活色生香，韵味无穷。山里的孩子是“灿烂的山菊花”，海边的孩子是“舞动的凤凰花”，大湾区的孩子是“多彩的三角梅”，这些别开生面的比喻，让南粤大地孩子们的形象更加生动。

作品亮点突出，正面揭示大主题，紧紧围绕社会主义核心价值观的培育与引领，展现五年的征文活动、用文学形式面向少年儿童开展常态化核心价值观教育，侧重对全省青少年人生观、价值观的正面引导和温暖陪伴，对写作的深入讲解和具体辅导，回应全党全社会共同关注的一大热点，具有很强的政治性和思想性。高小莉像是掌握了小切口大主题的秘诀，让细节的描写、精彩的片段说话。参与征文活动的群体庞大，年龄跨度大，从稚嫩少年到古稀老者，从党政领导到家庭主妇，生活背景截然不同，征文活动使这些人有了相同的方向和目标。无论在征文活动中得胜的孩子，还是未能获奖的少年；无论是带着孩子共同参与的家长，还是为下一代健康成长呕心沥血的“五老”，他们各自的努力、梦想与付出，在作者笔下一一得到体现，让我们看到了新农村荔熟蝉鸣的田头地边，现代化都市的课堂或实验室，人们的热情、辛劳和进步。《主题设计的匠心》《惊天动地的事》《夜空中闪耀的星星》《车间里的小不点》《真实最有力量》《要做就做最好的》《发现的惊喜》《探索与思考》《田野稻花香》……这些故事单独成篇，犹如粒粒珍珠，自有其光芒，组合起来，有机关联，成为珠链，更加熠熠生辉。

作者很善于讲故事，作品整体结构、章节安排、背景铺垫或人物设置，既按时间顺序来进行，也按空间顺序来谋篇布局，每个故事独立存在又息息相关，语言自然、质朴、凝练，大气舒展、生动活泼，表现出打破局限，泼墨挥洒的特点。作家善于采用白描手法，真实生动再现人物形象、人物语言、时代背景、社会环境等，或浓墨重彩，或写意留白，或洋洋洒洒，或简练克制，笔触真挚而温暖，可读性强。文中不时跳跃而出的思想火花，耐人寻味。

高小莉创作态度严谨，此书六易其稿，反复打磨，烈火真金，大浪淘沙，她认为，优秀作品都是千锤百炼的结果，出版前尽最大的努力修改，尽量减少错漏，少一些遗憾，是她乐意做的事情。改稿过程中发现宝藏，汲取养分，被她视为对自己写作生命的滋养。“一句承诺千斤重，说好的事情就要去做好，竭尽全力，方能不负重托，问心无愧。”我从高小莉在《后记》里的这些表达，看到了一个作家不断成长的心声。

祝愿高小莉百尺竿头更进一步，在报告文学创作领域取得更丰硕的成果。

谨序。

2024 年 6 月 23 日于北京

目录

第三章　万紫千红

第四章　润物无声

第五章　采花成蜜

第六章　繁花似锦

后记

第一章 播种希望

新时代的使命

搭建一个平台，给全省少年儿童一个展示的机会。关心他们的成长，关爱他们的健康，是关工委工作的意义所在，也是全社会共同的使命。

已是深秋，三角梅依然开得热烈，高大的异木棉擎起一树嫣红。有人说广州的四季不分明，其实只要用心感受，还是会发现广州四季的变化，从不同的花开，抑或是海风吹来的气息。

农林下路，年轻的母亲和穿校服的女儿边走边讨论，话题是她们前几天参观的南越王博物院。母亲认为，南越王赵佗实施“和辑百越”政策，引入中原农耕技术与先进文化，同时又将异域文化和海洋文化引进岭南，是广府海纳百川、开放包容文化的起源。女儿也振振有词，2200多年历史的广州城，自南越王赵陀之后，无数的先驱用事实证明，开拓奋进，敢为人先才是真正的广府特质。

母亲微微一笑。女儿参加过羊城小市长竞选，口齿伶俐，思维敏捷，但真的摆开擂台，不一定有胜算。于是调转话题问：“发言稿都背下来了吗？”女儿头微微一扬，自信地回答：“没问题！”母亲安慰她不用太紧张，反正带着稿子上台，背不下来就看稿子。女儿响亮地说：“就看我的吧！”

女儿叫何韦漪，广州市越秀区农林下路小学学生。今天是个特别的日子，她的作文《做新时代广府文化传承人》在“腾飞新中国 辉煌七十年”广东省少年儿童庆祝中华人民共和国成立70周年征文活动中获得小学组一等奖，她将参加颁奖大会并作为全省唯一一个小学生获奖代表上台发言。

“我是一名生长在岭南地区的地道广府人，对这片热土孕育出来的广府文化充满了喜爱。广府文化源远流长，它不仅是粤港澳大湾区的主流文化，也是中国传统文化的重要组成部分。改革开放以来，走在时代前沿的广州发生了日新月异的变化，广府文化为广州的发展增添了无穷魅力和强大动力。”

何韦漪果然表现不俗，获得了满堂掌声。她参加过不少比赛，也算是见多识广，但是在现场还是被震撼到了。当天来了很多爷爷奶奶，听说都是大领导，开会的时候感觉还挺严肃的，真正的热闹是从会议结束开始。

“爷爷，我想跟您一起拍照，可以吗？”

“奶奶，我可以跟您合影吗？”

同学们围上来，笑容灿烂，眼神里透出崇敬的光亮，浑身洋溢出热情和纯真。爷爷奶奶们满头银丝，一脸慈祥，乐呵呵地被孩子们簇拥着，牵着手，挽着胳膊，有说有笑。那情景，真像是追星现场。

一位妈妈拉着老师的手，激动地说：“为了孩子，您付出了很多。遇见您，我的孩子很幸运！”她呼唤孩子，拉着老师的手，一起合影。“这是个难忘的时刻，谢谢您，老师！”孩子真诚地对老师说。老师的目光投向背景墙上的大字，又看着在场的所有人，感慨地说：“何止是我！你看这么多人，大家都是为了孩子！”

有一位老奶奶，看得出来，十分喜爱孩子们。谁拉着她拍照，她都不拒绝，朴素的衣着，亲切的笑容，温和的话语，暖暖的，让人亲近、舒坦。老奶奶勉励孩子们：“你们很棒，继续努力！”

后来，有人问一个小男孩，知道那个奶奶是谁吗？小男孩响亮地回答：“张奶奶。”今天在场的爷爷奶奶们，都是征文活动的策划者、组织者、执行者，至于爷爷奶奶们是哪个级别的领导，孩子们说不上来。

孩子们口中的张奶奶，就是张帼英，时任广东省关心下一代工作委员会主任。张帼英鼓励孩子们：“好好学习，健康成长，天天向上。政治上学习习近平新时代中国特色社会主义思想，努力践行社会主义核心价值观；学业上努力上进，争取好成绩。但是，思想好、学业好还不够，还要锻炼好身体，才能成为接班人。”

大大的背景墙引人注目：腾飞新中国 辉煌七十年。这是2019年9月28日，在广东省老干部活动中心举办广东省少年儿童庆祝中华人民共和国成立70周年征文活动颁奖大会，也就是首届广东省少年儿童践行社会主义核心价值观主题征文活动总结大会现场。

这一天，写进了何韦漪的人生大事记。

这一天，也引起了另外一个人的思考，他就是时任广东省关工委执行主任的林木声。

“少年智则国智，少年富则国富；少年强则国强，少年独立则国独立；少年自由则国自由，少年进步则国进步。”《少年中国说》这脍炙人口的名篇，荡气回肠，气吞山河，洋溢的爱国情怀、强国理想，震撼了一代又一代的中国人。作者梁启超，广东新会人，近代著名思想家、政治家、教育家、文学家。

跨入新时代，关心青少年的成长，更是国之大计。党和国家高度重视，并为之付出了巨大的努力。

习近平总书记2016年9月9日在北京市八一学校考察时的讲话中强调："中小学生是青少年的主体，是国家的未来和希望。中小学生要立志成才，必须勤奋学习、提高综合素质，努力做到修身立德、志存高远，勤学上进、追求卓越，强健体魄、健康身心，锤炼意志、砥砺坚韧。同学们都要自觉加强道德养成，从小就让社会主义核心价值观的种子在心中生根发芽，把国家、人民、民族装在心中，注重养成健康、乐观、向上的品格；都要乐于学习、勤于学习、善于学习，在求知境界上越来越高；都要把身心健康牢牢抓在手上，养成良好的生活习惯，经常参加劳动和体育锻炼，通过多种方式怡情养性；都要敢于面对各种困难和挫折，自觉培养不畏艰难、顽强奋进的意志品质。"

2021年2月3日，《中共中央关于全面加强新时代少先队工作的意见》出台，指出："少年儿童是祖国的未来、中华民族的希望，也是党的未来""引导少先队员从小培育和践行社会主义核心价值观"。中国特色社会主义进入新时代，以习近平同志为核心的党中央高度重视少年儿童和少先队工作，将培养好少年儿童视为一项关系红色江山永不变色的战略性、基础性工作。因此，全面加强新时代少先队工作，强化对少年儿童的价值观塑造，引导少先队员从小培育和践行社会主义核心价值观，对于全面建设社会主义现代化国家、实现中华民族伟大复兴的中国梦，对于红色基因代代相传、确保红色江山永不变色，具有重大而深远的意义。

社会主义核心价值观，12个词组，24个字，分为三个层面。首先是国家层面的价值目标：富强、民主、文明、和谐；其次是社会层面的价值取向：自由、平等、公正、法治；再者是公民个人层面的价值准则：爱国、敬业、诚信、友善。

社会主义核心价值观的宣传教育，经过多年的努力，可谓耳熟能详，几乎每个小学生都可以背得滚瓜烂熟。但是如何真正理解，如何身体力行，对少年儿童有一定的难度。能不能通过某种方式，把社会主义核心价值观教育具体化？结合关工委的工作，能不能有些创新？

有着中国经济第一大省美誉的广东，改革开放事业蓬勃发展，人民的生活越来越好，青少年的健康成长有着良好的机遇和条件，但也面临着诸多挑战。比如社会思潮的影响、西方文化的冲击、互联网的渗透、社会治理的漏洞和薄弱环节等导致青少年失足失范的问题增多。处在"两个一百年"奋斗目标的历史交汇点上，意味着当代青少年承担着更重的责任，强国建设、民族复兴目标的实现，需要他们坚定不移听党话、跟党走，自觉肩负起历史责任，在新征程上接续奋斗，用实际行动创造无愧于新时代的新业绩。

征文活动的形式跟社会主义核心价值观教育具体化的构思高度吻合，学校、老师、家长、学生都欢迎，参与度高，非常有意义，可以探索把征文做成一个系列、一个品牌，从而推动价值观教育不断深化，同时助力青少年提高写作水平。做大做强需要更多力量的汇聚，省作家协会拥有专业队伍，同时省小作家协会和《少男少女》杂志社、省教育系统关工委拥有广阔阵地，把他们都拉进来，可以形成合力。林木声的思考越来越深入，轮廓越来越清晰，一幅征文活动设计图景渐渐浮现。

工作提到议事日程，五家单位达成高度共识。一是确定举办主体：广东省关工委、广东省作家协会、广东省教育系统关工委三家为主办单位，《秋光》杂志社和《少男少女》杂志社为承办单位。二是明确活动主旨：广东省少年儿童践行社会主义核心价值观主题征文活动，是为了推动社会主义核心价值观教育常态化、具体化，探索形成对全省少年儿童进行社会主义核心价值观教育的有效形式和长效机制，以中小学生为重点，面向全省少年儿童。三是做好主题设计：每年设计一个主题，围绕社会主义核心价值观的基本内容，分年度持续开展主题征文活动，并争取将其打造成为关工委叫得响的工作品牌、小作家的培育园地和青少年接受教育的崭新平台。四是设定活动周期：从 2019 年第一届开始，到 2025 年。经过多轮讨论，从大方向到小细节，从合作伙伴到具体分工，桩桩件件，落到实处。

2020 年 4 月，省关工委、《秋光》杂志社、《少男少女》杂志社等公众号同时推出了征文启事。与此同时，征文启事以文件的方式，发送到全省 21 个地级以上市。

开篇大不相同：为深入学习贯彻习近平新时代中国特色社会主义思想和党的十九大精神，更加广泛地培育和践行社会主义核心价值观，教育引导广大少年儿童热爱党、热爱祖国、热爱人民，帮助他们提高写作兴趣和能力，推动形成爱国爱家、相亲相爱、向上向善、共建共享的社会主义家庭文明新风尚，广东省关工委联合广东省作家协会、广东省教育系统关工委、《秋光》杂志社、《少男少女》杂志社举办“中国梦·家风美”广东省少年儿童征文活动。

活动时间：2020 年 4 月至 10 月。

（一）征稿时间从 2020 年 4 月 20 日至 8 月 31 日。

（二）评选结果公布时间为 2020 年 10 月。

活动对象：全省 8 至 18 岁少年儿童。

组别：小学年龄组、初中年龄组、高中年龄组（非在校生按照 8 至 11 岁，12 至 14 岁，15 至 18 岁分别归入上述组别）。

跟 2019 年的征文活动不同，2020 年主办单位增加了广东省作家协会、广东省教育系统关工委。一个是专业优势，一个是阵地优势，看样子是要组团做强做细做深。

彼时，全国多地新冠疫情凶猛，广东也未能幸免。尽管如此，征文活动依然得到了广泛关注，全省中小学生积极响应，踊跃参与。

2020年11月7日，“中国梦·家风美”广东省少年儿童践行社会主义核心价值观主题征文总结大会在省老干部大学3楼大礼堂举行。省关工委执行主任林木声的讲话鼓舞人心，既充满人文关怀，又饱含殷切期待：

围绕社会主义核心价值观基本内容而开展的征文活动，是一个有整体设计的系列性的活动。去年，利用庆祝新中国成立70周年的时机，省关工委联合《秋光》杂志社，在全省少年儿童中开展了“腾飞新中国·辉煌七十年”征文活动，引起强烈反响，社会各界也给予高度评价。今年，省关工委又联合省作家协会、省教育系统关工委和《秋光》杂志社、《少男少女》杂志社，开展了“中国梦·家风美”广东省少年儿童践行社会主义核心价值观主题征文活动。

与去年一样，今年的征文活动取得了显著效果。一方面，征文活动得到了广大少年儿童的积极响应，催生了一批佳作。本次征文共收到7.8万篇作品，这些作品主题集中，题材广泛，内容丰富，呈现了我省少年儿童爱国爱家的赤子情怀和较高的写作水平；另一方面，征文活动牵动了学校、家庭和社会，产生了广泛影响，营造了老师、长辈以及社会各界人士热爱青少年、关心下一代的良好氛围。

开展社会主义核心价值观教育必须从小抓起。因为青少年处在世界观形成的关键时期，扣好人生第一粒扣子至关重要。对青少年进行社会主义核心价值观教育，要有多种形式、多种办法，而开展征文活动就是一种卓有成效的办法。这是因为，语文作为最重要的交际工具，作为人类文化的重要组成部分，是工具性和人文性的有机统一，正如人们所说的那样，“文以载道，文道合一”。

文学作品的鲜明特点是通过形象化的表现手法，把抽象的、高远的道理转化为一个个鲜活的事件、人物和画面，使读者跟随着作者所描写的事件、人物和画面去体验和思考，从中受到潜移默化的启迪。

在青少年特别是中小学生中开展征文活动，可以找到学校课堂教育和课外教育之间的连接点，将语文教育和思想政治教育相结合，把思想政治教育寓于生动的语文教学之中，从而达到春风化雨般的育人效果。正因为这样，省关工委决定，今后继续联合省作家协会、省教育系统关工委和《秋光》杂志社、《少男少女》杂志社，围绕社会主义核心价值观的基本内容，每年确定一个主题，以中小学生为重点，持续在全省少年儿童中开展征文活动，并争取将其打造成为叫得响的工作品牌、小作家的培育园地和青少年接受教育的崭新平台。

语文能力是塑造人的综合素质的基石。我们热切希望同学们要热爱母语，热爱规范的中国语文，不断提高语文运用能力，为其他学科的学习提供基础支撑，为提高自己的人文素养不懈努力；热切希望老师们切实担负起教书育人的重任，着眼于学生的全面发展，坚持工具性和人文性相统一的原则，科学实施语文教学，既“解惑”又“传道”，使学生在学习语文的同时，也学习做人；热切希望各级关工组织、教育部门和作家协会携手并进，辛勤耕耘，把征文活动组织得越来越好，使一批又一批的广东少年儿童得到先进文化的滋养而茁壮成长。

都说林木声主任的讲话有水平、有高度、接地气，把高深的道理说得简单朴实。殊不知，他和团队在背后付出了多少努力，熬过了多少不眠之夜！

2021年3月26日下午，省关工委会议室，“用青春拥抱时代”2021年广东省少年儿童践行社会主义核心价值观主题征文活动协调会正在举行，议题是研究当年征文活动主题及活动方案。省关工委方阵：执行主任林木声，副主任黄小玲，研究员吴子刚，办公室主任张岚，办公室副主任王长柏、李刚，办公室四级调研员肖秀；省作家协会团队：党组书记、专职副主席张培忠，党组成员、专职副主席苏毅，副主席、省小作家协会会长李国伟；《少男少女》杂志社：社长兼总编辑陈蕾；《秋光》杂志社则派出了精兵强将：总编辑鹿麟、编辑部主任陈瑞蓉。

这是一次定方向、定路子的会议。可以说，从这次会议之后，系列征文活动搭起了“四梁八柱”，目标、任务、职责分工、推进路径、具体措施都有了明确的指引。林木声在会上谈了对征文活动相关问题的思考，从举办征文活动的初衷、明确主办单位和承办单位、年度征文主题之间的衔接、写作体裁的规定、注意动态总结和积累经验五个方面作了阐述，见解和意见都有独到之处。

为了统一思想，在谈到开展征文活动的初衷时，思维活跃的林木声从多个角度，深入浅出地作了说明。第一，是着眼于推动社会主义核心价值观教育具体化。培育和践行社会主义核心价值观很重要，但对青少年的教育，达到入心入脑的程度不容易，因此需要力求具体化，做到与他们的学习生活及成长过程建立起有效的联系，使实施的教育能够真正抵达他们的内心和灵魂。价值观的确立，最后必须内化为一种坚定的信念。如果教少年儿童进行背诵记忆，他们脑子快，记得住，但因为概念比较抽象，光会背诵不会理解，教育效果就会大打折扣。开展征文活动，有助于引导少年儿童把自己摆进去，学思结合，见行见效，加速价值观的塑造。

第二，是助力学校的语文教育。语文教育主要由学校实施，但我们应该做点配合。通常的理解，在语文教育过程中，一方面，要坚持立德树人，以文育人，把语文教材中所蕴含的“道”揭示出来，使学生受到教育和启迪。同时，通过语文教育，使学生热爱母语，热爱规范的中国语文，热爱中国文化，了解和借鉴人类文明优秀成果，从而增强文化自信。另一方面，要体现语文课程的“工具性”，围绕语言运用、思维能力、审美创造实施有效的教育，使学生语言运用的工具箱、思维能力的工具箱、审美创造的工具箱有更多的东西。我们组织开展征文活动，就是希望对学校提高语文教育质量起到一些助力作用。

第三，为了促进关工委工作的改革创新。关工委不是权力部门，关工委中的老同志也不再是领导干部，因此不能搞行政化、机关化那一套，而是要根据为青少年服务的定位转变工作方式，探索符合青少年认知特点和成长规律的活动形式。举办征文活动，是关工委改进工作方式的有益尝试，可以使老同志有更多的与青少年谈心谈话的机会，使老同志学会用比较软性的方式跟青少年打交道，实现老少共同成长。

第四，青少年教育具有综合性的特点，我们设计的这个征文系列活动，牵动面广，影响力大，征文活动推进的过程，将会成为宣示以大爱之心陪伴青少年成长这个理念的过程，从而促进关心下一代工作社会化水平的提高。

第五，通过征文活动发现文学幼苗。如果说通过这个活动造就成熟的作家，是不现实的。一代青少年的成长，必须有科学理想的激励、人生路标的指引、艰苦生活的磨炼。成为一个有作为、有成就的作家，除文学素养外，这三个条件也是缺一不可的。因为参加征文活动的小孩还小，今后还需要经历多方面的锤炼才能成长起来、成熟起来，所以我们没有说通过这个征文活动造就作家。但这个活动定位为培育小作家的园地是说得通的，退一步讲，说为了发现文学幼苗更是毫无问题。小作者有文学梦，有被发现的权利，我们可以通过征文活动，发现一些有文学天赋的孩子。

林木声说，上述几个方面看似零散，但只要找到一个合适的平台，就可以融合贯通起来，而主题征文活动就是一个合适的平台。征文活动的运作机制，在主体上体现了学校、家庭、社会相结合，在形式上体现了课内课外相结合，在内容上体现了思政教育和语文教育相结合。这些决定了征文活动虽然是小切口，但可以有大影响，一定能够达到综合性的预期效果。

林木声指出，要体现征文活动的特色和与其他征文活动的可识别性：一是每年持续开展，形成系列；二是年度征文主题的表达不同，但都要围绕社会主义核心价值观的基本内容设置，尤其要聚焦培育家国情怀的要求进行设置；三是主题语言概括要体现政治性和文学性相结合，通俗明白，使小孩容易理解，能够以自己的亲历、亲见、亲闻去思考和写作，写出别样的色彩。

林木声特别强调，开展主题征文活动，是贯彻落实习近平总书记关于关心下一代工作重要指示精神的具体行动，五个单位都要发挥所长，同心协力，做好谋划和组织工作，使活动越办越好。

省作协党组书记、专职副主席张培忠谈了对征文活动的看法。他说，习近平总书记站在确保党和人民事业薪火相传的战略高度，反复强调要“培养担当民族复兴大任的时代新人”。培养时代新人，作协责无旁贷。开展主题征文活动很有意义，省作协作为主办单位之一，一定要用心用力，共同推动主题征文活动做实做新做出彩。

张培忠指出，这个主题征文活动很有特色，一是围绕社会主义核心价值观，每年设计一个主题进行征文，一年三年五年做下去就形成一个系列；二是征文活动对象集中，抓住了青少年这个主体，而且着眼于政治性和文学性相结合，很适合青少年特别是中小学生的特点；三是推进措施具体，保障有力，通过举办系列征文活动可以形成广东的响亮品牌。

张培忠表示，组织开展写作活动，作协具有专业优势。我们要积极担当，主动作为。要针对征文作品写点评，推动青少年文学知识普及工作。要挑选好评委，把好评审关，发现好苗子。《少男少女》杂志社要集中精力配合主题征文活动的组织，认真抓好宣传，有些活动可以拍成视频，进行短视频推送，通过多种形式的展示扩大工作成效。

因为实际工作的需要，这次会议还做了一个决定，征文活动由原来《秋光》杂志社和《少男少女》杂志社两家承办，调整为《秋光》杂志社承办、《少男少女》杂志社协办。

搭建一个平台，给全省少年儿童一个展示的机会。关心他们的成长，关爱他们的健康，是关工委工作的意义所在，也是全社会共同的使命。

关工委，全称“关心下一代工作委员会”，从国家级到基层乡镇、街道、村居、工厂、学校、各行各业，都有设立，实现“纵到底，横到边”全覆盖。

《中国关心下一代工作委员会工作条例》（2022 年 11 月 30 日，以下简称《条例》）阐明，中国关工委工作的指导思想是：高举中国特色社会主义伟大旗帜，以马克思列宁主义、毛泽东思想、邓小平理论、“三个代表”重要思想、科学发展观、习近平新时代中国特色社会主义思想为行动指南，深入贯彻习近平总书记关于关心下一代工作的重要指示批示精神，以立德树人为根本任务，坚持服务青少年的正确方向，坚持“急党政所急、想青少年所需、尽关工委所能”的工作方针和“围绕中心、服务大局、积极配合、主动作为”的工作定位，增强关工委工作的政治性、先进性、群众性，以培育和践行社会主义核心价值观为主线，以理想信念、思想道德、传统文化、科技素养和法治教育为重点，充分发挥“五老”在教育引导和关爱保护青少年方面的优势作用，促进青少年成长成才，为培养德智体美劳全面发展的社会主义建设者和接班人贡献力量。

《条例》指出，中国关工委组织和依靠广大“五老”开展工作，大力弘扬“忠诚敬业、关爱后代、务实创新、无私奉献”的“五老”精神，充分发挥老同志在关心下一代工作中的优势和作用。

《条例》对有关工作任务的描述之一：坚持用习近平新时代中国特色社会主义思想铸魂育人。充分发挥“五老”报告团、宣讲团作用，在青少年中持续开展学习贯彻习近平新时代中国特色社会主义思想主题教育，打牢青少年成长成才的思想根基。加强理论宣传普及和阐释解读，深入宣传党和国家重大战略部署和方针政策，用党的创新理论武装青少年、引领青少年，增强青少年做中国人的志气、骨气、底气，引导其积极投身于全面建设社会主义现代化国家的火热实践中。中国关心下一代工作委员会于 1990 年 2 月成立。此后，全国各地相继成立关工委组织。

2000 年 1 月，经省委批准成立“广东省关心下一代工作委员会”，中共广东省委原书记、省人大常委会原主任林若，中共广东省委原常委、省人大常委会原副主任方苞，中共广东省委原副书记、省人大常委会原主任张帼英先后担任过省关工委主任。现任省关工委主任是中共广东省委原常委、省政协原副主席林木声。

■ 一石激起千层浪 |

广东省少年儿童践行社会主义核心价值观主题征文活动是一个平台，也是一个广阔的练兵场。也许开始只是投石问路，未曾想一石激起千层浪。

地处中国大陆最南端的广东省，东邻福建，北接江西、湖南，西连广西，南邻南海，珠江口东西两侧分别与香港、澳门特别行政区接壤，西南部雷州半岛隔琼州海峡与海南省相望。

“五岭北来峰在地，九州南尽水浮天”。清初广东顺德人陈恭尹在《九日登镇海楼》里对广东的地形地貌作了生动的描述。五岭的高峰逶迤从北方南下，到这里便只剩下低峰平丘和一片三角洲。神州大陆在这里戛然终止，再向南去就是汪洋大海了。

广东，这片古老的土地，《吕氏春秋》称“百越”，《史记》称“南越”，《汉书》称“南粤”，“越”与“粤”通，简称“粤”，泛指岭南一带。先民们很早就在这片土地上生息、劳动、繁衍，并逐渐形成了独特的岭南文化。

千百年来，河南、陕西、山西等中原的移民历经转折，多番融合，南渡入粤，形成了岭南三大民系的广府文化、潮汕文化、客家文化。

广府方言、客家方言、闽方言是广东三种主要方言，既保留了丰富的古汉语特点，又各有特色。除此之外，粤北、粤东还有瑶、壮、畲语及粤北土语。在这样的方言环境里，以普通话为标准的中文写作，广东人显然不占便利。

广东省少年儿童践行社会主义核心价值观主题征文活动是一个平台，也是一个广阔的练兵场。也许开始只是投石问路，未曾想一石激起千层浪。

什么才是好的家风？如何展现家风美？广东高州中学的古恒华对写好“中国梦·家风美”主题征文没有把握。在语文老师肖松英的耐心指导下，确定了“风起南海，红船驶过百年春”这个主题。可是，红船精神的内涵是什么？具体表现又是什么？如果不能深入地领会，写出来也只是一张皮，没有血肉。

他请教了外公、爸爸、妈妈、小姨、姐姐，老中青三代共产党员。

身为老共产党员的外公这样说：“红船，是党诞生的地方，红船精神就是爱党、爱国，我们作为中国人，不能忘了，更不能丢了它。”

身为人民教师的妈妈说出了自己的感受：“红船精神不一定是上战场保家卫国，为祖国献出自己的一份力也是对它的传承。”

小姨向他展示了自己交党费的记录，告诉他：“红船精神就是勇于创新，敢为天下先的果敢，是不畏困难，奋勇前进的坚定。”

爸爸朴实地说：“红船精神，就是我们要像老一辈的党员一样踏实干活，干出实绩。”

刚上大学的姐姐自豪地说：“我觉得红船精神是听党指挥，跟党走，实现我们中华民族伟大复兴的中国梦！”

一堂切身体会的生动党课，让古恒华心中亮堂。他奋笔疾书，写下了自己的真情实感：“从佩戴上团员徽章的那一刻起，我便清楚地知道自己的信念——成为青年中的佼佼者，成为时代洪流中的一颗星。理想信念之火，一经点燃就永不会熄灭，作为新生代的我们，更要清楚自己肩负着的时代重任，因此我们更需继承和发扬红船精神，以敢教日月换新天的魄力，建设一个更繁荣的中国。”

深圳市罗湖教科院附属学校公众号上刊登了一则征文活动启事——《用青春拥抱时代——广东省少年儿童践行社会主义核心价值观主题征文》，申楚源把征文启事看了一遍又一遍，心里高兴得不得了。虽然只是小学二年级的学生，但是阅读量超大的他，早就喜欢上了写作，作文常常受到老师的表扬。语文老师李丹丹支持他的想法，并鼓励、指导他。

深圳，中国改革开放的先行地，一座充满活力、朝气蓬勃的城市。“时间就是金钱”的深圳速度，“效率就是生命”的深圳作风，“敢闯敢试、开放包容、务实尚法、追求卓越”的新时代深圳精神，深刻影响了中国乃至世界。初到深圳的外乡人，第一时间感觉到了深圳的不同。到底哪里不同？这个问题的答案需要在深圳摸爬滚打之后，突然在某一天豁然开朗。或许是思维方式的不同，看问题的角度不同，观念不同，解决问题的方法不同，又好像不只这些。每一个生活在深圳的人或者是深圳的过客，都有自己的感受。

深圳市关工委主任陈彪对主题征文活动一直很重视，每年通知一到，马上召集各方，出谋献策，布置落实。他将主题征文活动纳入全市关工系统"老少同声颂党恩、携手奋进新征程"教育实践活动的内容，并联合市教育局关工委、市作协印发主题征文活动通知，明确活动对象、征文主题、写作要求、组织要求、奖项设置，具体指导基层开展工作。

制订活动方案前，充分考虑学校教学计划，给予基层充足时间进行组织策划，为扩大活动覆盖面和提高作品质量创造有利条件。各区关工委纷纷结合区域实际印发通知，细化相关要求，进一步提升了活动的可操作性。同时，深圳市关工委充分利用关工系统自媒体平台，通过"深圳关工"微信公众号，以及各成员单位、各级关工委的自媒体宣传平台等进行推广，提升活动的知晓度和影响力。

申楚源从学校公众号看到征文消息的当天，老师也在班上宣读了征文启事，并发动同学们参加。同学们热烈讨论，热情高涨，纷纷表示要一试身手。

申楚源的作文写的是爸爸，一名建筑工程师。"爸爸负责的是修建新疆维吾尔自治区博乐市东郊博尔塔拉火车站的项目，这是国家实实在在的惠民工程，为了让当地居民早日出行方便，爸爸带领着百余名工人奋战在项目第一线，有将近一年没回过家了。"6 岁那年，他和妈妈一起从深圳远赴在建的博尔塔拉火车站，看望在建筑工地工作的爸爸。

"看到爸爸的那一刻，我几乎认不出他了，皮肤晒得黝黑黝黑的，头发也乱糟糟的，感觉很久都没打理一样，但是他精神气十足，眼睛里始终闪烁着兴奋和自信的光芒，原来工程已快竣工，而这将改写这片土地不通火车的历史。"

在爸爸的办公桌上，有一面鲜艳的党旗，爸爸再一次给他讲解旗帜上铁锤和镰刀的含义。"这面小小的旗帜不只是印着锤子和镰刀的红旗，更是凝聚了千千万万个革命先烈英雄事迹的党旗。而正是这面旗帜，让爸爸心中有信仰，脚下有力量，肩上有担当，为建设大新疆交通贡献自己的青春和力量。"

后来，申楚源把征文《人生路上的指明灯——记爸爸对我成长的影响》获得省级主题征文活动二等奖的消息告诉爸爸，爸爸激动得热泪盈眶。通过文字，他看到了孩子的成长。申楚源把参赛看成一种锻炼，获奖与否在其次。接下来的第二年、第三年，他都没有缺席。他成了一名老选手。

学校，作为征文主题活动落到实处的阵地、大本营，如何落实？以什么方式方法？是作为课外任务？还是融入教学之中？是表面上应付一下？还是真抓实干？会不会影响正常的教学？特别是临近毕业的班级。还有就是如今各部门、各线条、各级的征文活动五花八门，也不乏应景走过场的，雷声大雨点小，没什么实际效果，让人有点泄气。

广东省少年儿童践行社会主义核心价值观主题征文活动，感觉还是不一样。这绝对不是打一枪换一个地方的游击战，而是一以贯之、训练有素的正规军大会师。

经过几年的历练，有不少学校摸索出了行之有效的方法。

韶关市的广东北江实验学校。首先是征文主题，可以说正中下怀。少年儿童践行社会主义核心价值观教育，是学校的任务之一，这个征文活动，等于说有人帮你出谋献策，有人给你一个平台，这是多好的事情！领导班子重视，很快就落实到具体的工作中。他们提出："把征文活动定位为立德树人的载体、语文素养教育的载体，融入德育、文学科具体教学之中。"

学校从德育处和教学处两个方面对主题征文活动进行安排和布置：德育处主要负责从班主任角度向学生宣传征文活动的重要性，并结合每年的主题开展相应的班队会。如 2023 年"科技引领我成长"这一主题，班级通过班队会让学生讨论和理解科技如何发展、科技给人类生活带来的影响等。这一活动让全体学生对"科技引领我成长"起到了很好的认识和理解的作用。教学处则是通过语文和政治两个学科组，统一布置并安排学科承担相应的内容训练。政治学科组结合自身的课堂教学将相应的主题渗透到学科教学中，让学生通过政治学科的教学获得深刻的感受，如"劳动创造幸福"主题就是如此。语文学科组则负责制定学校层面的征文活动方案，并利用作文课按照当年的主题指导学生撰写相应的征文，然后通过年级备课组进行筛选和评比；学校层面安排了相应的评奖方案，获得一等奖的学生再由自己的语文教师进行指导，进一步完善征文，最终上交学校。

广东北江实验学校校长曾少卿说："每年征文主题都非常棒，所以学校在学科组方面把这项活动融入学科教学中去，既不增加学生额外负担，同时让学生在这个过程中不断受到历练与熏陶，不断提升学科的核心素养。"

"我们的校训'厚生育才，品德至上'，就是希望通过教育让学生精神高雅而充实，知识丰富而扎实，以博爱之心培育学生成人成才。就是坚持立德树人，在提高学生素质的诸方面教育中突出德育，始终将塑造学生良好的品格德行放在素质教育的首要位置上。省关工委的主题征文活动、可以说跟我们的方向是非常契合的。所以我们很高兴有这么一个契机，努力把征文工作做好。"江门市新会创新初级中学校长方伟荣说道。

每年的主题征文活动，方伟荣都亲自布置安排、督促落实。结合征文主题，组织丰富多彩的社团活动，朗诵、书法、文学欣赏等，提高学生对文学作品的鉴赏能力，培养和调动学生的写作热情，让学生感悟中国文学之美，从文学欣赏和创作中汲取审美养分、提升文学素养。

学校会定期开展各种类型的读书活动，引导学生多读书、读好书，夯实文化基础，培养思考能力，拓宽视野，提高语言表达和思维能力，帮助学生树立正确的人生观、价值观，陶冶思想情操。在 2022 年"劳动创造幸福"主题征文活动中以《美丽的"防护墙"》一文获得省级一等奖的叶淑桦说，其创作灵感来自扶贫纪录片《无穷之路》，受片中的内容启发，并结合自己植树的经历创作出这篇文章。她从“爱国”“敬业”的角度下笔，紧紧围绕社会主义核心价值观这个主题，将一个植根沙漠、无怨无悔的护林人写得有血有肉、感动人心。

创新中学有一个语文教学能力很强的团队，善于启发指导学生写作，并鼓励学生参加各类写作比赛。自己说好不一定好，参加更大的比赛，与更强的对手过招，才能在锻炼中不断进步。学校的重视，更激发了孩子们的勇气和信心。

征文选材方面，学校倾向于“我手写我心”，鼓励学生观察身边人、身边事，挖掘生活中原汁原味的东西，积累作文素材；鼓励学生记录个人成长的点滴，叙述真实的生活经历，表达对自然、社会以及对个人成长的思考与感悟；鼓励学生围绕“社会主义核心价值观”的内容要义，联系生活的真实经历，搜集素材、构思立意、列纲起草、修改加工。

在2022年“劳动创造幸福”主题征文活动中获得省级二等奖的刘懿莹说：“这篇征文中的情节来源于我父亲让我下乡锻炼的经历，记忆中笼罩着薄雾的宁静乡村的早晨，湿润的泥土气息永远铭刻在我的心中。耳濡目染中，我对于劳动的理解不断加深，也更能感受到劳动的可贵。”

评选结果公布后，学校对获奖学生进行隆重表彰和热情鼓励，让同学们学有榜样、赶有方向，激发了同学们的写作热情。学校的校刊《新叶》还重磅推出优秀作品赏读，让茂盛在新时代的“新叶”焕发勃勃生机。

给我一个舞台，让我尽情地歌唱。

梅州市关工委联合《梅州日报》，共同举办梅州市少年儿童践行社会主义核心价值观主题征文活动，同时利用《梅州日报》全媒体平台大张旗鼓地宣传推广。年近八旬的梅州市关工委主任何正拔亲自上阵，以作者的身份撰稿参与征文活动，响应者众，热火朝天。他们评选出来的获奖作品，再送往省一级关工委参评。

当然，并非每个人都能获奖。如何鼓励广大的落选者，《梅州日报》编辑廖爱玲用亲身经历讲述自己的感受和思考：

有一个五华县安流中学的学生给我打电话：“廖老师，我发来的稿件您有收到吗？不知道能不能获奖？我心里一直记挂着这个事情。”我一开始不是很上心，以为只是一位普通的学生迫切想获奖而已。于是就开玩笑地答复她：“同学，重在参与嘛。获奖了自然是好，没获奖也要放平心态。”可是过了几天，她又打电话过来，还是问有没有获奖。我耐心地跟她解释，说现在还没有评奖，等结果出来后我保证第一时间告诉她。

电话里她似乎有些泄气：“估计又没戏了，可能我真的不适合写作吧。”我忽然很好奇她为什么这么重视有没有获奖，于是就跟她聊了起来。得知她一直爱好写作，平常也有一些稿件会被老师当作范文来朗诵。她也会经常参与一些征文活动，然而次次都是投稿后就石沉大海。这次她实在是忍不住了，就打电话来问一下结果，想通过评委老师的意见来判断自己是不是写作的那块料。这下子我就头痛了，我的一些随意的回答可能会让她难过，甚至会影响她对写作的态度。

挂断电话后，我马上把她的那篇稿件找出来细读。说实话，她的稿件比较符合普通中学生的大众水平，文章立意、构思、情感表现以及文采等方面都显得平平，估计是那种很容易被评委老师忽视的稿件类型。可是听她的意思，她已经很尽心地去写了，似乎已经遇到了瓶颈，而且有点泄气了。于是我思考良久，主动打电话给她。我首先肯定了她爱写作的好习惯，而且夸她文章紧扣主题，不存在语法和离题的问题。同时也把她稿件中存在的一些问题告诉她，并鼓励她继续保持写作的热情，以后写作水平肯定会提高的。我这样开导她："你的文章固然有你的优点，但可能优点不突出。没选上不代表你的水平不行，可能是评委老师欣赏的方向和你的不一样。"

挂电话后，她释然了。可我的内心有些沉重。有时候征文活动主办方的初衷是好的，但在评选过程中的各种因素，可能会挫伤一些孩子本就不多的信心和热情。如何更人性化地评选，如何能给到更多的孩子以鼓励，或者建立孩子们与主办方、评委老师之间良好的沟通平台，或许是主办方以后要更多去思考的问题。

汕头，潮汕文化的发源地之一，凡"有海水的地方就有潮人"，有潮人的地方无疑就有潮汕文化的存在。汕头的潮汕文化历史悠久，起源于潮汕先民，成形于秦汉，发展于唐宋，昌盛于明清，创新于现代。这一区域文化以秦始皇统一中国后设置的揭阳成为前身、隋王朝设置的潮州为中心发展演进而来，吸取了古代南粤土著文化、中原文化、海外文化中的优秀部分，不断融合和发展而成，是包括海内外约3000万潮人共同创造、传承和发展的群体文化，是中华优秀传统文化的一个分支，有中外文化兼容的特点，与"客家文化、广府文化"构成当今岭南三大地域文化。

2019年初夏的一天，汕头市市花金凤花开得如火如荼，金沙公园西侧的老干部活动中心大楼里，汕头市关工委班子成员会正在进行。主任钟展南，常务副主任陈香兰、潘英豪，副主任刘岳金、蔡述彪、叶国伦以及汕头市教育局关工委负责人等，就省关工委的征文活动通知展开热烈讨论。广东省关工委关于开展"腾飞新中国 辉煌七十年"征文活动的通知下发到汕头，大家十分高兴，因为这跟汕头市关工委自2015年起就与《汕头特区晚报》《汕头日报》联合举办的"关工杯"征文活动完美契合，都与践行社会主义核心价值观有关。

2015年开始，"关工杯"征文活动分别以"让我感动的瞬间""感恩与期望""孝道之美""新时代新召唤""我为汕头添光彩""祖国在我心中""颂党恩跟党走""奋斗成就梦想"等为主题进行，取得显著的成效 。据不完全统计，每年"关工杯"征文活动收到投稿600篇左右，应征稿件来自全国各地，其中以汕头市区及各区县为主，包括机关事业单位人员、各中小学校的师生、退休老干部以及在校大学生等，作者年龄从十几岁到七十多岁。参赛稿件择优在《汕头日报》《汕头特区晚报》刊登，优秀作品结集成册，发至全市各地关工委。主题征文活动发挥了教育引导青少年健康成长的积极作用，成为“文化育人”工作品牌的亮点。

省关工委的主题征文活动是一个更高、更大的平台，对全省的少年儿童都是一个难得的机会。虽然积累了一些经验，但是千万不能掉以轻心，而是要更加重视和努力。汕头市关工委主任钟展南说：“中华文化博大精深，文化育人是关心下一代的题中应有之义。一定要把主题征文活动做实做好，选送最优秀的作品参赛，发挥文化育人、立德树人的积极作用。”

大家一致认为：“写作要有真情实感，要引导青少年写家乡新鲜事，写身边人、身边事。”

会后，汕头市关工委马上行动。负责联系各区县关工委、各教育局关工委、当地的媒体以及各个学校。经过层层传达落实，全市各区县关工委组织学校积极参赛，征文来稿十分踊跃。市关工委常务副主任潘英豪和年届八旬的老编辑蚁卧龙等几位“五老”，对逾千篇征文稿件逐字逐句阅读，择优选送参赛作品。因为工作到位，对征文主题的认同度高，可以说一呼百应。仅是澄海区，汕头市澄海东里小学黄庆阳的《红色古港》、汕头市滨海中学毛舒涵的《家乡是颗闪耀的无名之星》等 7 篇作品分别获得小学组、初中组二等奖，还有 68 篇作品分别获得三等奖和优秀奖。

接下来的第二年、第三年……每一年，汕头市的整体水平都得到很好的体现。从市一级到区县一级到学校，从老师、学生到家长，广东省少年儿童践行社会主义核心价值观主题征文活动渐渐深入人心。

指导学生连续多年参加主题征文活动并屡屡获得好成绩的汕头市玉新中学语文老师赖丽玲以“星星之火，可以燎原”为题写下了对征文活动的感受：

莫道桑榆晚，为霞尚满天。有这样一群离退休老干部，他们虽然满头华发，却始终在关心下一代的广阔舞台上发挥“五老”优势，老有所为，余热生辉，做着关心下一代的工作，用满腔赤诚和不变初心引导青少年践行社会主义核心价值观，让和煦春光洒满年轻一代的心田，为培养德智体美劳全面发展的社会主义建设者和接班人作出了积极贡献。

参加主题征文活动，孩子们既提高了写作水平，同时也在思想上得到提升，更懂得感恩奋进。感谢关工委给孩子们提供了一个好的平台，让孩子们有发挥的空间，从小的方面来说，这仅仅是一次征文活动，从大的方面来说，这些征文的效应是巨大的，传说中的蝴蝶效应，确实是存在的。

潮州市实验学校，周一的升旗仪式上，全校师生集结。校长蔡梓勉照例讲话，公布学校的一些重要事情。突然，蔡校长扬起手，高兴地说：“同学们，省里今年的征文活动又开始了！这是难得的机会，也是很好的平台，学校非常重视，已经布置下去，让语文教研组全力配合，希望同学们踊跃参加，认真对待，精益求精，争取好成绩！无论谁拿了奖，我们还跟往年一样，都会在学校的升旗仪式上表彰、颁奖。”

掌声响起，士气高昂。从省里到市里，每年各类征文活动不少，不过，由省关工委牵头的少年儿童践行社会主义核心价值观主题征文活动，让同学们印象深刻。因为从第一届主题征文活动开始，学校就已经组织学生参加了。2020 年“中国梦·家风美”那一届主题征文活动，还有个叫洪海鑫的同学获得了省级一等奖。潮州市关工委来了好多人，带来了省里的奖状、奖金，当时国旗下颁奖的场景鼓舞人心。洪海鑫成了学校的新星、名人，受到同学们的追捧。同时，学校的公众号隆重推出学生获奖的消息，家长高兴，学校一片欢腾。

蔡梓勉校长说：“读有益的书，做有用的人，让学校成为孩子们健康成长的乐园，这是我们的办学理念，也是我们一直以来的努力目标。文以载道，写作文对规范学生的行为、价值观、德育教育等都大有益处。所以我们对征文活动大张旗鼓地宣传，实实在在地支持。”

潮州市实验学校的同学们暗暗下决心，一定要加把劲，争取到学校的升旗台上去领奖。

■ 主题设计的匠心｜

文章是船，主题是舵，主题是文章的灵魂。古人“以意为先”“文以载道”“文以明志”“立意为宗”等观点，充分说明主题的重要性。

广州市，从天河北路进入龙口西路，路两旁的榕树伞盖如云，浓荫蔽日。地处繁华中心一隅，却仿佛几步之遥就进入了一处安静所在。过天润路，迎面一栋办公大楼，“广东文学艺术中心”的大字映入眼帘。走至近处，可见广东省作家协会、广东省文学艺术界联合会的招牌并列门外。

六楼，《少男少女》杂志社。刚上班，总编辑陈蕾还没坐下，只见老领导李国伟急匆匆走了进来。李国伟是广东省小作家协会主席、《少男少女》杂志原总编辑、著名儿童文学作家。广东省少年儿童践行社会主义核心价值观主题征文活动开展以来，他一直负责评委组的工作。

“想出来没有？大家有什么好的方案？”不等陈蕾开口，李国伟抢先问道。

陈蕾当然知道李国伟的意思，笑着说：“我正要跟您汇报呢！再急也要先喝杯茶。”一边忙着煮茶水，一边说：“大家这几天讨论都很热烈，积极得很！方案很多，名字也想了不少，就是不知道合不合适。”

一会儿，副社长曾庆丰、时任执行主编胡荣锦、时任社长助理吕晓霞也来了，大家讨论了一通，手上的方案看了又看，依然觉得不尽如人意。陈蕾说，为了这个主题，大家没有少想办法，名著、报纸、杂志、网络、电影电视，甚至主持词、演说稿都找了不少，希望从中找到灵感。这也奇怪，看上去好像很简单的事情，却真的非常不容易！

李国伟表示理解。他说："林木声主任对主题设计特别重视，亲自指挥策划，最后还是由他选定。我们再想想有没有更好的。"

陈蕾说："我们知道要求很高，所以都不敢掉以轻心。"

与此同时，省关工委、评委们、省教育系统关工委、《秋光》杂志社，都在为这件事用心。表面上短短几个字的标题，背后就是洋洋洒洒的一篇文章，其中的出处、释义、内蕴等，都要经得起推敲，要简洁明了、通俗易懂，又要别有深意。

在《秋光》杂志社，鹿麟带领着社里的同志，围绕举办征文活动的初衷，查找资料，翻阅文献，每人先形成一个选题方案，然后大家一起开会研讨，进行数轮头脑风暴。有时候经过几个小时的激烈讨论，由于不符合开展社会主义核心价值观教育必须"和青少年的成长紧密联系""抵达青少年的内心"等初衷，所有人的方案都被"枪毙"。有的编辑趴在桌子上，长叹一声，嚷着"心血付诸东流，生无可恋"，引起笑声一片。鹿麟总是满怀激情地鼓励大家"不要气馁，继续思考"。所有人又像打了鸡血般分头扎进浩瀚的资料堆，继续燃烧脑细胞，继续酝酿。

征文活动也是一场大考，确定主题考出题者，评审征文考评委，落实任务考全省各地关工委、"五老"，能不能出优秀作品考的不仅是学生，还有学校、老师和家长。

2021 年 3 月 12 日，省关工委召集选题讨论会，主办、承办、协办各单位就 2021 年征文活动主题展开热烈讨论。

省作协提供的备选主题：2021 年备选主题之一有"中国梦 英雄情""中国梦 颂英雄""中国梦 学英雄"；备选主题之二有"中国梦 话传承""中国梦 复兴歌"；未来 3 至 5 年征文活动备选主题有："中国梦 诚信行""中国梦 法治梦""中国梦 爱国心""中国梦 富强愿"。每个主题都作了理由阐述。

《秋光》杂志社提供的备选主题：2021 年备选主题有"百年路·新征程·勇担当""百年征程 接力奋斗"。未来 3 至 5 年征文活动备选主题有：1. 乡村振兴："山河美·乡情浓"；2. 科技强国："张开科学的翅膀""科技强国我的梦"；3. 热爱阅读："翰墨书香伴我成长"；4. 立德树人："向善向上 美德少年""颂美德 展新风"；5. 奋斗精神："立鸿鹄志 做奋斗者""让青春闪亮""致奋斗的青春""奋斗的青春最美丽"；6. 法治教育："与法同行 健康成长"；7. 生命教育："守护生命阳光 积极健康成长""爱·生命""拥抱时代 热爱生命"；8. 展望未来："点燃梦想 相约未来""与未来对话""做新时代的筑梦人"。每个备选主题都加以理由说明。

对未来几年的备选主题，《秋光》杂志社同样作了说明。说到"乡村振兴"：2022 年是乡村振兴战略首个五年规划的收官之年。聚焦乡村振兴话题，激发广大青少年热爱家乡、保护家乡、发展家乡的家国情怀，提升青少年的环保和主人翁意识，切实地将个人价值与关注家乡发展、积极参与乡村建设的社会价值统一起来，为乡村振兴战略的实施贡献自己的力量。

说到“科技强国”：科技是国之重器、国之利器，创新是引领发展的第一动力。习近平总书记强调，中国要强盛、要复兴，就一定要大力发展科学技术，努力成为世界主要科学中心和创新高地。青少年的主要任务是学习，在“科教兴国，人才强国”战略下，让他们感受中国科技进步的成就，点燃内心的创新火苗，激励他们努力学习，用科技知识武装头脑，以创新思维引领发展，以科学精神导航人生，为科技强国之路筑下坚实路基。

说到“热爱阅读”：“腹有诗书气自华”，青少年爱读书、读好书、善读书，可以帮助他们增长智慧、开阔视野，深刻理解社会主义核心价值观的丰富内涵和实践要求，坚定文化自觉和文化自信，对实现中华民族伟大复兴的中国梦具有固本强基之效。

有关选题的方案设想林林总总，不一而足。大家各抒己见，开诚布公。几天之后，选题讨论会的书面报告送达省关工委林木声主任。

林木声看着案头上汇总的主题设计方案，反复揣摩、思考。大家都很努力，提出的方案也都有可取之处，但是仔细推敲，又好像少了那么点意思。

要把主题征文活动做成系列，每年的主题设计尤为重要。

第一年“腾飞新中国 辉煌七十年”，主题是“国”，2019 年适逢新中国成立 70 周年，是个很大的题材；第二年“中国梦·家风美”，主题是“家”，家国情怀，传承与发扬；第三年，2021 年正值中国共产党成立 100 周年，大时代，大背景，可歌可泣的题材太多太多，要从哪个角度切入？

文章是船，主题是舵，主题是文章的灵魂。古人“以意为先”“文以载道”“文以明志”“立意为宗”等观点，充分说明主题的重要。广东省少年儿童践行社会主义核心价值观主题征文活动，毫无疑问是在这个大的主题之下，再进行具体的设计。

林木声提出了自己的想法，经过研究讨论，最终形成工作要求。

要符合社会主义核心价值观的内容；年度与年度主题之间，应该有逻辑关系；主题是孩子能写的，且是能把自己摆进去写的；最好要有文学色彩。

省关工委副主任黄小玲、吴子刚、倪木炎，办公室主任张岚都在，又让办公室的肖秀把《秋光》杂志的总编辑鹿麟请来。《秋光》杂志社就在不远，倒也方便。肖秀把各路人马想出的主题汇总，打印出来人手一份。每个人都陈述自己的观点和理由，各有千秋，一时间很难取舍。

“还是要请各位再想一想，看看能不能想到更好的。”林木声提出建议，很显然，他还没有挑选到最满意的。按理说，一个征文主题，用得着如此考究、如此郑重其事吗？主帅亲自出马，而且这已经是第三次专门召集会议听取众人的意见了。

2021 年，恰逢建党 100 周年。习近平总书记在庆祝中国共产党诞生 100 周年大会上的讲话中，代表党和人民庄严宣告："经过全党全国各族人民持续奋斗，我们实现了第一个百年奋斗目标，在中华大地上全面建成了小康社会，历史性地解决了绝对贫困问题，正在意气风发向着全面建成社会主义现代化强国的第二个百年奋斗目标迈进。""两个一百年"奋斗目标的历史交汇点上，有着特殊的历史性意义。站在"两个一百年"奋斗目标的历史交汇点上，这一代青少年重任在肩。

"这个主题要宏观一点，要反映时代，又要落地，让青少年儿童容易理解，引发共鸣。让他们身处其中，有话可说，有真情实感。可以借鉴一些有意义的名文名句、古诗或者现代诗。新中国成立初期有一批爱国诗人歌颂新中国的诗篇，我们也可以从中找找灵感，看能否受到启发。现在很多电视剧名，都是直接摘用毛主席诗词，比如'恰同学少年''看万山红遍''江山如此多娇'等，这些名句大家都熟悉，借用得好，也很出彩。"林木声说道。

《秋光》杂志社是前哨，为了提供更多方案供领导参考，鹿麟和同事们很长一段时间以来，脑子里边全是这个事，上班时在讨论，午餐时也在分享新发现。旧媒体、新媒体、名篇、社论、跟建党 100 周年相关的史料，能查阅的都查阅了，真恨不得钻到词典里边去，生生拽出一个词来。真是"书到用时方恨少"啊！有时候某个同事突然叫起来，说想到了一个好词。大家惊喜地围拢过来，乍一听真的是不错，这个行！你一言我一句地深入讨论一番，细想又觉得不够好。这个事情的烧脑程度，不亚于写一篇万言长文。

林木声的见解，鹿麟很受启发，要伙伴们打开思路，拓宽视野，说不定灵感就藏在某处，正跟你捉迷藏，考验你的耐心和智慧。

为什么要举办这项征文活动？初衷是什么？要实现什么目的？达到什么效果？带着这些问题，鹿麟经常研读省关工委主任林木声在各种会议上的讲话。她把林木声的讲话稿放在案头，常常翻阅，讲话稿的页边都卷起来了。她在重要语句旁都作了标记，写了感悟。"关于举办主题征文活动的初衷，一是着眼于推动社会主义核心价值观教育具体化；二是助力学校的语文教育；三是促进关工委工作的改革创新；四是征文活动推进的过程，将会成为宣示以大爱之心陪伴青少年成长这个理念的过程，从而促进关心下一代工作社会化水平的提高；五是通过征文活动，发现一些有文学天赋的孩子。"林木声主任的这些要求，她都刻在脑子里，记在心上，并要求杂志社每一个人都要学习领悟，落实到工作中。

出题本身就是个难题，也是一门高深的学问。把难的事情做好，做出成效，这个过程充满魅力。

省关工委领导班子再次听取汇报的时候，鹿麟提出了"用青春拥抱时代"这个主题。大家觉得不错，林木声也默默点头。

这个灵感取自中国共青团团歌《光荣啊，中国共青团》：

我们是五月的花海，

用青春拥抱时代。
我们是初升的太阳，
用生命点燃未来。
“五四”的火炬，
唤起了民族的觉醒，
壮丽的事业，
激励着我们继往开来……

林木声说：“这个好啊！就用这个。不过，对于少年儿童来说，这句话太抽象，不太好理解。因此，必须写一段题解的话。”

2021 年 4 月 1 日，由广东省关心下一代工作委员会、广东省作家协会、广东省教育系统关心下一代工作委员会联合印发的《关于开展 2021 年广东省少年儿童践行社会主义核心价值观主题征文活动的通知》发到全省各市。通知的开篇激情满怀，文采飞扬——

新世纪的今天，在中国共产党成立 100 周年之际，时代发出新的青春之约，呼唤着当代青少年从“两个一百年”奋斗目标的历史交汇点出发，向着全面建设社会主义现代化国家的光辉前程，只争朝夕，追梦前行，用奋斗书写属于自己的青春篇章。

恰同学少年，风华正茂。青春代表着生机勃勃的春天，代表着人生美好的时光和珍贵的年华，作为成长中的青少年，作为正在苦读求知的学子，可以讲述自己期待拥有怎样的激昂青春，畅想未来的人生蓝图；可以讲述自己该如何为实现第二个百年奋斗目标贡献智慧力量；可以讲述自己在祖国的蓝天下勤学修德，树立崇高理想，放飞青春梦想的经历；可以讲述自己学习党史，学习革命先辈的感人故事，从中获得的激励和精神力量；可以讲述自己的父母、祖辈为国家发展进步不懈奋斗、无悔奉献的青春故事对自己的成长引领；可以讲述自己学习优秀共产党员的先进模范事迹，积极参与社会实践等方面的成长奋斗故事；可以讲述自己成长环境、家庭生活的深刻变化，歌颂在党的领导下社会面貌的日新月异等。

很少人知道，开篇的题解文字出自林木声主任之手。

深圳的申楚源、潮州的刘思琪、惠州的陈浩宇、广州的何韦漪等，都不止一次参加主题征文活动，问起动力，有一点共通的就是每年不一样的主题、不同的角度都是一种新的挑战，非常有意思。2021 年的“用青春拥抱时代”之后，是 2022 年的“劳动创造幸福”、2023 年的“科技引领我成长”，每一个主题，从确定方向到实践体验，从收集素材到创作完善，有的是跟老师同学们一起，有的是跟家人一起，还有的是走进社会，去观察、发现和感受，成功或者挫折，艰难或者简单，这个过程就是学习成长的过程。

■ 细微之处见真章 |

一些看上去无关紧要的琐碎事，经过时间的验证，有一部分渐渐凸显非凡的意义。朝着远大的目标，义无反顾前行，风里雨里，不辞辛劳，等到走过漫漫长路，回头看去，每一小步都是积累的过程。

广州市越秀区，距离东山口不远，新河浦一处安静的所在，广东省关心下一代工作委员会办公地就设在这里。这天早上，办公室主任张岚急匆匆而来，见办公室的肖秀在通电话，示意肖秀一会儿到她办公室来。征文活动通知发出之后，要忙上好几个月，全省 21 个地级以上市逐个进行电话联络：是否已经收到通知？有没有开始动作？今年准备具体怎么做？有没有困难需要协调？登记、造册、汇总、报告给主任张岚，张岚第一时间向分管办公室的省关工委副主任倪木炎汇报。很快，从省关工委副主任郑红、黄小玲、吴子刚、王玉学等，到主任林木声，就了解了实时情况。

肖秀在关工委工作好些年了，对全省各地关工委办公室主任或者秘书长基本熟悉。她热情周到，说话彬彬有礼，脸上总是带着甜甜的笑，对待工作认真负责。关工委以离退休的“五老”为主，专职工作人员比较少，要面对的又是全省21个地级以上市，事无巨细，千头万绪，工作更需要热情和耐心。

征文活动的全过程，可以说是一场马拉松。征文活动办公室的工作具体、细致又琐碎。从最初的方案起草，递交讨论、审核，反复完善修改，形成正式的工作方案；接着列出征文活动时间安排表，各单位各部门按照各自的分工，落实每一个阶段的工作。通知发到全省 21 个地级以上市，分阶段摸底各市工作开展情况，做出每一个工作阶段的小结。

来看看 2022 年。

2022 年征文活动时间安排：

自征文活动通知下发至 2022 年 8 月 15 日，各市关工委广泛宣传发动，组织各学校积极参与。8 月 15 日截稿后，各市关工委组织初评工作。9 月 15 日前各地按名额要求选拔推荐优秀作品报送组委会办公室，参加全省征文活动复评。

2022 年 9 月 16 日至 2022 年 10 月 16 日，由《秋光》杂志社、《少男少女》杂志社负责组织三轮复评，选出优秀作品进入终评。

2022 年 10 月 17 日至 2022 年 10 月 31 日，由评委会评委开展终评，评出一、二、三等奖及优秀奖若干名，具体数量待定。

2022 年 11 月 10 日至 2022 年 11 月 16 日，颁布征文活动评选结果。评选结果在广东省关心下一代工作委员会官网、“广东关心下一代”“少男少女杂志”微信公众号公示一周。

适时举办颁奖大会。

后续工作，部分获奖作品将在省关工委网站、广东作家网，“广东关心下一代”“少男少女杂志”微信公众号，《秋光·关心下一代》杂志和《少男少女》杂志刊载。《秋光》杂志社编印《2022 年广东省少年儿童践行社会主义核心价值观主题征文活动优秀作品集》。

与此同时，承办方《秋光》杂志社和协办方《少男少女》杂志社公开征稿，宣传造势。《秋光》杂志社喊话：“我和征文活动的故事”，快来投稿吧！

广东省少年儿童践行社会主义核心价值观主题征文活动举办 3 年来，全省青少年踊跃投稿参加，社会反响热烈。3 年征文活动过程中发生了很多感人故事，为记录下征文活动背后的故事，征文组委会现面向广大关心下一代工作者、教师、家长和参加过征文活动的学生征集以下稿件：

作为关工委老同志、评委作家，您可以讲述积极组织发动征文活动，形成关心下一代工作合力的故事，讲述开展征文活动的好经验、好做法，可以记录本着公平公正公开的原则，以对每位作者、每件作品高度负责的态度，认真评选作品的场景，也可以讲述发挥作家专业和园地优势，引导青少年提高写作水平的故事。

作为教师，您可以讲述如何通过以文育人、以文化人的形式，教育青少年树立正确的世界观、人生观和价值观，也可以讲述在语文教学中，调动学生的写作热情，让学生在表达过程中感悟汉语之美，从文学创作中汲取审美养分、提升思想境界。

作为家长，您可以讲述在家庭教育中，如何培养孩子阅读与写作能力的故事。

作为小作者，你可以讲述自己在创作过程中的所思所想、下笔的精彩瞬间和创作灵感，畅谈参加征文活动对提高自己学习能力、提升思想觉悟的作用。

投稿说明：投稿内容围绕“我和征文活动的故事”，把“大主题”和“小切口”结合起来，以理服人，以情动人，深入浅出，引人入胜。体裁不限，文字、照片、短视频均可。部分来稿将在《秋光·关心下一代》杂志、广东省关工委官网、“广东关心下一代”微信公众号刊载。《少男少女》杂志社的征稿活动在其他章节有描述，这里不赘述。

2022年3月7日，广东省关心下一代工作委员会官网刊登“‘劳动创造幸福’2022年广东省少年儿童践行社会主义核心价值观主题征文活动启动”启事，《秋光·关心下一代》《少男少女》等相继发出征文启事，与此同时，三个主办方联合加盖公章的征文活动通知发至全省21个地级以上市关工委。

2022年5月5日，征文活动工作情况第一轮摸底完成，形成小结文本。

2022年8月16日，征文活动工作情况第二轮摸底完成，形成小结文本。

2022年9月5日，征文活动工作情况第三轮摸底完成，形成小结文本。

2022年10月15日，征文活动工作情况第四轮摸底完成，形成小结文本。

各地工作开展情况，投稿情况，组织工作做得比较好的基层单位，有困难需要协调支持的部门……清楚明确，一目了然。最后，征文活动办公室把各阶段情况汇报给林木声主任和分管的副主任，统一调度指挥。

2022年征文活动全省21个地级以上市原始投稿数1249745份，经过三轮复评，最后进入终评。公布终评结果，召开总结大会。每一个步骤都至关重要，自上而下沟通联动，环环紧扣。总结大会也是新一轮的起点，冬去春来，新一年度的征文活动又开始了。

到了2023年，“科技引领我成长”——广东省少年儿童践行社会主义核心价值观主题征文活动帷幕拉开，一幕幕情景再现，越发显得更流畅、更成熟、更有节奏感。

肖秀把了解到的情况以及各地的反馈，跟张岚汇报。省关工委领导对征文工作抓得紧，每一阶段的跟进都不能松懈。征文活动通知是2023年2月底下发的，4月19日进行第一轮摸底，现在是6月上旬，进行第二轮摸底。来自各地的消息，征文工作正在有条不紊地推进，因为已经是第五届，都有经验，有不少地方还有创新。张岚吩咐肖秀一会儿抓紧把表格做出来，今天领导都在，正好汇报。

肖秀笑着说：“刚才黄主任还问我呢！”

张岚说：“那是，黄主任可挂心了。”

黄小玲看着征文活动情况汇总资料，脸上洋溢着微笑，看到最后，禁不住叫一声好。她责任心强，工作细致踏实，人缘好，经常调研走访各地关工委组织，跟关工委的“五老”也熟悉，“五老”们有什么情况，通常一个电话直接打给黄小玲。需要基层配合的工作，她也经常亲自打电话，反复说明，请求支持。有人说，关工委的工作，其实跟志愿者服务差不多，热情，热爱，具有奉献精神，即使曾经是位高权重的领导，现在都统称“五老”，为关心下一代工作服务，发光发热，所以心态要好，境界要高。

放下手上的资料，黄小玲意犹未尽。又打了几个电话，茂名、江门、清远、汕头……

了解一些具体的细节，包括发动了多少所学校，有多少学生参加，有没有发现文章写得好的文学苗子，今年的征文主题是不是受欢迎，又问有没有困难需要出面协调等。“你们很重视，落实得很好，谢谢你们！征文活动就是要靠大家的支持，一起努力！”黄小玲说得朴实亲切，又很真诚。

已是仲夏，广州的气候热浪扑面。而征文活动掀起的热浪，正在南粤大地汹涌澎湃。

广州报告：已向各区和单位了解征文活动进展情况，市关工委于4月下旬向各区和市教育系统关工委印发文件作出部署安排，11个区普遍依托教育系统关工委向学校发出通知，积极组织开展征文活动。其中海珠区已完成征文征集和初评，正对优秀征文进行校对；越秀区、增城区基本完成征文征集工作，进入初评阶段；其他大部分区按计划推进；需要特别报告的是，荔湾区虽然已将通知发到各学校，但5月下旬以来，由于疫情，各学校都已停课，区关工委、区教育局能上班的同志都奋斗在一线，在家隔离的同志也参加小区志愿服务，征文收集、评审进度恐要延后。但在努力。

深圳报告：市关工委主任会议专题对此事进行了研究，深圳市关工委联合市教育局关工委和市作家协会联合发文，在全市范围中小学开展。同时，市里也将进行此活动，先筛选，后推荐。我们尽力组织好。

汕头报告：已协商好，三家联合发文，由市教育局代拟文件，发通知，收集作品。上周与教育局有联系过，截止日期是7月30日，分管副局长表示会按时完成任务。

佛山报告：佛山市关工委、市教育局关工委已于4月15日联合发文，组织各区关工委、教育局关工委开展活动，市直各学校关工委组织发动中小学生参与征文写作活动。计划先在区内组织初评，并于2020年7月按照市教育局关工委分配的名额把初选的征文收集完毕后，统一形成初评情况总结报告报送。佛山市教育局关工委已于4月按照通知中的要求把征文的数量分解到各区教育局，各区教育局在7月10日前把征文送交市教育局关工委，我们马上组织评审，8月15日前我们一定能按要求上交征文给省关工委。请领导放心！

汕尾报告：4月19日，已经召开专门会议，传达了征文通知精神，现在正按照省通知精神逐步落实。6月8日，汕尾市关工委接到省关工委〔2021〕5号文件后，于4月12日成立了征文活动工作机构，并召开了市关工委、市作家协会、市教育局及各级关工委联席会议，部署征文工作。5月19—20日，关工委常务副主任陈坎带领由市作家协会、市教育局参与的调研组，赴各县（市、区）重点中学调研征文活动落实情况。各中学都已布置好征文活动的相关工作，部分学校已完成学生作品的初评工作。市关工委要求各级关工委于6月30日前上报学生参赛作品，并组织复评后按要求报省关工委。

梅州报告：三家联合发文，正在会签。要求各县（市、区）8月7日前报市关工委。

平远已组织全县中小学校31所，学生共26171人参加征文活动，并要求各校于7月15日前上交征文稿件。丰顺县关工委收到文件后马上与县教育局联合发文部署，并重点联系十几个学校，至目前收到征文有30多篇，其中小学20多篇，初中10多篇，高中暂无。都在进行中，会按照时间节点上报。

阳江报告：三家单位已联合发文。我们和教育局关工委联合小作家协会，三家联合发文到了各个县区，规定7月15日前上报作品，收集之后各县区要审核，之后我们再和小作家协会再审一轮，然后筛选过后报省关工委。还专门开了一个各县（市、区）关工委主任、办公室主任会议，强调这次的征文活动一定要比去年更有质量。

湛江报告：湛江市关心下一代工作委员会和湛江市教育局已于2021年5月6日联合发文部署关于开展2021年广东省少年儿童践行社会主义核心价值观主题征文活动，到目前为止，全市各县市区已经部署该项工作。据不完全统计，已经有300多所中小学校，8万多名学生参加学校的初赛，各教育局正在收集征文阶段，估计7月中下旬能完成初评工作。

潮州报告：4月6日召开会议，传达学习省通知精神，布置落实工作。转发省关工委文件并下达各县区任务后，各个县区响应很快，征文活动基本上正常开展。每个县区按市关工委要求安排小学、初中、高中各一家示范点，各个示范点比较认真落实，进展顺利。目前进度较快的市直和枫溪区分别都已经收到部分作文近百篇。5月9日，市关工委还联合市作协举办了一次示范点学校语文组长和小作协会员写作培训。据了解，其他学校可能就没有组织得很热烈。我们市关工委计划在高考和中考结束后即组织到县区对征文活动进行一次检查指导，力求各县区按计划在7月底完成作文收集，8月10日前完成初评上报市关工委。

珠海报告！茂名报告！肇庆报告！惠州报告！清远报告！东莞报告！韶关报告！中山报告！江门报告！揭阳报告！云浮报告！河源报告！报告！报告……

地处珠江三角洲西南部、珠江出海口的中山市沙溪镇，2021年9月入选“2021年全国千强镇”。2022年，沙溪镇实现地区生产总值93.39亿元。2021年数据显示，沙溪镇常住人口22万多人，有公办初级中学2所，公办小学12所，民办学校2所，在校中小学生1.61万人。

广东省少年儿童践行社会主义核心价值观主题征文活动在沙溪镇的开展，在全省各级关工委系统有共通性，又有创新性。沙溪镇关工委的做法可圈可点。

沙溪镇关工委第一时间成立活动准备小组，小组成员包括相关业务负责人和具有丰富教育活动经验的在职志愿者，通过多次深入镇区各学校，与学校校长和语文等相关课程教师进行充分沟通，全面解释本次主题征文活动的目的意义，表达关工委服务社会、关心孩子成长的用心用情，积极争取学校方面对活动的大力支持，共同确保主题征文活动能够顺利地深入各学校开展。

对学校来讲，这是多大的好事！提高学生的阅读、写作水平，培养学生的兴趣，正是学校要做的，哪有不配合之理？因此都积极回应，不仅主动根据活动需要调整相关课程的时间表，为学生体验、实践腾出适宜的场地，安排专人负责征文工作，确保活动顺利进行，还组织教师积极配合做好活动的宣传动员、辅导工作，鼓励更多学生参与。关工委和学校的高度重视，良好互动，密切配合，为主题征文活动的顺利开展奠定了坚实的基础。

精心设计方案，激发学习兴趣。在活动设计环节，沙溪镇关工委成立专门小组，综合考虑不同年级学生的认知水平和对科技创新的兴趣点，经过认真论证，制定了一系列内容丰富多彩、形式新颖生动的活动方案。例如，“科技引领我成长”主题，邀请对科普活动有兴趣的志愿者，采用轻松幽默的方式进行趣味科普讲座，用生动形象的案例打开学生对科技创新的好奇心，引导学生感受科技进步对社会发展的重要作用。

镇关工委主任、副主任、专干集体行动，分头督促落实。沙溪镇党委副书记、镇关工委名誉主任王瑾，党委委员、镇关工委主任李艳波，镇关工委常务副主任刘建垣，镇关工委副主任杨以斯、刘仲干、李兴廉、李瑞媚，镇关工委专干刘应龙，分别与相关学校的语文教师进行沟通，组织系统的科技类作文指导训练营，邀请教师根据不同年级学生的语文程度，针对性地指导学生掌握科技作文该注意的格式、要点和方法等，为后续正式的征文活动做好充分准备；此外，沙溪镇关工委还配合学校德育方面的课程，开展了主题鲜明、形式多样的科技读书心得交流活动等，全方位激发学生的科技学习兴趣。这一系列活动的设计，体现了关工委发挥自身优势，引导孩子全面发展的用心用情。

广泛组织实施，营造良好氛围。在活动实施过程中，沙溪镇关工委发挥联系、服务、协调作用，广泛动员孩子家长中有一定语文学科知识和写作指导经验的志愿者参与学生的征文指导，根据学生的创作内容提出修改意见，帮助学生深入生活实际，直击主题；学校也采取组建关爱小组等多种形式开展互助学习活动。在关工委的带动下，学校、家庭和社会上下形成合力，为学生营造出弥漫着浓厚语文学习氛围的成长环境。这充分彰显了关工委在关心引导孩子成长过程中发挥好沟通桥梁和纽带作用的重要意义。

还有，注重过程管理，确保规范有序。沙溪镇关工委制定了一整套标准化的作品收集和评审工作流程，开设了专门的电子邮箱，方便学生提交作品；并明确了评委团队组成及评审细则，对评审过程中的初评、复评、终评等各个环节的任务分工进行科学安排，对每一项工作的时间节点进行严格控制，以保证整个征文活动有条不紊顺利进行；同时，规范的过程管理还确保活动为学生提供了一个公平公正的语文竞技舞台，也通过专业化的工作展现了关工委形象的进步与成熟。

征文活动得到了沙溪镇党委、政府的大力支持，相关工作更是顺风扬帆。有困难镇领导出面解决，镇政府出资购买奖品奖励获得省、市、镇奖项的学生，以2023年为例，奖励获奖学生40多名。学校、家庭、学生深受鼓舞，皆大欢喜。毕竟获省级的奖太难了，获得个镇一级的奖也高兴。比赛分名次，但是参与不分高下，参与了，从中学习成长，就是对自己最好的奖励。

沙溪镇关工委常务副主任刘建垣深有感触，他说："重视与不重视真的是不一样，所以每年的颁奖，不仅我们关工委的主任、副主任都到场，也请来镇委、镇政府的领导。为了孩子们的教育，为了青少年的成长，领导都特别重视支持。省关工委开设的这个征文活动平台非常好，很受欢迎。要是省里设的奖项多一点就更好了！"

中山市的一组数据，可见学生对征文活动参与的热度。中山市收集的原始投稿数，2022年小学23859份，初中11348份，高中95份，合计35302份；2023年小学44909份，初中19548份，高中203份，合计64660份。

沙溪镇党建办的刘应龙被安排具体负责主题征文活动的日常事务，参与了几年的主题征文活动，上传下达，计划、总结、联络、协调，桩桩件件，事无巨细。他对关工委的工作有深刻的体会：通过此次"科技引领我成长"主题征文活动的联合开展，我深刻感受到，团结协作对于关工委开展公益事业，推动孩子成长的重要性。今后，我会秉持《礼记·大学》中"苟日新，日日新，又日新"的执着态度，继续努力，让关工委的服务走心走深，用爱与耐心滋润每一个成长中的心灵，助力孩子健康快乐地成长，造福更多家庭。

虽年轻，却也"老道"。

沙溪镇关工委只是一个例子。南粤大地，无数的基层关工委跟沙溪镇关工委一样，"五老"们在付出，在努力，在奉献，在发光发热。苍茫大地，一点光可能有些微弱，但是，成千上万的微光聚集一起，就是璀璨的星河。

汕尾市关工委主任林义君强调："我们要高度认识组织这次少年儿童践行社会主义核心价值观主题征文活动的重大意义，举全市之力，争取得到好成绩，为汕尾市革命老区高质量发展增添光彩！"

汕尾不能落后。首先领导靠前指挥。全省举办的征文活动，各地市都采取强有力措施抓好这项工作，各县（市、区）、市直关工委要提高政治敏锐性，主任要当好指挥员，靠前指挥，采取一切强有力措施，抓好抓实抓细征文活动各个环节。主任亲抓，分管领导具体抓，把征文活动看作是指挥一场战斗，制订好方案，发动面要广，责任要落实。林义君主任举了一个例子："我市参加省第一届比赛取得好成绩，全省高中级一等奖5名，我市龙山中学占有2名，但近几年一个都没有。要精心组织、具体指导，要把这项工作紧紧抓在手上，落实在行动上，切实抓出实实在在的成效。今年对评为省一等奖个人、指导老师、单位，市将给予重奖。"

还有一个重点，责任落实到位。市关工委把比赛名额分配到各县（市、区）、市直，要严格按照分配名额按时按质上报。要明确这场赛事的主体单位是各县（市、区）关工委，主动与教育局、作家协会沟通联系，工作上相互支持，协调一致。市关工委将于 5 月底组织检查落实情况。林义君主任号召："希望大家要从汕尾大局出发，同心协力，组织好这场征文活动，以实绩为汕尾争光。"

每年年头收到征文活动通知，当即召开主题征文活动专题大会，总结上一年度的成败，布置当年的工作。能不能有好的成效，关键在于是否勤恳。即使结果不尽如人意，勤勤恳恳付出了，工作做到家了，才能问心无愧。

湛江廉江市，关工委主题征文活动工作会议正在进行。关工委主任蔡中舫反复强调："广东省少年儿童践行社会主义核心价值观主题征文活动非常重要，我们要有大局意识，要有高度的责任心和热情，要广发动，多联系，善指导，组织更多少年儿童参加征文活动，使征文活动成为对广大少年儿童进行社会主义核心价值观教育的具体过程，提高征文质量和活动成效。"

随后，廉江市关工委认真组织学习，深刻领会，明确要求，在总结以往经验的基础上，研究制订开展征文活动的方案，下发到各镇（街道）关工委和各中学、中心小学，全面组织实施，广泛开展活动。按照方案，要求基层关工委要注重结合实际，灵活组织开展活动，特别要做好有关基础工作，如在中小学校中进行社会主义核心价值观专题教育，用适合少年儿童特点的、喜闻乐见的形式，对学生进行丰富多彩的实践教育，然后引导学生们按自己的体会和思考去写作文。

市关工委分管征文活动工作的常务副主任黄江，对征文工作尽心尽责，不仅不厌其烦地向各镇（街道）关工委的同志详细解读征文活动方案、解析写作要求，指导大家如何具体组织开展好征文活动，还凭经验抓重点，对以往征文活动好、获奖多的城北、河唇、罗州等镇（街道）辖区学校进行重点指导。黄江曾几次到位于城北的市第七小学指导征文活动，与学校领导、有关老师和作文好的学生进行征文写作心得体会交流，特别对一些优秀征文进行讲评，引导启发，提高了征文活动的工作实效。河唇镇是黄江常去的，每次都跟镇关工委主任赖玉隆聊得热火朝天，话题离不开征文活动。都是对关工委工作有情怀的人，市里有什么要求，什么先进经验，镇里有什么好苗子、好素材，互相交流、探讨。镇里的工作有困难，黄江具体指导，想办法解决。河唇镇在 2022 年、2023 年连续两年的征文活动中，取得了省级二等奖和三等奖的好成绩。

提高站位，强化意识；完善方案，全面开展；深入指导，力求实效；严格评选，激励推进。廉江市关工委对征文工作的心得体会，看上去简单，每一项要落到实处，都是非常不容易的过程。既然没有容易的事，那么，唯有认真。五个春夏秋冬，一棵玫瑰从扦插、萌芽、生长，已经从嫩苗变成老桩，芬芳满树；60 个月，1825 天，一粒稻谷，春种秋收，已经完成了五次轮回。每一个生命的生长都要历经四时的变化，拔节与沉淀。作为省关工委在职的年轻人，五年的征文活动，肖秀也学到了很多，收获了成长，她谈了很多对征文活动的感悟。

首先是认识的改变。一开始，2019 年，肖秀认为征文活动很简单，有个热闹的主题，然后撒到全省，有孩子参加，就完事了，所以没有在活动上花太多的精力。可是，在2019 年的总结表彰会上，她发现获奖孩子的精神面貌，看待事物的思想表达，言谈举止中的自信大方，忽然让她觉得这个活动不只是在写一篇简简单单的征文。

肖秀逐渐明白了省关工委领导的想法：征文活动要年年办，而且要有高度、有深度、有教育意义。转变了认识，肖秀对这项工作也就上心了，文稿起草、出谋献策、上传下达，干得越来越起劲，越来越熟练，工作得到了领导和同事们的高度认可。

全省各地关工委办公室还有许多年轻人在征文活动中付出了巨大努力，并从中得到锻炼，收获成长。深圳市关工委朱鹏翔、江门市关工委莫惠芳、湛江市关工委宋柳冰、茂名市关工委程晓、清远市关工委唐晓霞、广州市关工委曹丹菱、揭阳市关工委江勇奎、东莞市关工委翟羽佳、佛山市关工委邓志霞、中山市关工委林水娟、韶关市关工委温祖娟……他们说，关工委老同志多，我们年轻人多做一点，多跑一点，都是应该的。

第二章 耕耘收获

一切为了青少年

关工委工作的宗旨是为了青少年健康成长，引导青少年培育和践行社会主义核心价值观，是新时期关工委工作的重要任务。

“20年来，我省关心下一代工作所创造的业绩，特别是十八大以来取得的发展和进步，是与各级关工委组织和广大‘五老’的奋斗和奉献联系在一起的。这次受全国及全省表彰的先进集体和先进个人，就是各级关工委组织和广大‘五老’的优秀代表。他们坚守初心使命、培育时代新人的思想境界，忠诚党和人民、为党的事业薪火相传不懈奋斗的政治品格，甘于奉献、真情为青少年健康成长服务的高尚情操，不辞辛劳、主动作为的担当精神，勇于开拓、善于创新的工作作风，充分彰显了关工委组织和广大‘五老’具有的崇高价值追求，赢得了全社会的广泛赞誉！”

2020年12月28日，在纪念广东省关工委成立20周年暨全省关心下一代工作表彰大会上，张帼英主任的讲话振奋人心。

当天，全省民众从各类媒体的报道中，认识了一个“热词”——关工委；并了解了广东省关工委“砥砺奋进二十载，初心不改谱新篇”的壮阔历程。

2013年12月23日，新华网发布中共中央办公厅印发的《关于培育和践行社会主义核心价值观的意见》。该《意见》分培育和践行社会主义核心价值观的重要意义和指导思想，把培育和践行社会主义核心价值观融入国民教育全过程，把培育和践行社会主义核心价值观落实到经济发展实践和社会治理中，加强社会主义核心价值观宣传教育，开展涵养社会主义核心价值观的实践活动，加强对培育和践行社会主义核心价值观的组织领导，共6部分23条。

其中，“把培育和践行社会主义核心价值观融入国民教育全过程”指出：培育和践行社会主义核心价值观要从小抓起、从学校抓起。坚持育人为本、德育为先，围绕立德树人的根本任务，把社会主义核心价值观纳入国民教育总体规划，贯穿于基础教育、高等教育、职业技术教育、成人教育各领域，落实到教育教学和管理服务各环节，覆盖到所有学校和受教育者，形成课堂教学、社会实践、校园文化多位一体的育人平台，不断完善中华优秀传统文化教育，形成爱学习、爱劳动、爱祖国活动的有效形式和长效机制，努力培养德智体美全面发展的社会主义建设者和接班人。

2014年9月，张帼英在全省各级关工委培育和践行社会主义核心价值观座谈会上，以“培育和践行社会主义核心价值观是关工委义不容辞的历史责任”为题作专题讲话时强调，党的十八大以来，党中央高度重视培育和践行社会主义核心价值观。习近平总书记多次作出重要论述，阐释重大意义，提出明确要求，中央办公厅下发《关于培育和践行社会主义核心价值观的意见》。我省各地关工委十分重视，掀起宣传学习的热潮，呈现出很好的态势。为进一步贯彻好、落实好《意见》，今后的工作思路是：深入学习贯彻党的十八大和十八届三中全会精神，贯彻落实习近平总书记重要讲话精神，根据中央和省委部署，紧紧围绕坚持和发展中国特色社会主义这一主题，围绕实现中华民族伟大复兴中国梦这个目标，以“三个倡导”为主要内容，联系青少年思想特点和需求，按照重在基层、重在实践、重在实效的要求，把培育和践行社会主义核心价值观贯穿、融入关工委工作全过程，推进关心下一代工作的新发展。

张帼英从“深刻认识核心价值观教育的重要意义，摆上突出位置，融入关工委工作的各个方面”“以‘三个倡导’为主要内容，广泛深入持久地开展宣传教育实践活动”“加强组织领导，配合有关部门，建立健全工作机制，确保常态化推进”三个方面，比较详尽地阐述了工作思路和实施方案。

她说：“培育和践行社会主义核心价值观是一项复杂而伟大的战略任务。我们各级关工委要本着使命感、责任感，奋发进取，锐意创新，把核心价值观的培育和践行工作有力有效地加以推进，把关工委工作做好、做扎实，不断有新进步、新发展。”

2022年2月10日，《人民日报》刊发中共中央办公厅、国务院办公厅印发的《关于加强新时代关心下一代工作委员会工作的意见》，要求各地区各部门结合实际认真贯彻落实。

该《意见》指出，以习近平新时代中国特色社会主义思想为指导，深入贯彻党的十九大和十九届二中、三中、四中、五中、六中全会精神，深入贯彻习近平总书记关于关心下一代工作的重要指示批示精神，以培育和践行社会主义核心价值观为主线，以理想信念、思想道德、传统文化、科技素养和法治教育为重点，充分发挥“五老”在教育引导和关爱保护青少年方面的优势作用，促进青少年成长成才，为培养德智体美劳全面发展的社会主义建设者和接班人贡献力量。

2023年5月11日，《南方日报》刊发中共广东省委办公厅、广东省人民政府办公厅印发的《关于加强新时代关心下一代工作委员会工作的实施意见》，该《实施意见》在总体要求中提出：坚持以习近平新时代中国特色社会主义思想为指导，深入贯彻习近平总书记对广东系列重要讲话和重要指示精神，坚持党的领导，坚持围绕中心、服务大局，坚持立德树人根本任务，坚持与时俱进、改革创新，以培育和践行社会主义核心价值观为主线，以理想信念、思想道德、传统文化、科技素养和法治教育为重点，充分发挥“五老”在教育引导和关爱保护青少年方面的优势作用，促进青少年成长成才，努力培养德智体美劳全面发展的社会主义建设者和接班人，为广东在全面建设社会主义现代化国家新征程中走在全国前列、创造新的辉煌贡献力量。

该《实施意见》提出的重点任务前三条：坚持用习近平新时代中国特色社会主义思想铸魂育人、大力推进红色基因传承、积极引导青少年培育和践行社会主义核心价值观。其中，在积极引导青少年培育和践行社会主义核心价值观方面指出：坚持教育引导和实践养成相结合，深入开展社会主义核心价值观教育，引导青少年形成好思想、好品行、好习惯，扣好人生第一粒扣子。广泛开展爱国主义教育，引导青少年弘扬爱国传统，厚植家国情怀，自觉投身实现中华民族伟大复兴的奋斗之中。深化中华优秀传统文化教育，组织开展“中华魂”主题读书活动和岭南文化体验活动，引导青少年传承中华传统美德和岭南文化精神。加强国防教育，组织开展国防教育进校园、军营开放日等活动，引导青少年增强国防意识和国防素养，以实际行动支持国防和军队建设。坚持“五育”并举，引导青少年参加体育锻炼，接受美育熏陶，培养健全人格，努力实现德智体美劳全面发展。

“人类社会发展的历史表明，对一个民族、一个国家来说，最持久、最深层的力量是全社会共同认可的核心价值观。核心价值观，承载着一个民族、一个国家的精神追求，体现着一个社会评判是非曲直的价值标准。”——习近平《论党的青年工作》（中央文献出版社2022年版）。

价值观释义：价值观是人们对待价值问题的基本观点和看法，集中体现为人们关于事物有无价值和价值大小的认知、情感和行为。

青少年是国家的未来和希望，毫不夸张地说，青少年的价值观决定了国家未来的命运。这样就不难理解党和国家在青少年社会主义核心价值观引导教育上所寄予的厚望，以及所付出的巨大努力。

加强青少年社会主义核心价值观教育，是广东省关工委一直以来的重点工作。结合国情省情，省关工委开展一系列主题鲜明、形式多样的活动，成效显著。“广东省少年儿童践行社会主义核心价值观”主题征文活动，正是一以贯之的创新之举。

自2021年起，征文活动被写进省关工委年度工作要点，作为创新工作品牌的举措之一，成为省关工委工作抓手。

2022年省关工委的年度工作总结中，“社会主义核心价值观主题教育扎实有效”章节这样表述：开展全省少年儿童践行社会主义核心价值观主题征文活动。省关工委联合省作家协会、省教育系统关工委、《秋光》杂志社和《少男少女》杂志社，以“劳动创造幸福”为主题，引领中小学生通过写作与实践树立正确的劳动观念。征文活动覆盖面广、影响力大、专业性强，得到主流媒体密切关注，受到社会各界高度评价。参加征文活动的青少年有108万人，共有620名少年儿童的作文被评为一、二、三等奖和优秀奖，有30个单位获得优秀组织工作奖。征文活动线上总结大会，有213.9万多人次点击收看。河源、梅州、东莞、肇庆、云浮等市关工委把组织征文活动与劳动实践结合起来，依托劳动实践基地，组织参赛青少年开展农作物种植、动物饲养、家厨烹饪等实践活动，增强了征文活动的实效。

2023年的工作要点明确指出：继续开展社会主义核心价值观主题教育。加强思想道德建设。深入开展社会主义核心价值观教育，引导青少年明大德、守公德、严私德，提高道德水准和文明素养。开展爱国主义教育，引导青少年增强对祖国、对民族的热爱之情，铸牢中华民族共同体意识。加强党情国情、国家安全、国际形势等宣传教育，引导青少年厚植爱党爱国情怀，增强国家安全观念，培育敢于斗争精神。深化中华优秀传统文化教育，开展岭南文化体验活动，引导青少年传承中华传统美德和岭南文化精神。开展国防教育进校园、军营开放日等活动，引导青少年提高国防素养。深化“学雷锋·我行动”“扣好人生第一粒扣子”“老少共筑中国梦”等教育实践活动，引导青少年形成好思想、好品德、好习惯。

有人要问，现在征文活动太多了，有关价值观的征文活动也不少，老生常谈而已，有必要如此大张旗鼓吗？何况，自从2012年11月，党的十八大报告明确提出社会主义核心价值观的主要内容，宣传学习深入人心，12组词，24个字，城市、农村，价值观宣传随处可见，随便一个小学生都能背出来。

其实背出来不难，难的是真正领会、理解、践行，尤其是少年儿童。所以，征文活动重在“社会主义核心价值观教育常态化、具体化”。

有一份公开的讲话，可以了解广东省关工委领导的深谋远虑。那是2021年11月14日，全省各级关工委主任和办公室主任学习研讨班上，时任省关工委执行主任的林木声题为“努力推动关工委工作走深走实”的讲话，思想深邃，视野开阔，既高瞻远瞩，又细致具体：

在新民主主义革命时期、社会主义革命和建设时期、改革开放和社会主义现代化建设新时期，特别是在中国特色社会主义新时代，我们党都高度重视青少年工作，高度重视发挥青少年的作用。党的十八大以来，习近平总书记站在确保党和人民事业薪火相传的战略高度，亲切关怀青少年成长成才，围绕青少年工作发表了一系列重要论述。当今世界正经历百年未有之大变局，我国正处于实现中华民族伟大复兴的关键时期。从国际环境看，世界又站在历史的十字路口，当前百年变局和世纪疫情交织叠加，世界进入动荡变革期，不稳定性和不确定性因素明显增加，新一轮科技革命和产业变革正在重塑全球经济和产业格局，经济全球化遭遇逆流，保护主义、单边主义上升，国际经济、科技、文化、安全、政治等格局复杂多变，实现普遍安全、促进共同发展依然任重道远。同时，人类和平发展进步的潮流不可阻挡，世界多极化趋势没有根本改变，经济全球化展现出新的韧性，维护多边主义、加强沟通协作的呼声更加强烈，人类社会发展既充满着挑战又充满着希望。从国内看，经过全党全国人民持续奋斗，我们实现了第一个百年奋斗目标，在中华大地上全面建成了小康社会，正在意气风发向着全面建成社会主义现代化强国的第二个百年奋斗目标迈进。

我国社会主要矛盾发生变化，人民对美好生活的要求不断提高，经济已由高速增长阶段转向高质量发展阶段，市场空间广阔，发展韧性强大，正在加快形成以国内大循环为主体、国内国际双循环相互促进的新发展格局。同时，我国经济正处在转变发展方式、优化产业结构、转换增长动力的攻关期，实现高质量发展、促进社会全面进步，还有很多突出的问题需要解决。一代青少年有一代青少年的历史际遇。当代青少年生逢盛世，肩负重任，是实现第一个百年奋斗目标的经历者、见证者，更是实现第二个百年奋斗目标、全面建成社会主义现代化强国的生力军。

青少年用什么态度来劳动，用什么态度来学习，用什么态度来生活，在很大程度上决定着现在及以后我们伟大祖国的面貌。各级关工委要以对党和人民事业高度负责的精神，引导广大青少年胸怀祖国、放眼世界，把时代赋予的历史重任担当起来，为国家富强、民族复兴和人民幸福，为推动构建人类命运共同体贡献自己的青春和力量。

当代青少年处在中华民族发展的最好时期，他们的成长成才有着良好的机遇和条件。从整体上看，当代青少年的主流是好的，价值观念、人生态度、道德素质、行为表现都呈现着积极向上的特征。在经济建设和社会发展需要的一切岗位，在急难险重的紧要关头，在竞争激烈的奥运赛场，广大青少年不怕苦、不畏难，勇挑重担，拼搏奋战，展现出青春激昂的风采，展现出中华民族的希望。

但是，我们必须看到，当代青少年的健康成长也面临着诸多挑战：国际形势错综复杂，西方敌对势力与我们争夺青少年的斗争更加激烈；社会思潮纷纭激荡，青少年思想意识多元多变的趋势更加明显；互联网的渗透性、扩张性越来越大，对青少年价值观念的影响更加突出；社会治理存在明显薄弱环节，青少年违法犯罪问题依然令人担忧。面对这些情况，各级关工委要增强历史责任感和忧患意识，坚持目标导向、问题导向、结果导向，加强调查研究，探索有效办法，为青少年成长成才创造更好的环境，为解决青少年问题付出更大的努力，切实把青少年一代教育好、保护好、培养好。

林木声提出：必须保持和增强关工委的政治性，必须保持和增强关工委的先进性，必须保持和增强关工委的群众性。

谈到征文活动，林木声强调：要举全省各级关工委组织之力，打造具有广东特色的青少年教育示范项目。省关工委考虑，今后几年要重点实施两个项目。其中一个项目就是广东省少年儿童践行社会主义核心价值观主题征文系列活动。为推动社会主义核心价值观教育常态化、具体化，探索形成对全省少年儿童进行社会主义核心价值观教育的有效形式和长效机制，省关工委在 2019 年作出决定，从当年开始至 2025 年，联合省作家协会、省教育系统关工委和《秋光》杂志社、《少男少女》杂志社等单位，以中小学生为重点，面向全省少年儿童，围绕社会主义核心价值观的基本内容每年设计一个主题，分年度持续开展主题征文活动，并争取将其打造成为关工委叫得响的工作品牌、小作家的培育园地和青少年接受教育的崭新平台。

主题征文活动是一个有整体设计的系列性活动。征文活动开展 3 年来，得到了广大少年儿童的积极响应，牵动了学校、家庭和社会，体现了促进课堂教育和课外教育相结合、语文教育和思想政治教育相结合的鲜明特点，产生了广泛的影响。现在距离 2025 年还有几年时间，全省各级关工委要与教育部门、作家协会携手并进，辛勤耕耘，把征文活动组织得越来越好，使一批又一批广东少年儿童得到先进文化的涵养，茁壮成长。

承前启后，继往开来！

■ 大作家与小作家 |

广东省少年儿童践行社会主义核心价值观主题征文活动促进了社会主义核心价值观教育常态化、具体化，增进了少年儿童对母语——汉语言的热爱和应用，同时，参加征文活动的征文经过层层筛选，一大批文学新苗将会脱颖而出。省作协的核心任务是促进文学发展、培养文学人才。正好借此机会发现文学苗子，掌握文学新人的情况，适当的时机加以扶持帮助，说不定其中就有人会成为未来的大作家。

2019年7月24日，《文艺报》头版头条刊登了作者高小莉的文章《勇当时代弄潮儿的广东文学》，讲述了广东省作家协会的前世今生，下面摘录一二——

20世纪50年代，广州。一座小红楼，掩映在文德路的榕荫之中。三层小楼，红色外墙，安静、雅致，有“红楼”的别称。这里就是广东作协的诞生之地，文德路69号之一，后改为文德路75号。

“仿佛就是不久前的事情，一个个场景历历在目，一张张熟悉的脸还在对着我微笑，怎么也想不到，竟然过去快70年了！”老作家仇智杰谈起往事，思维清晰，虽然听力不好，但是语言和文字表达流畅。那是激情燃烧的岁月，欧阳山、陈残云、秦牧、萧殷、杜埃、吴有恒、黄秋耘、黄谷柳、华嘉等聚集在红楼，他们意气风发，才华横溢。

1950年，新中国刚成立不久，地方的文学艺术组织还比较少。海洋气息浓厚的文艺群体，遇上有着开放胸襟和革命激情的广州，于是1950年9月诞生了华南文学艺术工作者联合会，简称华南文联。欧阳山任华南文联主席。华南文联第一次代表大会期间，时任广东省人民政府主席的叶剑英亲临会议现场，看望并热情鼓励文艺工作者。

1953年5月23日，广州作家协会成立（含广东、广西、广州部队、香港、澳门）。会员34人，委员有司马文森、华嘉等8人，主席欧阳山，副主席杨骚、周国瑾，协会内设小说组、戏剧组、电影剧本组、诗歌组和秘书室。广州作协的办公地点就设在红楼，跟华南文联在一起。

1955年3月5日，广州作家协会改名为中国作家协会广州分会（含广东、广西、广州部队、香港、澳门）。1960年11月13日，中国作家协会广州分会改名为中国作家协会广东分会。1991年9月，中国作家协会广东分会更名为广东省作家协会。

2021年，广东文学发展史上重要的一年。一年间，中央政治局委员、广东省委书记李希四次对省作协的工作作出批示，并于2021年3月31日在省委常委、秘书长张福海和省委常委、宣传部部长陈建文的陪同下到作协视察调研，参观了广东作家资料馆，听取了省作协党组书记、专职副主席张培忠的工作汇报。李希书记充分肯定广大文艺工作者深入生活、扎根人民，在文艺创作、表演、研究、传播方面作出重要贡献，勉励大家聚焦建党百年，精心组织开展主题文艺活动，围绕党史题材进行文艺创作，以紧贴生活的艺术语言讲好中国故事、大湾区故事、广东故事，打造更多文艺扛鼎之作。

2021年，省作协汇聚奋进之力，共创文学新局。积极推进广东文学馆建设，承办第二十八届北京国际图书博览会“中国作家馆”广东主宾省活动，大力宣传推介广东文学成果；集结全省文学评论力量打造《粤港澳大湾区文学评论》《广东文学蓝皮书》；启动5卷200万字《广东文学通史》编撰；开展文艺领域整治，发出《文为世范 行为士则——致全省广大作家和文学工作者的倡议书》；组织广东代表团参加中国作协十代会，创造多个“第一”，展现广东风采……

2021年3月初，由中国作家协会创研部、广东省作家协会、广东省出版集团联合主办的《奋斗与辉煌——广东小康叙事》研讨会筹备工作紧锣密鼓。疫情形势严峻，但是广大作家和文学工作者们工作、创作的热情不减。

广东的作家队伍在全国来讲也属壮观，会员从1953年刚成立时的34人，到2023年全省共有中国作协会员686人，省作协会员4334人，市县作协、省作协各分会、广东网络作家协会及省小作家协会会员超过1.5万人，网络创作者达20多万人。

广东省小作家协会是广东省青少年文学爱好者的家园，成立于2015年5月9日。华南师范大学附属中学、佛山市第一中学、中山市纪念中学、广州市天河区龙口西小学等全省34所学校成为第一批团体会员，并被授予第一批小作家协会文学创作基地。全省小学三年级以上到高中三年级以下的中、小学在校学生，凡在作文或文学创作比赛中获奖，或在报纸、书刊等校级以上出版物发表过作品者，均可申请入会。短短几年，全省现有文学创作基地100个，会员4546人。

2020年2月10日，这天是周一，上午省作协党组例会。其中一项重要议题，就是讨论与省关工委联合举办广东省少年儿童践行社会主义核心价值观主题征文活动。

专职副主席苏毅讲述了事情的缘由：接到省关工委副主任黄小玲的电话，她代表省关工委邀请省作家协会加入主题征文活动。因为省作协有专业的文学创作队伍，可以在专业上予以支持。同时还邀请了省教育系统关工委，计划三家联合举办，把征文活动做成系列活动，做成有影响力的品牌。

说起来黄小玲是苏毅的老上级，她们曾经在广东省新闻出版广电局共事，彼此非常信任和了解。凭直觉，苏毅觉得这是一件大好事。作为广东省小作家协会和《少男少女》杂志社工作的分管领导，她对全省青少年写作者的情况比较了解，深知发现、扶持青少年作家是省作家协会尤其是省小作家协会义不容辞的责任，深知文学队伍后继有人的重要性。

苏毅当即表态赞成，并立即向张培忠书记汇报。经过深入思考，苏毅的心中很快有了初步方案，并把重点落在合作共赢上。一个重大项目的合作要落地、落实、落细，需要落实到具体的部门具体的人。阵地和人两个重要的因素，缺一不可。无论从哪方面衡量，《少男少女》杂志社都是最合适的。凭她对《少男少女》杂志社的了解，她有信心。

对青少年，特别是对文学新人进行社会主义核心价值观的引领，省作协责无旁贷；配合省关工委的征文工作，不仅是一项政治任务，而且也是省作协的主业，出精品出人才，从青少年抓起，发现新人，扶持新人，推动全省的文学创作；文学新人吸纳进广东省小作家协会，壮大小作家队伍，储备文学力量；优秀作品刊登在《少男少女》杂志，发挥阵地作用，扩大杂志的影响；省作协对《少男少女》杂志的改革方案，重点就是向儿童文学转型，同时也彰显了这一目标任务。

搭建一个团队，明确分工，细化任务，落实措施，苏毅思路清晰、雷厉风行。在多次跟《少男少女》杂志社团队沟通之后，一个成熟的方案形成了。党组会上，苏毅的方案得到了共同认可。张培忠书记态度明朗，这是一个好机会，安排苏毅负责这项工作，协调推进。

张培忠强调："这是一个很好的机遇，省关工委对全省青少年的情况比较了解，征文活动在全省铺开，面向小学三年级以上的小学生到高中生。既能促进社会主义核心价值观教育常态化、具体化，增进少年儿童对母语——汉语言的热爱和应用，同时，参加征文活动的征文经过层层筛选，一大批文学新苗将会脱颖而出，我们正好借此机会发现文学苗子，掌握文学新人的情况，适当的时机加以扶持帮助，说不定其中就有人会成为未来的大作家。说到底，广东文学的未来，就是要靠一代一代的新人。没有后起之秀，没有新生力量，就没有生机活力，就是一片荒漠！省关工委让我们加入，这是对我们的厚爱和看重，我们要有高度的认识，以积极的态度，专业的力量，保证把这项工作做好，做出水平。"

由苏毅负责这项工作，《少男少女》杂志社作为主要阵地要全力以赴，这也是岗位练兵的好时机。

列席党组会的陈蕾表态，前两届主题征文活动，《少男少女》杂志社参与其中，对运作情况大致了解，积累了一些经验，也从中学到很多东西。是骡子是马，要拉出去遛遛，对杂志社每个人都是很好的锻炼。他们一定撸起袖子加油干，集全社之力，完成党组交给的任务。

党组会一结束，陈蕾马上召集全杂志社人员，传达党组会议精神，明确分工，细化任务，安排岗位。每周三在会议室一起吃午餐，是杂志社多年的习惯，其实也是工作碰头会。曾庆丰、胡荣锦、吕晓霞、杨云姬以及编辑部的小伙伴们，有体会的，有想法的，有困难的，大家畅所欲言。事情都是要做起来才越来越清晰，也不知道会碰到什么情况，反正做好充分的准备，兵来将挡，水来土掩，有什么困难就解决什么困难。大家齐心协力，相信团队的力量。

20 世纪 80 年代末，中国的改革开放在经过近十年的探索后，呈现出从未有过的繁荣景象，仿若冬天过去，迎来春暖花开。作为改革开放试验田的广东，敢为人先，勇立潮头，创造了一个又一个人间奇迹，让世界刮目相看。与此同时，得天时地利的广东新闻出版业，在短时间内实现了蜕变，宛若新生。《作品》《花城》《少男少女》《黄金时代》《家庭》《家庭医生》等就是在那个时期崛起，风行全国。

由广东省作家协会主办、专门面向 13~19 岁青少年的文化综合类杂志《少男少女》，创刊于 1987 年 6 月，创始人是著名作家黄庆云、郁茹。从一开始，提出的办刊理念就是：以正确的导向、不断创新的办刊方式和新颖活泼的内容对青少年进行思想教育和德育熏陶。创刊号发行 19 万份，彰显了不凡的活力。7 年后的 1994 年 1 月，《少男少女》杂志由双月刊改为月刊，发行量一路飙升，最高发行量达 88 万份，读者遍及全国各地，形成燎原之势。

正确的办刊理念和导向，优质的作品，高质量的服务，让《少男少女》杂志不仅获得了读者的认可，也赢回了众多荣誉：《少男少女》是全国唯一连获三届国家期刊奖的青少年杂志；三次被中国出版总署评为向少年儿童推荐的优秀刊物；荣获第五届、第六届广东省品牌期刊奖；第三届、第四届广东省优秀期刊奖等多项国家、省、市荣誉。在中国出版科学研究所的《第二届全国国民阅读与购买倾向抽样调查（2002）》数据统计结果中，被认定为全国“读者最喜爱的十家杂志”之一；2011 年 12 月，《少男少女》杂志社被中共广东省委、广东省人民政府授予“广东省精神文明建设先进单位”……

2021 年 6 月 26 日晚，王俊康先生在书房阅读厚厚的一沓稿件。夜已深，夫人催促了多次，说他刚刚动了大手术出院回家，身体还没有康复，医生说了，不能累着，不能熬夜，更不能费神。悠着点，不就是小孩的作文吗？看不完明天再看吧。夫人知道他的脾气，只要往书桌前一坐，就完全忘记了其他，病也没有了，眼睛也明亮了，尤其是孩子们的作文，有魔法一般，把他深深吸引。但他就是耳朵听力不好，任你怎么说，反正他听不见。

2021年的征文主题“用青春拥抱时代”，广州市天河区石牌街的参赛作文经过初评，筛选出50多篇，准备结集成《获奖优秀征文展示》，石牌街关工委、穗园小区关工委找到了王俊康，请他为这个册子写序。

这个被孩子们亲切地称为“王爷爷”的王俊康先生，可是全国著名的作家，广东儿童文学的领军人物，广东省作协党组原副书记、广东省第五届主席团成员。他终身为文学事业鞠躬尽瘁，创作、出版一系列优秀儿童文学作品，并在全国、省多次获奖。退休之后，他因为无私的奉献和付出，被中央组织部授予“全国离退休先进个人”荣誉称号，荣获“全国关心下一代工作”纪念章，获得广东省关工委“全省关心下一代工作突出贡献奖”。

赫赫有名的大作家，却为一个街道非正式出版物的学生作文集写序，架势也真够大的。但是，“王爷爷”喜欢。他经常到各个学校去参加文学讲座，带领孩子们朗诵文学作品，跟孩子们一起创作童谣、诗歌，和孩子们一起欢笑，那是他最开心的事情。观察生活、写作技巧、阅读方法、构思角度、朗诵要领，他把自己毕生积累的经验，毫无保留地传授给孩子们。如果发现有写作潜力的文学新苗，他一定是喜出望外，喜形于色，不遗余力地给孩子们引导、推介。

到学校去，无论远近，无论是名校还是一般的学校，无论公办还是民办，无论你是崭露头角，还是刚刚起步，他都是有求必应。只要他不是躺在手术台上，不是在病床上起不来，他都满口应承下来。认真看稿，细心做文案，每一个字、每一个标点符号都是手写的。有时候写了改、改了写，反复再三，这种认真负责的精神，是他几十年养成的习惯。

王俊康说：“孩子们可塑性很强，你给他什么样的理念、价值观，还有对文学的态度，写作的方式方法，都可能影响孩子的成长。就像一棵幼苗，更要悉心呵护。”

50多篇学生作文，王俊康读完很高兴，童真童趣深深地感染了他。他奋笔疾书，6页纸的序言写好，已是凌晨。这才感觉头昏眼花、浑身难受，想起自己不久前刚动了大手术。他起身喝了口热水，重新坐到办公台前。给孩子们的文字，一定要反复斟酌。他把6页文字从头到尾又梳理了一遍，意犹未尽。

“在欢庆中国共产党百年华诞之时，少年儿童在征文活动中放飞心中的礼赞，热情讴歌亲爱的党，字句含真情，文章显爱心，别看他们年纪小，但都懂得很多的历史，很多的道理，知道没有共产党就没有新中国，知道今天的幸福生活哪里来，有些小作者说哪有什么岁月静好，只不过是有人替我们负重前行罢了，小小年纪就懂得感恩，真让人感动。

“中国共产党成立一个世纪了，百年华诞思绪如涌。看了小伙伴的征文，有一种五彩缤纷的感觉，就像看万花筒，里面有千变万化的图景，有说不尽的美妙。”

他对孩子们的作文进行专业点评和热情鼓励，也提出了中肯的意见。“这次主题征文有老师和家长的辅导，文章出彩之处有不少，但总感觉到儿童特有的童真童趣，仿佛在指点中被过滤掉了，一些文章和诗歌从情感到口吻感觉都很成人化，10岁左右的小朋友在征文中不见有属于他们这个年龄段特点的童诗、童谣和儿歌，似觉遗憾。”

毕生献给文学事业的老党员、老作家，肺腑之言，一片丹心。

青少年健康成长的问题，一直是王俊康所关心的。退休后他担任广东省关工委副主任，后来年事高改为顾问。他为孩子们操心，不仅是责任，更是一片赤胆忠心。无论是担任省关工委副主任，还是省关工委顾问，他每年都向省关工委递交一份个人总结。他在2019年的总结中这样写道：

2019，刻骨铭心的回顾

——代今年我的总结

……从3月18日到5月16日近两个月的时间里，是我人生最彷徨最忧郁最难受最无奈的时刻，也是最无助最绝望的日子。一来医生已做了宣判，生命尽头指日可待，二来我还得装模作样，作出若无其事的样子，若是惊动他人，让人为你揪心，于心何忍！

彷徨没几天，我克制自己定下神来，心想彷徨于事无补，不如抓紧时间，为社会多做一点工作，为人生画上完满的句号，于是振作起来与死神赛跑。现对这两个月的回顾，再结合对5月16日死里逃生再获新生后的回顾，择要汇报如下：

一、关心少儿阅读活动，推动好书育人作用。

1. 参加越秀区少工委组织的专家策划会议，筹备“万人读书活动”回顾大会。因我原在省作协《少年文艺报》当副主编，20世纪80年代以来，一直参与这项有意义有影响的读书活动，于是受邀为大会建言献策，把万人读书活动延续下去，发扬光大。

2. 在东山小云雀剧院、越秀区少工委组织的各校少先队员大型读书活动中，我和几位专家在台上作3万人读书活动盛况访谈演讲，鼓励红领巾与好书交朋友。

二、总结三结合正能量典型，促进新时代好少年成长。

1. 发现好苗，及时宣传。我在阅读学生作品时，发现华阳小学石子鸣同学日记具有学校、家庭、社会三结合教育典型意义，于是在为其书作序时，特别强调三结合教育的重要作用。新书出版后为社会广泛认可，石子鸣被省教育厅、团省委和省文明办等职能部门评为2019年上半年“广东新时代好少年”（全省中小学校中共评出20名，其中广州地区中小学校3名）。

2. 抓住机遇大力推广。新书出版后，特别是“广东新时期好少年”名单公布后，我策划组织和参与以下几项活动（虽然那时我心脏手术失败才个把月，病情愈加严重，人已相当虚弱，但仍坚持后续工作）：

（1）4 月 20 日，召集主持有关人员会议，筹备石子鸣先进典型事迹发布会。

（2）4 月 23 日，在购书中心，参加亮眼公益团体主办的世界读书日活动，我上台发言，突出介绍“广东新时代好少年”的成长与读书的关系密不可分，鼓励更多少年儿童与好书交朋友。

（3）5 月 28 日，在华阳小学参加“广东新时代好少年石子鸣新书分享会”，会上我和省关工委副主任胡中梅、省教育厅原厅长江海燕都作了发言，我还向学校和小石同学赠送我的著作。

三、结合“不忘初心、牢记使命”主题教育，全力推介红色传奇《肝胆两昆仑》新著。在开展“不忘初心、牢记使命”教育活动时，我省作协会员谢友义出版红色传奇《肝胆两昆仑》。本书撰写中国共产党建党初期最早一批党员之一的刘尔崧，他还是中国工人运动领袖，他的哥哥刘琴西也是中国最早的红色政权的创建者和领导者之一。有着坚定信念的兄弟俩是广东紫金人，是中国革命的先驱。我在阅读中为先烈大义凛然精神所感动，也意识到这是一本树立信仰增强使命的好教材，于是克服在生死面前的彷徨，做了以下几项工作：

1. 用一个多月时间阅读本书（双眼球手术后视力模糊），并撰写数千字的文学评论《不忘共产党人的初心使命》，发表在文艺报《书香中国》专栏（2019 年 7 月 12 日）。

2. 协助参与策划和组织《肝胆两昆仑》新书推介会（省作协创研部主办，2019 年 6 月 15 日），并在会上作重点发言，指出该报告文学既展现“一门双烈”的革命事迹，激活了尘封的史料，最后归纳出是“五四”精神火把，照亮英雄成长历程，帮助年轻读者领会红色传奇的精神内涵。

3. 参加中山图书馆等单位联合举办的《肝胆两昆仑》研讨会（2019 年 8 月 6 日），并受邀对大会众多的专家发言作总结，提出新时代呼唤更多的红色作品来滋养抚慰砥砺前行的灵魂，这是作家神圣的使命。并提出红色传奇进校园的倡议。

四、宣传少先队成立 70 周年光荣传统，鼓励红领巾争当新时代的先锋……

看了他这份总结，再看他为参加征文的学生作品作的点评，不由思绪万千。

老作家邱喜桂是中国作协会员，在潮州很有影响力。这些年省关工委的主题征文活动，潮州市关工委联合潮州市小作家协会，请小作家协会的顾问为孩子们的作文把脉开方。邱喜桂欣然接受。

某一天，潮州市关工委副秘书长陈建中找到邱喜桂，给了他几篇学生作文，请他指点指点。其中有个叫张丹婷的学生，饶平人，是潮州市小作家协会第一批会员，曾在“中国梦·家风美”的征文活动中获得省级三等奖。

这次文章的主题是沿着习爷爷考察潮州走过的“一桥一楼一牌坊”，亦步亦趋游古城，“重温幸福时光，牢记殷殷嘱托——小作家采风行”。老作家戴上老花镜，认真阅读小作家的作文。通读全文几遍，觉得张丹婷文字基础扎实，行文切合主题，但毕竟是高一学生，仍有提高的空间。于是，邱喜桂提出了几条修改意见：一是字词稍作润色，使其更精练；二是段落顺序的调整，使其呼应主题；三是全文适当增删，使其更简洁。并就原文具体的段落词句，对张丹婷进行具体的辅导，并反复举例说明。

比如："穿梭在这座古城里，我为它古老的历史所震撼。""穿梭"，意思是像织布的梭子来回活动，形容来往频繁。用在这里显得些许急促。如果改为"徜徉"，释义是安闲自在地步行，从容不迫而游。感觉是不是不一样？张丹婷豁然开朗，改了之后反复读几遍，果然是大不相同。又比如："看着它那神秘的面纱一点点揭开，心中有油然而生的骄傲。"邱喜桂启发张丹婷：这一段是情感的高潮，也是对主题的呼应，可以加强，你再想想，或许可以找到更合适的词句来表达那一刻的心情。张丹婷也是聪明，一点就通，经过反复思考、修改，最后成文："徜徉古城，我为她古老的历史所震撼，绝美的风姿所吸引，深厚的文化底蕴所感叹！我爱你，潮州！"

2021年6月，《少男少女》杂志下半月刊(小作家)发表了张丹婷的《游潮州古城》，文章后面写着"指导老师：邱喜桂"。而且，这篇文章还上了中国关工委"中国火炬"公众号。邱喜桂比自己得了奖还开心，对陈建中说："哈哈，这一回，小作家让老作家沾光了！"

"我觉得，改稿也是一种学习，可以学到小作家的灵性、活泼和机敏！"邱喜桂真诚又谦逊。

有"粤西童声"美誉的黎俊生，是中国作家协会会员，少年时开始写作，创作出大量儿童文学作品，获得广泛好评。他的少儿散文《鱼雨》入选《广东省作家协会五十年文选》，少儿小说集《美男儿》获文化部"蒲公英·儿童文学"奖，少儿小说《特号肚》获广东省第五届儿童文学奖，还有多篇作品获省级以上奖励。黎俊生是湛江市麻章区教育局原局长，1993年被湛江市委、市政府授以"湛江市有突出贡献专家"称号，2002年被省政府聘任为广东省人民政府督学。退休后，他仍然笔耕不辍，新作品不断问世。

一份全新的工作，自黎俊生退休之时开始，那就是湛江市麻章区关工委副主任。因为从教育系统出来，他的工作分工主要是负责联系学校关工委，重点工作是做好学校家庭教育的"三教结合"、读书教育活动以及近年来广东省少年儿童践行社会主义核心价值观主题征文工作。

关工委的工作一干就是23年，直到年逾八旬，依然壮心不已。他当过老师，任过教育局局长，在教育系统有丰富的工作经验，又是儿童文学作家，主管征文工作，太合适不过了。

麻章区地处雷州半岛北部，位于湛江市西南部，历史上因盛产剑麻及章鱼而得名。麻章区前身为湛江市郊区，虽然距离市中心并不远，也就 7 公里左右，但因为得天独厚的条件，靠海吃海，多以渔业、农耕、养殖为主。2023 年 4 月 10 日，习近平总书记在广东考察调研期间，专程到了湛江红树林，了解当地加强红树林保护的情况。这个红树林片区，就在麻章区湖光镇金牛岛。

一方水土养一方人，生活在这片土地上的孩子们，他们的笔触，自然离不开熟悉的环境，这看上去似乎是一个局限，但事实上这恰恰是一个特点。黎俊生懂得孩子们，对有浓厚生活气息、地方特色、乡情乡味的作文倍加珍爱。既鼓励孩子们写身边事、身边人，写真情实感，又启发老师们在指导学生时注意撷取有本土特色的题材和优秀的作文作为典型予以推广，这是黎俊生抓征文工作的第一招。

在2022年“劳动创造幸福”主题征文活动中，麻章区的学生写赶海、捕鱼、农耕，出现了《牛车的故事》《笑声荡漾在蓝海中》《“赶”出来的幸福》《插花苗》《那雨·那人》《暑假，田间劳作》等好文章，分别获省二等奖、三等奖、优秀奖。

当在征文工作中发现存在的共性问题时，则分片（以一个镇为一片）召开研讨会，黎俊生作中心发言，分析存在的共性问题，提出改进的方法。例如在以“青春拥抱时代”的主题征文活动中，发现存在几个共性的问题：一是一些学生直接以“用青春拥抱时代”这个主题作为文章的题目，缺乏思考；二是文章写得太笼统，不具体，欠生动；三是文体不清，有些征文，既不像记叙文，也不像议论文；四是语言干巴，缺乏文采；五是题目陈旧，似曾相识。在指导过程中，他既拿出一些“存在问题”的文章，让大家分析，吸取教训，又拿出《青春正当时》《青春足迹》等征集到的优秀习作（后来均获省二等奖），让大家鉴赏，并吸收其长处。发现共性问题，分片指导，这是黎俊生抓征文工作的第二招。

黎俊生用微信、电话，或者亲自到学校去，给予具体的指导。例如在“用青春拥抱时代”的征文活动中，他发现麻章二中小学部五（2）班学生符庆雯写的《我们一家三代的青春印记》，内容符合征文的主题，而且比较新鲜，但是写得太杂。针对这些问题，黎俊生多次用微信与该校负责征文工作的冯金玉联系，指出这篇征文的优缺点，同时在原文中写出修改意见。冯金玉与负责老师通过到该生家中，以及请家长来学校详谈，深入了解家中三代人青春时期的不同奋斗情况与思想情况，最后写出三代人的不同青春。就这样，文章内容充实了，但文章的标题与小标题还不够精彩，文句也需要修改。老师与学生明确要求后，又在标题与文句方面作了诸多修改。后来这篇文章获省二等奖。发现“个性”问题，个别指导，这是黎俊生抓征文工作的第三招。

发现一些责任心强、有写作能力和指导有方的老师，黎俊生便主动联系他们，到学校调研时直接找他们聊天，同时通过微信、电话，对交上来的学生征文给予点评；对一些写得不错但还需要修改的文章，黎俊生提出具体的修改意见。例如在“劳动创造幸福”的主题征文活动中，麻章第二小学的学生王若汐写赶海这一题材，最初以“赶海”为题，记叙了赶海的过程，未能突出“劳动创造幸福”这一主题。针对此，黎俊生提出了意见，学生把题目改为“采撷幸福之花”。这样修改虽然突出了劳动的幸福，但是过于笼统，题目太大，后来他再次与老师研究，给予指导，学生最后把题目改为“‘赶’出来的幸福”。如此，题目既突出了主题，内容又充实、新鲜，最后获得省级三等奖。主动联系骨干老师，直接指导修改，这是黎俊生抓征文工作的第四招。

征文活动一开始，黎俊生心里就一直装着这件事。进展得怎么样？有没有碰到困难？是否发现了写作苗子？他根本闲不住，一有空就打电话了解情况，或者直接到学校去，见见老师和同学们，跟他们聊一聊，及时掌握全区各中小学校征文活动开展情况，包括参加学生人数、征文活动的进度、征文活动中出现的好现象，以及出现的问题，及时给予指导，并尽快想办法解决问题。及时了解全区征文活动开展情况，帮助解决问题，这是黎俊生抓征文工作的第五招。

一接到征文活动通知，首先要反复熟读征文大纲要义、具体要求。紧接着召开全区中小学校关工委有关负责人动员大会，一起学习领会省、市有关“征文活动”的文件；同时对上一年的征文活动进行总结、颁奖，并部署新一年的征文工作。大会之后，要求各校关工委召开与区关工委同样形式的大会，把征文活动的要求传达到师生，发动师生的积极性。紧接着是趁热打铁，召开部分学校的有关人员参加征文座谈会，进一步学习征文活动的文件，明确征文的主题、内容范围、文体、字数等要求，同时讨论一些具体方案，总之做到明确要求，有计划、有步骤地开展，以保证征文的质量，防止走过场。明确目标、落到实处，这是黎俊生抓征文工作的第六招。

当然不只是这六招。为了做好征文工作，黎俊生也真是把十八般武艺都用上了。

最繁重的，是全区选上来的征文都交到黎俊生手上的时候，他在案头前一篇一篇地阅读学生征文，多少喜和乐，多少感动和惊喜，多少遗憾和思考，在心中激荡成海。文字真是奇妙，一个耄耋老人，一个童真少年，通过文字这座桥梁走向彼此，会心一笑。那个时候，他还原为一个作家，温暖而幸福。

为孩子们上文学课，辅导他们写作文，一次次提出修改意见，带他们体验生活……好多年了，余史炎乐此不疲。他还是评委之一，每年的征文选送上来的作品，他都要认真看过。他是潮州市作家协会副主席、潮州市小作家协会主席，工作很忙，创作计划不少，却甘心为学生的征文如此用心用力，除了责任义务奉献精神，关键的一点还是潮州市关工委工作做得好。因为，不仅余史炎一个作家，潮州市一整个作家群体都是这么做的。

2022 年“劳动创造幸福”广东省少年儿童践行社会主义核心价值观主题征文活动评选结果揭晓后，潮州市取得的好成绩让余史炎感慨万千。从一个作家评委的角度，他写下了感触，同时作出了点评：

欣读这些获奖的作品，孩子们真诚的叙事与抒情，激情奔放的文辞造句，颇有语文功底的谋篇布局，无不让我感动。沉浸其字里行间，仿佛也让我回到了少年时代，回到青灯孤影苦思寻写作文的夜晚，回到因尝到写作甜头而萌生作家梦的青葱时光。

这几年，潮州市关工委的老同志一起和市作协搭建了“小作协”这样一个平台，为热爱写作的老、中、青、少打通了无年龄、无身份界限的交流渠道。市关工委负责指导和联络小作协工作的陈建中，和一批活跃在文坛上的老作家邱喜桂、陈明、张南山，中青年作家陆利平、陈维坤、陈丹玉、陈史烁等，一批像陈俏洁、李英花、刘燕洁、苏晓玲等具有丰富教学经验和写作经验的老师对孩子们的传、帮、带，形成一股文学的推动力量，一批像张丹婷、陈昱东、刘南烨、卢铠潼等热爱写作的孩子在作家们的引领下，以赤诚之心书写我们这个伟大的时代。

小学组一等奖卢昊闻的《捏出幸福的样子》，选取了“潮州手拉朱泥茶壶”这一具有本土特色题材，以儿童的视角，真实地记录跟随潮州市工艺美术大师徐启良学习手拉朱泥茶壶的见闻和经历，朴实、真诚地表达自己的感想。表达学习中遇到的困难，小作者说：“原来制作手拉壶这么难！学了几个星期，大家都渐渐地失去了兴趣。”听了徐大师说：“潮州手拉壶从调配泥料到最后成品，要经过几十道工序，制作工艺很烦琐……”自己动手尝试后，小作者说：“我们试了试，果然是这样。”没有华丽的修辞，却足见小作者的一颗赤诚之心。

小学组二等奖李佳琳的《幸福的双手，幸福的生活》，以“手”为叙事线，以“我”的情感为抒情线，着眼普通劳动者，用“小视角”描绘“大时代”，给我们讲述了卡车修理工爸爸的故事，刻画出一位鲜明的时代劳动者的形象，生活味较浓。更有意思的是，小作者情浓之时，自然地流露出“我努力学习，用拼搏进取换来优异的成绩，换来爸妈灿烂的笑容”，表达出一个孩子最为真实、最为朴素、最为美好的愿望。

初中组三等奖张彦青的《奶奶的幸福时光》，“小巷一隅，残旧的木门、笨重的老式理发椅、擦得发亮的大镜子、略微发黄的洗头池、再配上陈旧的理发台、电推子、刮刀、发蜡”，行文开始便给我们呈现出一幅“老城小巷理发室”场景，以“理发匠奶奶”为书写主体，通过一系列生活片段，勾勒出一系列平凡中的幸福。特别是在语言描写上，尽是对生活的真实捕捉和还原，“我修的眉，包你满意！”“花姐，老规矩！”“好嘞！”……这从写作而言，是难能可贵的。

还有，辜兆同、刘南烨、林子欢、陈昱东、沈玉羚、林佳慧、冯徐妍、林妍霓张丹炫等小作者立足潮州这一片土壤，写出了潮州的本色故事；郑熙纯、张丹婷、刘思琪、黄榕灵、陈浩然、张若琳、谢艺莹、苏于晴、曾品为、谢彤、杨梓芷、李艺榕、庄语熙等以亲情写深情，彰显出了我们中华民族的传统美德；蔡晴帆立足于时代，又能纵观历史之往来，写出了义理，更写出了新时代青年人的豪情！

“劳动创造幸福”的故事，在孩子们笔下如此真实、生动、有趣！读这些作品，不知不觉也被深深地打动了。我认为：这些孩子，就是作家；这些作品，就是文学啊！

清代诗人郑板桥诗云：“新竹高于旧竹枝，全凭老干为扶持。明年再有新生者，十丈龙孙绕凤池。”

像王俊康、黎俊生、邱喜桂、余史炎等这样为征文活动付出和奉献的作家还有很多，事实上，每年的征文活动，各地市的作家协会大都积极参与。除了广东省作家协会、广东省小作家协会，还有深圳市作家协会、汕尾市作家协会、惠州市作家协会、阳江市作家协会、潮州市作家协会、梅州市作家协会、中山市作家协会、汕头市作家协会……来自各地市作家协会的他们给予专业的辅导或点评，在杂志上开辟专刊、专号，刊登优秀获奖作品，为征文活动鼓与呼，征文活动的广为人知和热度不减，他们作出了贡献。

2024 年 5 月 1 日，位于广州市荔湾区白鹅潭畔的广东文学馆盛大揭幕。广东文学馆总建筑面积 1.84 万平方米，开设了 7 个展厅，其中 4 个常设展厅以时间为序，依次为广东古代文学展厅、广东近代文学展厅、广东现代文学展厅、广东当代文学展厅，还有两个极具特色的常设展厅，港澳台侨作家文学成就展厅和“鲁迅家”展览厅。这些展厅以时间为纲，以色调为喻，全景式展现了广东文学从先秦萌芽到现当代 2000 多年的非凡历程与辉煌成就。展厅的主题与广东文学的成就、特色交相辉映。

广东文学馆不仅是一个展示广东文学成就的场所，更是一个促进文学交流、推动文化创新的重要平台。广东文学馆专门设立了青少年创意写作中心，旨在引领青少年提高文学素养，培育广东文学新人。应该说，组织开展全省少年儿童主题征文活动与广东文学馆开设青少年创意写作中心，在初衷和愿景方面，是高度契合的。

行是知之始

孟子有云："先立乎其大者，则其小者不能夺也。"孟子告诫我们，一开始就确立了人生大志向的人，才能抵抗住诱惑，才不会因小失大。《论语》中有这样一句话："三军可夺帅也，匹夫不可夺志也。"可见志向与一个人成长成才的直接关系，以及对人生的重要性。省教育系统关工委的工作，在促进广东省教育改革和发展中发挥了积极的作用，为广东省关心下一代工作作出了重要的贡献。

皮格马利翁效应，又称罗森塔尔效应，通常指一个人对另一个人行为的期望成为自我实现的预言的现象。最早由罗伯特·罗森塔尔（Robert Rosenthal）与伊迪丝·雅各布森（Edith Jacobson）正式提出。他们在实验中从班级中随机挑选部分学生，告诉教师这些学生拥有过人的智力水平，极具发展潜能，但要对其他人保密。一段时间后发现这些被随机选中的学生成绩进步很大，且变得十分自信积极。总结来说，是教师对学生形成的期望会使学生的学习成绩和行为表现向符合该期望的方向发展。这一效应启示我们，如果你对他人有所期待，可以通过以真诚的态度对待对方，给予其由衷的赞赏，从而调动其积极性，促使其朝着自己所期望的方向发展，这份期待或许就会成真。

——科普中国网

有一个现象，优秀的学生都是多才多艺的，干什么都行。聪明、独立、智商高、能力强、肯吃苦、有毅力。有不少征文获奖的学生，同时也在各个方面多栖发展，演讲、朗诵、音乐、舞蹈、科创、体育、书画等。这些孩子好像打通了任督二脉，能够触类旁通。这样的学生是无数家长羡慕至极的"别人家的孩子"。深入了解之后发现，他们的原生家庭起着重要的作用。无论家境好与坏，这些家庭都拥有良好的家庭氛围，民主、温馨、有爱，家长愿意花时间陪伴孩子，欣赏、鼓励孩子的点滴进步。也有一些个案，原生家庭生活条件差，无暇顾及对孩子的教育，孩子的成长过程基本是“野生”。因为渴望改变命运的内在动力，所以奋发图强，鲤鱼跃龙门，最终成为所谓的“寒门学子”。他们之间也有共同点，就是由内而外的自觉，这是最强大的力量。

这股强大的力量，来自志向。孟子有云：“先立乎其大者，则其小者不能夺也。”孟子告诫我们，首先确立了人生大志向的人，才能抵抗住诱惑，才不会因小失大。《论语》中有这样一句话：“三军可夺帅也，匹夫不可夺志也。”可见志向与一个人成长成才的直接关系，以及对人生的重要性。

“知者行之始，行者知之成”，出自明代思想家王阳明。王阳明认为：“知之真切笃实处便是行，行之明觉精察处便是知。”他提出知行合一，一方面强调道德意识的自觉性，要求人在内在精神上下功夫；另一方面也重视道德的实践性，指出人要在事上磨炼，要言行一致，表里一致。

著名教育家陶行知先生提出：“行是知之始，知是行之成。”指实践是获取认知的必经途径，只有实践才能出真知，阐述了实践和认知的关系，知行合一，实践是认知的开始，而认知又是对实践的升华。陶行知先生43岁时在《生活教育》上发表的《行知行》一文里的观点，直至今日，依然有着深远的影响。

“阅读和写作分不开，那些作文写得好的学生，阅读量都比较大。广东省教育系统关工委2001年就在省关工委的指导下，在全省中小学中开展朝阳读书活动，经过20多年的探索实践，已经非常成熟。所以，广东省少年儿童践行社会主义核心价值观主题征文活动，我们也参照朝阳读书活动的经验，顺着朝阳读书活动的路线，把两个活动捆绑起来，有很强的实操性，工作开展起来也顺利。”广东省关工委副主任、广东省教育系统关工委主任王玉学如是说。

多年参与此项工作的广东省教育系统关工委副主任张紫露，着重介绍了“朝阳读书”活动的内容和形式。“朝阳读书”活动每年一个主题，近年来，与教育部关工委主题教育相结合，比如2022年“新时代好少年·强国有我”、2023年“新时代好少年·传承经典，筑梦未来”。形式有演讲、朗诵、征文和线上答题等，活动丰富多彩，影响到千家万户，对广大中小学生积极参与阅读活动起到了很好的激励作用。

2024年，“朝阳读书”活动已经连续举办了23年。据不完全统计，“朝阳读书”项目共捐出图书达1亿多册，全省接受捐书的学校达8000多所，促进了“朝阳读书”活动开展和学校的综合教育质量，激发了千万青少年对阅读的兴趣，引起了千万家庭对阅读的关注，既提升了育人者的人文素养，更提升了青少年成长的品质与内涵。“朝阳读书”活动不仅成为我省关心下一代工作响当当的品牌，也成为“书香岭南”全民读书活动中最有活力、最有成效的优秀项目和特色品牌。

范海星是省教育系统关工委常务副主任，多年来担任征文活动的评委。“这样的征文活动太有必要了！现在的孩子说好中国话、写好中国字、作好中国文是基本功。可是随着信息时代的到来，智能化、碎片化的吸收，还有受西方文化的冲击，中文写作水平有所退化，价值观、情感也都在发生变化，这不是危言耸听。我们从作文中可以看到，现在的孩子作文还真的没有以前的孩子写得好，重点体现在切身体会和真情实感上。城里的孩子和乡村的孩子又有区别，城里的孩子见多识广，享受着更好的教育资源，素材积累比较丰富，他们写作文遣词造句不是问题。比如写青春，抒发豪情、展望未来，充满着力量。但因为间接的素材不是自己的亲身经历，有时候会觉得空洞、虚假、生硬，像是套上去的。乡村的孩子知识面相对窄一些，但因为所处的环境传统文化保留得比较好，家庭教育的观念也不同，注重身体力行上行下效。比如写家风、写劳动，写的是真实的感受、熟悉的事物，所思所想也是内心真实的流露，很打动人。所以文字写得再好，没有真情流露也是苍白的。写作就是熟能生巧的事情，省关工委打造这样一个平台，就是让广大学生重视写作。我们都愿意看到孩子们越来越好，国家越来越好，做点力所能及的事，挺高兴的。”范海星只字不提辛苦，脸上是爽朗的笑容。

广东省教育系统关工委是广东省成立最早的关工委之一，也是最有活力的关工组织之一。广东省教育系统关工委早期叫广东省教育厅关工委，隶属省教育厅；教育系统还有一个关工委，那就是广东省高等教育学校关心下一代工作委员会，成立于1998年6月，隶属省高教局。2001年春，广东省教育厅与高教局合并后，成立了新的教育厅关工委，但仍然保留广东省高等学校关工委的建制，秘书处的工作合并到省教育厅关工委秘书处。2014年，“广东省教育厅关心下一代工作委员会”更名为“广东省教育系统关心下一代工作委员会”。

二十多年来，教育系统关工委的工作在促进广东省教育改革和发展中发挥了积极的作用，为广东省关工委工作作出了重要的贡献。教育系统关工委能取得这个成绩，是省委教育工委、教育厅以及各级教育界的党政领导重视、关心、支持的结果，也是教育界的老同志在第一线辛勤劳动无私奉献的结果。

征文活动和“朝阳读书”活动看上去是两件事，其实也是一条线。省教育系统关工委特别重视，多次到全省各地调研、宣传、督导征文活动，发动全省教育系统关工委力量，把征文活动作为对中小学生进行思想教育、价值观教育、德育教育重要的组成部分，利用“朝阳读书”活动成熟的渠道和方法，把工作推进得有声有色，卓有成效。

千里之行，始于足下。再大的策略，也是要靠人一步一步去实施；再琐碎的事，也要一件一件去落实。因为教育部门的工作性质，教育系统关工委对接学校更直接。也可以说，他们的工作更具体，更繁杂。八仙过海，各显神通，各地都有自己的招数。

学生写一篇作文，从立意到最后完成，需要很多步骤，往大了说，也是一项工程。鲁迅先生说：“文章应该怎样做，我说不出来，因为自己的作文，是由于多看和多练习，此外无心得和方法的。”著名教育家叶圣陶先生说：“要把写作的手腕训练到熟练，必须常常去写，规规矩矩地写。”说的就是熟能生巧吧。

征文工作也同此理，用心去做，用情投入，反复练习、揣摩、探索，找到切合实际的方法。做文、做人、做事，大的方向和准则，贯穿在整个过程，在结果呈现的那一刻，清晰可见。

不少市一级的征文评审都是由教育局关工委组织完成，本地学校作文的实力、学生写作水平他们比较了解。眼前一亮的惊喜，莫过于在评审时发现“黑马”。

江门市教育局关工委主任关汝海：江门市的做法是先由学校初评，优选送市（县级市）、区教育局评审，再由各市、区选送到江门市教育局关工委。每一篇作品都经过三位评委评审，取其平均分，保证评审的公平性，做到优中选优。全省各地关工委都很重视这个征文活动，我们江门也不例外。征文活动机会难得，是一个很好促进青少年健康成长，对青少年思想政治潜移默化的教育平台，也是一次高水平读写的比赛。而且每年征文的主题都设计得很好，比如2021年的“用青春拥抱时代”、2022年的“劳动创造幸福”，还有2023年的“科技引领我成长”，紧跟时代，又接地气，学生写起来不难。不少文学苗子在征文活动中脱颖而出，如果我们选送的作品在省里获奖，我们评委比获奖学生还激动和高兴。

揭阳市教育局关工委主任方列生：我们在征文评审中，不仅注重学生作品的主题内容、写作水平，而且注重掌握学生对社会主义核心价值观的理解认知程度以及学生的思想动向，力求为中小学校思政课提供更精准的教学方向，从而得到有效教益。前些年，我们发现一些学生的征文，存在字里行间流露出对社会主义核心价值观的认知和对新事物理解的偏差；有羡慕西方那种自由主义生活方式的倾向和苗头；心态浮躁、急功近利、以个人价值为中心等问题。这些引起了我们的注意和高度重视，我们立即与市教育主管部门研究教育引导对策，部署各中小学校在思政课中加大社会主义核心价值观的教学比重，重点把“社会教化、自我修养、实践养成”三方面内容讲深讲细，让社会主义核心价值观在学生群体中真正入耳、入脑、入心，有效教育引领学生做到“内化于心、外化于行”，也更好发挥了思政课铸魂育人的功能。近两年来，学生征文作品中基本未出现类似的问题，文章凸显满满正能量。这说明对中小学生价值观的引领、培育非常重要，广东省少年儿童践行社会主义核心价值观主题征文活动持续开展很有必要。

2023年11月20日上午，广州市荔湾区乐贤坊小学，庄严的升旗仪式结束后，“科技引领我成长”2023年广东省少年儿童践行社会主义核心价值观主题征文颁奖活动开始。同学们兴奋又好奇，哇！来了这么多领导，听林校长介绍，他们是广州市荔湾区关工委常务副主任兼秘书长黄莉莉，荔湾区关工委办公室主任齐艇，荔湾区教育局关工委常务副主任艾连娣，荔湾区教育局关工委副主任谭小琦，荔湾区教育局关工委秘书长何茹，荔湾区教育局关工委委员、荔湾区优秀校外辅导员陆华廷等，校长和老师们脸上乐开了花，同学们心里更是美滋滋的。

他们值得自豪，因为乐贤坊小学太牛了，居然有两位同学在全省少年儿童践行社会主义核心价值观主题征文活动中获奖。王晟睿同学的征文《小实验激发大梦想》获得省级一等奖，这是广州市唯一一名获得省级一等奖的同学；洪劭恺同学的征文《第一次挑战人工智能》获得省级二等奖。他们在全省上百万的参赛者中过关斩将、取得好成绩，太不容易了！

荔湾区关工委常务副主任兼秘书长黄莉莉和荔湾区教育局关工委常务副主任艾连娣共同为获奖师生颁发奖状。对学生而言，没有什么比国旗下的颁奖更隆重，更值得自豪了，这是每个学生的梦想啊！

艾连娣的笑容特别灿烂，犹如园丁见到花开。

艾连娣是荔湾区真光中学原校长，毕生献给教育事业，退休后担任荔湾区教育局关工委常务副主任。数十年的教书育人经验，强烈的责任感和奉献精神，让她积极投入关心下一代工作中，特别是五年来的征文活动，她付出了鲜血和汗水，在她深耕的荔湾区，收获了累累硕果。

结合每年的征文主题，艾连娣设题目、做课件，主动到区中小学校举办社会主义核心价值观主题讲座，积极宣传少年儿童践行社会主义核心价值观主题征文活动，让全区每一所学校都对征文动有深入的认识了解，与学校保持沟通，随时探讨征文活动相关问题。有困难需要协调解决时，她总是二话不说，尽力而为。在她的带领下，多年来荔湾区在征文活动中都取得了优异的成绩。

最辛苦是每年看征文，对征文进行评选。交到区里的征文，她每一篇都认真看过，生怕错过了一篇好文章。距离上交市里的时间比较紧，夜以继日也在所难免。本来都已经退休了，可以去旅游，看山看水看花开。但是她乐意，她觉得这项工作很有意义。美妙的词句，字里行间的童真，发现新人的惊喜，那一刻，她看见了花开的美丽。

大手拉小手，老少同心，对下一代有帮助、有启迪，她愿意付出。就像对自己蹒跚学步的孩子，牵着他走一程，教他避过泥坑水洼，用自己的切身体会和人生经验给他一些建议和指点，让他少走弯路，别走错路。这是一种使命感，也是源自内心的大爱。

对参加广东省少年儿童践行社会主义核心价值观主题征文活动的收获和感受，乐贤坊小学的王晟睿这样描述：“这次实验经历，让我懂得了科学探索就是要善于发现生活中的小现象，引发悬念，再弄懂原理，最后把这些知识回馈到生活中，从而提升、改善我们的生活质量。”

佛山市三水区，历年来在广东省少年儿童践行社会主义核心价值观主题征文活动中表现不俗，年年都有学生获奖，获得省级一等奖的也不在少数。在 2023 年

“科技引领我成长”主题征文活动中以《我与“风力发电机”的小故事》获得小学组省级一等奖的关骏朗，就是三水区西南街道中心小学五年级学生。

那么，他们的绝招是什么？几个小故事，或许能从中找到答案。

场景之一，三水中学附属初中部。这天是周末，校园显得空旷安静。台风天，风还在刮着，雨还在下着，高大的榕树呼啦啦地摇摆，路上行人寥寥。这种天气大家都躲在家里，何况还是周末。教学楼里一间课室，却聚集了一群学生和几位老师，看着门外雨冷风斜，师生们的脸上透露出担忧和着急。显然他们是在等待什么人，既期待他的出现，又担心这风雨。终于，一个学生忍不住说：“雨这么大，陈老师不会来了吧？”

师生们焦急地看向门外。正在这时，一个打着伞、上了年纪却步履稳健的老人走了进来，脸上、鞋子上、衣服上全是雨水，他乐呵呵地大声说：“这雨下得太大了，我迟到了，不好意思。”师生们迎上来，边叫着“陈主任”“陈老师”，边敬佩地说：“这么大的风雨，以为您来不了了。这么一件小事，您却冒着风雨来了，太让人感动了！”

他是佛山市三水区教育局关工委主任陈显平，2002 年退休后加入关工委工作，一干就是二十几年，凭着热爱和赤诚，为青少年健康成长无私奉献，个人先后多次被评为省、市、区关工委先进工作者。2019 年，陈显平在全市各区作关工委工作经验巡回宣讲。2020 年 12 月，荣获佛山市“最美五老关工人”荣誉称号。

学生邓欣悦在 2021 年“用青春拥抱时代”主题征文活动中以《强国有我辈，中华必复兴》获得佛山市一等奖，得到了省教育系统关工委的关注和重视，指定其代表省教育系统参加省中学生“强国有我”电视演讲选拔赛。为了精益求精，向着更高更强，师生们希望把稿件修改得更好更出彩。陈显平不仅是区教育局关工委主任、征文活动区一级的评委，还是广东省作家协会会员、三水区作家协会副主席，响当当的一个作家，创作出版过不少文学作品。陈显平对邓欣悦的征文提出了修改意见，并耐心讲解和辅导，演讲时需要注意的相关问题。

功夫不负有心人，邓欣悦在比赛中夺得省选拔赛冠军。随后代表广东参加全国中小学生“中华魂”演讲决赛，荣获“优秀选手”称号。三水教育局关工委荣获中国关工委和教育部关工委举办的全国中小学生“中华魂”主题教育活动先进集体称号。

场景之二，三水区教育局。2023 年“科技引领我成长”主题征文活动启事公布几天后，一个特别会议正在召开。征文辅导组在 2019 年征文活动开始的第一年已经组成，每年新主题一开始，辅导组成员迅速集结，商讨当年征文活动的做法、重点问题、辅导对象、地点、内容等。征文写作辅导组由陈显平、局关工委秘书长莫皑立（原区重点高中语文教师，教研组长）及局教研室语文教研员组成。做法是由该辅导组对各中小学抓征文工作的老师进行培训，明确每年征文的主题侧重点和写作要点，然后回去指导好教师和学生。只要学校提出辅导要求，陈显平他们都很乐意到学校指导，帮助学校开展征文写作培训讲座，或辅导骨干学生修改好上送的征文。五年来，辅导组成员不辞劳苦，风雨无阻，有求必应，每年到学校辅导达数十次之多。对上送市里的征文，辅导组成员都一一审阅，并进行面对面修改提高。

会上，陈显平给大家鼓劲："今年是科技主题，相比去年的'劳动创造幸福'，好像难度高了一些，这就要求我们要把工作做得更到位，更具体，更细致。这么些年，我们也积累了不少经验，对各个学校的情况也都非常熟悉，有困难，有问题，有需要，我们要第一时间帮忙协调解决。总之，我对大家有信心，对三水有信心！"

正因为陈显平他们的共同努力，三水区关工委、区教育局的高度重视和支持，三水区历年来在征文活动中都取得较好的成绩，学生获奖数也在佛山市名列前茅。

回头看看，佛山市的形势又怎样？数据虽然枯燥，但也许更能说明问题。

2019 年，佛山市共有 2500 多名中小学生撰写了"腾飞新中国 辉煌七十年"主题征文。佛山市推荐了 300 多篇送省级评选，共有 6 人获得省级奖励。

2020 年，佛山市共有 2700 多名中小学生撰写了"中国梦·家风美"主题征文。佛山市推荐了 300 多篇送省级评选，共有 10 人获得省级奖励。其中，惠景中学的杨凯雯以《秉承好家风，奉献传久远》获得了中学组一等奖，她作为全省中学组的代表参加了颁奖大会，还在会上宣读了自己那篇反映家族三代为师育桃李、书香满溢传家风的征文，受到了领导和专家们的好评。

2021 年，佛山市共有 4566 名学生参与了"用青春拥抱时代"主题征文活动。经过初评，推荐 300 篇征文参加省级评选，共有 38 人获得了省级的奖励。

2022 年，佛山市共有 4688 名学生参与了"劳动创造幸福"主题征文活动。经过初评，佛山市共有 300 篇征文初评入围，推荐参加省级评选，共有 25 人获得了省级的奖励。

2023 年，全市共有 10215 名学生参与了"科技引领我成长"主题征文活动。经过初评，共有 136 篇征文初评入围，推荐参加省级评选，共有 34 人获得了省级奖励。其中，一等奖 4 人，二等奖 7 人，获得一等奖和二等奖的人数为历年之最。

佛山市教育局关工委副主任陈桂娟说出了心里话："这些年的征文活动，佛山市关工委特别重视支持，各区教育局关工委直接对接，也想了很多方法，做了很多实实在在的工作。在全省，我们获得的成绩不是最好的，但是我们很努力，这让我们很高兴，也很欣慰。我们这些'五老'，能为孩子们做一点事情，很有意义。我们也在作文，在寻找最好的方法，在学习中获得成长。"

《说文解字》云：教，上所施，下所效也。教育是培养人的一种社会活动，其社会职能就是传递生产经验和社会生活经验，促进新生一代的成长。

心理学家总结出 18 岁以下未成年人的心理特征，其中包括：存在明显的心理发展不成熟。心智能力、情绪控制和个性特征等方面都表现出相对不稳定和不成熟；存在较强的自我中心主义。未成年人常常关注自己的需求和利益，对他人和社会的影响力认识不足，容易表现出自私和自我为中心的行为；情绪波动较大。由于未成年人对于情绪的认知和调节能力尚未成熟，他们常常容易受到外界环境的影响，情绪波动较为明显，容易情绪化和冲动；对权威和规则的认同度较低。未成年人常常对权威和规则持怀疑态度，对于家长、老师、社会的约束和规范不够认同，容易表现出反叛和挑战权威的行为；需要关注和建立自我认同。未成年人处于自我认同的建立阶段，他们需要通过与同龄人的交往和社会经验的积累来寻找自己的身份认同和价值观；未成年人对于未来的规划和目标的认知常常不够清晰，对于自己的职业和生活方向常常抱有模糊和不确定的态度。

发现、欣赏、引导、鼓励，最好的教育方式离不开这些。优秀的学生之所以更优秀，是因为他们有志向、有信心、有毅力。认为自己优秀是一种心理暗示，直接称赞他优秀是一种向上的力量。

要做就做最好的

这样一支充满活力敢打敢拼的队伍，离不开长期练兵。
“《秋光》人有大局意识，《秋光》人有踏实的工作作风，《秋光》人有关工情怀”。
——林木声

太阳收拢了翅膀，天空渐次变得柔和。院子里的绿叶红花，经过一天猛烈阳光的炙烤，显得有些疲惫，明显是尚未缓过劲来。隐隐的桂花香，在傍晚的微风中飘散。

今天是周六，刚刚结束上午的颁奖大会，《秋光》杂志社的同志们，鹿麟、熊锦华、陈瑞蓉、郭文宁、谭秀兰、陈小杏、贾萌、林珊瑜、梁少玲、彭康周、张文静、缪俊耀……不约而同地，收拾完现场后都回到杂志社，收回来的物品、资料摆放在编辑部，犹如一场激战过后的短暂停歇，每个人心里依然未能平静。终于，鹿麟说：“颁奖大会圆满完成，基本上没有借助外力，说明我们这支二十来人的队伍是一支团结的、有战斗力的队伍。感谢大家。”欢乐、幸福、激动，更多的是付出辛劳之后收获的喜悦。还来不及庆祝，鹿麟又说：“我们要及时复盘总结，记录好有待改善的细节，让下一次更好。”

广东省少年儿童践行社会主义核心价值观主题征文活动从筹划到结束，经历了整年的时间。探索、实践，一切从头开始。只说这颁奖大会，两个小时的时间，工作安排有多细，局外人无法想象。安全措施、迎接嘉宾、座位安排、车辆指引、会场布置、资料发放、路标路牌、背景幕墙、就餐安排、摄影摄像、合影排位、现场调度、应急处理等，尽管一而再，再而三，反复落实检查，依然随时可能有意想不到的情况发生。犹如一场大戏，只要幕布没有落下来，都是处于高度投入的状态。要不都说，一场会议就是一场拉练，一次大练兵。很长一段时间，所有人都在加班，但同事们没有一个叫苦叫累的。鹿麟想忙完颁奖礼后，应该让大家好好地歇一阵子。可是这颁奖礼刚结束，脑海里就反复回顾整个过程，查找不足和遗漏，记录整理，积累经验。

鹿麟欣慰且感动。欣慰的是同伴们都很努力，任务完成得很好，几年来颁奖大会没出现任何失误，得到了领导的高度赞许和肯定。感动的是，省关工委、省委老干部局、省作协、羊晚集团的领导们年年都到场，对征文工作给予高度重视支持，给承办征文活动的《秋光》杂志社同仁们极大的鼓励。

鹿麟于 1997 年进入《秋光》杂志社，从内刊到全国发行，从一份杂志到多份，从单一的纸媒到多媒体，她伴随着这份杂志走过了二十几年的历程，经过了一次又一次的变革，看到了省老领导、省领导以及各有关部门对这份老同志的杂志倾注的特别关爱，见证了时代发展在《秋光》身上烙下的一个个印记。从青葱岁月到金秋时节，她的生命历程跟《秋光》息息相关。她对《秋光》的用情用心，犹如绿叶对根的情意。

她干练、务实，雷厉风行，有一股拼劲韧劲。坚守信念是因为热爱，精益求精是因为责任，要求严格是因为懂得没有最好，只有更好。在筹划征文活动的时候，她就说："我们要么不做，要做就要做最好的。"这是一个目标，更是时刻的提醒。

这是 2019 年 9 月 28 日，上午 9 点多。省老干部大学 19 楼会议室，人头涌涌，热闹非凡，第一年主题征文活动"腾飞新中国 辉煌七十年"广东省少年儿童庆祝中华人民共和国成立 70 周年颁奖大会如期举行。

对当天颁奖大会的报道，很快出现在省关工委网站、《南方日报》《羊城晚报》等媒体上。

9 月 28 日，"腾飞新中国 辉煌七十年"广东省少年儿童庆祝中华人民共和国成立 70 周年征文活动颁奖大会在广州举行。省关工委主任张帼英，执行主任林木声，省委组织部副部长、省委老干部局局长王力伟，省关工委副主任胡中梅等出席。部分市、区关工委负责人，获奖学生、指导老师代表及家长等 150 人参加大会。

张帼英在颁奖大会现场接受了记者采访，她说，新中国的建立和 70 年取得的辉煌成就，来之不易。如今，国家富强起来了，人民的生活水平提高了，孩子们的学习条件也优越了，希望广大青少年知道幸福、懂得感恩、肩负责任，永远听党话跟党走，热爱祖国、热爱人民，把自己的理想和中国梦紧密联系起来，刻苦学习，把自己锻炼成德智体美劳全面发展的社会主义建设者和接班人。

上午 9 时 30 分，颁奖大会在庄严的国歌声中拉开帷幕。胡中梅作活动总结讲话，黄小玲宣读评选结果，鹿麟主持大会。在热烈的掌声中，与会领导为获奖学生代表、老师代表及关工委代表颁发了荣誉证书和牌匾。

胡中梅代表省关工委对获奖的单位和个人表示热烈的祝贺，对征文活动的所有参与者和支持者表示衷心的感谢。他指出，征文活动对我省庆祝新中国成立70周年营造热烈、隆重、喜庆的气氛作出了积极贡献，达到了开展爱国主义教育、推动阅读写作的目的，取得了圆满成功。征集的作品尽情抒发了小作者们对党、对祖国、对社会主义的无比热爱，充分体现了他们的自豪感、幸福感和责任感，展示了他们的美好憧憬、青春激昂、感情真挚。包括征文在内的"文化育人"是关工委组织贯彻落实习近平总书记关心下一代工作的重要指示精神的实际行动，是关心下一代工作的重要抓手，也是以"五老"为主体的关心下一代工作者的优势。全省各地关工组织还将组织更多"文化育人"活动，希望大家积极参与、大力支持。

征文活动的起源，要追溯到一年前。

2018年11月7日，时任省关工委副主任的胡中梅，带着《秋光》杂志社总编辑鹿麟，《秋光·关心下一代》编辑部主任陈瑞蓉、副主任郭文宁等到汕头调研，其间参加了由汕头市关工委和汕头日报社主办的"关工杯""新时代·新召唤——我奋斗我快乐"征文活动颁奖会，胡中梅副主任发表了热情洋溢的讲话，对汕头市文化育人工作给予充分肯定。"汕头市关工委一贯高度重视文化育人，几年来在青少年中广泛地开展系列文化活动，比如征文活动、文化阅读、书画创作、潮乐演练都取得良好的效果，营造了文化育人的浓厚氛围，培育了一批热爱文化艺术的新人，得到各界的高度评价，走在全省前列。"

颁奖现场很热闹，主办方、学校、家长、学生、社会各界人士一致叫好。汕头市关工委主任钟展南介绍，汕头市关工委从2015年起，连续多年与汕头特区晚报、汕头日报联合举办"关工杯"征文活动，以培育和践行社会主义核心价值观为目的，以传承弘扬中华优秀传统文化为主要内容，跟随时代前进的步伐，分别以"让我感动的瞬间""感恩与期望""孝道之美""新时代新召唤"为主题，取得显著成效，在社会上很有影响，应征稿件来自全国各地，其中以汕头市区及各区县为主，包括机关事业单位人员、各中小学校的师生，以及退休老干部和在校大学生等，作者年龄从十几岁到七十多岁。而且，每年征文活动历时半年，从4月至9月在报纸上开设专栏，刊登优秀作品。征文活动结束后举行颁奖大会，隆重表彰获奖者，优秀作品编印结集成书，得到社会的广泛好评。

胡中梅当即对鹿麟说："征文这个方法好！《秋光》可以做。"鹿麟心领神会，脱口而出："我也正在想这事。"出差回来她立刻向省关工委汇报，得到了省关工委领导的赞同。《秋光》杂志社立刻开始策划，起草方案。

《秋光·关心下一代》编辑部是《秋光》杂志社最大的一个部门，专事全省关工系统的宣传工作，省关工委的刊、网、微都在这个部门。2018年以来开设大篇幅头版头条的地方专版，对各地的特色工作进行系列总结和宣传，形势火热。2019年，正值新中国成立70周年的重要历史时刻，举国上下都在为这一重要时刻作准备。此时开展征文活动正当其时，但是从哪个角度切入、以什么形式铺开，由谁牵头、让哪些人参与，还有评委队伍的组成，那可都是相当专业的。说起来简单，实施起来那可是千头万绪。

胡中梅是省委宣传部原副部长，对文化宣传十分了解。他认为《秋光·关心下一代》杂志开展主题征文活动，让全省少年儿童以作文的方式，了解中国共产党领导下的新中国70年来的沧桑巨变，抒发对党和国家的热爱之情，加强对社会主义核心价值观的认识和理解。他多次亲临《秋光·关心下一代》编辑部，与鹿麟他们一起探讨，并提出指导意见。鹿麟和编辑部的伙伴们热情飞扬，跃跃欲试。

在省关工委的重视和大力支持下，经过反复讨论、修改，2019年5月中旬，正式的征文活动方案出台。开宗明义：为庆祝中华人民共和国成立70周年，浓墨重彩地集中展示70年，特别是改革开放40年和党的十八大以来的生动实践、伟大成就，对广大少年儿童进行热爱党、热爱祖国、热爱社会主义的教育，帮助他们提高写作兴趣和写作能力，为我省庆祝中华人民共和国成立70周年营造热烈、深情、感奋的氛围，广东省关工委决定联合《秋光》杂志社开展面向全省少年儿童的征文活动。

征文主题要求也很明确：作品要紧紧围绕庆祝中华人民共和国成立70周年，突出“腾飞新中国 辉煌七十年”的主题，讲中国故事、讲时代精神、讲未来梦想，可以：从身边点滴谈祖国巨变，从伟大实践谈执着追求，从辉煌成就谈拼搏奉献，从时代征程谈理想信念，从英雄楷模谈人生坐标，从传统文化谈品性修养，从山河壮丽谈家国情缘，从幸福生活谈感恩图报，从求知向学谈天道酬勤，从扶困助弱谈上善若水等，尽情表达自豪感、光荣感、责任感，充分展示美好憧憬、青春激昂、筑梦前行。希望作品立意高远，内容丰富，感情真挚，文采飞扬。

征文活动时间为2019年4月至9月；征稿时间从2019年4月25日至6月30日截止；比赛结果公布时间为2019年9月；征文对象是全省7岁至18岁少年儿童。

奖项设置方面，按小学年龄组、初中年龄组、高中年龄组各设一、二、三等奖和优秀奖若干名。在活动过程中组织工作成效显著，报送优秀作品较多的单位将获优秀组织工作奖。所有获奖作品的指导教师均颁发优秀指导教师奖。

具体实施方案明确细致，列明了初评、终评时间以及评选的具体方法。获奖作品在各地关工委网站、省关工委网站、公众号以及《秋光·关心下一代》杂志等媒体展示、发表。

主题征文活动引起强烈反响，林木声主任进行了深入的思考，他提出征文活动形式很好，但要提升，要与社会主义核心价值观教育相结合，决意要将之办成每年一届的主题性、系列性、持续性的全省范围大规模征文活动，并且强强联手，联合了广东省作家协会、广东省教育系统关工委，增加了《少男少女》杂志社。

时间到了2023年，广东省少年儿童践行社会主义核心价值观主题征文活动已经连续举办了5年，《秋光》杂志社也连续承办了五届。征文活动成为省关工委工作的抓手和响亮品牌，其所形成的强大冲击波，覆盖全省，发散到省外。《人民日报》

客户端、新华社客户端、“学习强国”学习平台、《光明日报》客户端、南方日报、羊城晚报、广州日报、广东卫视等多家媒体进行宣传报道，全网阅读量超 200 万。2022 年的线上总结大会通过网络直播，当天观看人次超 200 万。

《秋光》杂志是改革开放之初根据中组部落实老干部政治待遇的工作要求而创办的，是广东省唯一一份面向全省离退休干部以及中老年人公开发行的期刊，原为《广东老干部》。1993 年省老领导杨应彬同志起名，任仲夷同志题写，改刊名为“秋光”。2000 年获得全国统一刊号，以为老干部工作和老干部生活服务为办刊宗旨，服务老干部宣传工作，服务老干部及广大老年人政治学习、老年文化建设和指导老年生活等。办刊 40 年来一直受到老领导、老同志们的喜爱，多次被评为广东省优秀期刊、品牌期刊，长期保持近 50 万份的发行量，覆盖读者近百万，与广大老年群体有深厚的感情，与老年事业血脉相连。每年中组部老干部局召开的全国老干部局长会议，《秋光》杂志等各省老年报刊都被列为正式会议代表参会。《秋光》杂志是老干部系统非常重视的宣传阵地，“秋光人”都早已把为老干部工作、为老年人服务列为自己的职责使命。

省关工委成立后，《秋光》杂志也大力宣传全省关心下一代工作的可喜成绩和“五老”们奉献下一代的感人事迹。基于这种天然渊源，2006 年，省关工委为了更好地宣传与推动全省的关心下一代工作，为从事关心下一代工作的老同志做好关心下一代工作提供一个交流经验、宣传典型、沟通信息的平台，为老同志提供青少年品德培养、心理沟通、家庭教育等方面的实用知识，决定和《秋光》杂志社共同创办《秋光·关心下一代》杂志。

《秋光·关心下一代》杂志于 2007 年 1 月正式创刊，是全国关工系统创办最早的杂志之一。创刊以来，杂志刊登关工稿件超万篇（则），是关工委工作尤其是宣传工作的重要载体，是全省各地开展关工工作的工具，内容丰富，贴近读者，贴近生活，贴近实际。

2018年起，受省关工委委托，《秋光》杂志社承办了省关工委的网站和微信公众号，形成了广东省关心下一代工作“一刊一网一号”线上线下全覆盖的综合融媒体宣传平台。网站、微信公众号发挥时效性强、数据容量大的优势，仅 2023 年就发布推送近万篇（条）信息、图片及视频，总浏览量近 150 万人次，成为各地关工委丰富的资料库和信息源。

基于《秋光》杂志社对老干部工作、关心下一代工作的密切配合和对全省关工工作的熟悉，自 2019 年起，省关工委决定由《秋光》杂志社承办征文活动。

这是一份有分量有影响的刊物，是一支有水平有情怀有闯劲的队伍。

《秋光·关心下一代》杂志是征文活动的大本营，征文活动组委会的办公室设在《秋光》杂志社。脱颖而出的优秀获奖作品在杂志上隆重推出，既鼓舞士气，又吹响号角，还树立榜样。自 2019 年第 11 期杂志一鼓作气推出 4 篇获奖作文，分别是获得小学组一等奖的广州市越秀区大沙头小学张溥原的《传承中国梦·致敬我的国》，获得高中组一等奖的广州市南沙第一中学王越的《给孙中山先生的一封信》，获得初中组一等奖的广州市番禺仲元实验学校张悦的《中国芯 中国心 中国情》，获得小学组一等奖的广州市越秀区农林下路小学何韦漪的《做新时代广府文化传承者》，从这里开始，推出获奖作品成为杂志的重头戏，仅是2019年，就推出全省获奖者的作品44篇。

一以贯之，年年如此。截至2024年2月刊，《秋光·关心下一代》杂志共刊登征文获奖作品134篇。

《秋光·关心下一代》杂志及网微开辟专栏“我与征文活动的故事”，派出编辑记者采访获奖代表，共采访人数近百人，刊登文章11篇。《秋光·关心下一代》杂志还对每年的征文活动跟踪报道，及时发布信息，搭起信息沟通桥梁，源源不断传递正能量，五年来共发布报道近100多篇（则）。

还有一项重要任务，就是联络各大媒体，为征文活动做好宣传报道工作。从数据看，媒体对这项工作的关注非常有意思，无论是关注度还是覆盖面都呈直线上升的走势。从2019年至2023年，从开始的小范围、试探性，到后来的大张旗鼓旗帜鲜明，充分说明了征文活动得到社会的认可，成了热门品牌。

看看2023年总结大会主流媒体的报道：“学习强国”学习平台、新华社App、光明日报App、南方日报、南方＋App，羊城晚报、新花城App、广东广播电视台、读特App、深圳特区报、广州电视台、新浪网、羊城派、搜狐网、腾讯网、金羊网、中国关工委、广东关心下一代、广东作家网、“广东作协”公众号、“秋光杂志”公众号、“少男少女杂志”公众号……都报道了广东省关工委、广东省作家协会、广东省教育系统关工委联合主办，《秋光》杂志社承办、《少男少女》杂志社协办的“科技引领我成长”广东省少年儿童践行社会主义核心价值观主题征文活动，声势浩大。

征文活动的成功举办固然是吸引媒体的关键，更重要的是要把工作落实到位。

《秋光》杂志社女将居多，吃苦耐劳、认真负责的工作态度是每个人的基本认知。征文活动的工作千头万绪，撰写材料、联络跟踪各地情况、组织评审、制作短视频、联系媒体、打印证书、发放奖金、后勤保障、采访报道……虽然具体负责的是《秋光·关心下一代》编辑部，但如此巨大的工作量必须靠全体同事分工协作，团结作战。

2020年至2022年，对中国乃至世界影响最大的事件就是新型冠状病毒在全球范围内的大暴发，历时几年的全民抗疫艰苦卓绝。这几年，广东省少年儿童践行社会主义核心价值观主题征文活动并没有停下脚步。2022年是最艰难的一年，无法召开线下颁奖大会，改为线上总结大会，这让每一个组织者、参与者都留下深刻的记忆。

每年的总结大会，通常是提前几个月准备，拟工作流程，出工作方案，确定参会人员名单，预订相关物品和会场。还有台前幕后，印发材料，发放通知，联系确认参会人员，宣传视频，背景板制作，媒体邀约，疫情防控申请等，甚至一些不起眼的小细节都要提前预演。情况在不断地变化，方案和流程也会根据变化而作出相应的调整。到最后一锤定音，往往经过了反复修改、调整，工作量大，而且烦琐。

万事俱备，只欠东风。当一切准备就绪，疫情突然又严峻起来，按照疫情防控要求，必须暂缓线下总结大会。

怎么办？就好像一场重要的约会，几个月前就约好了，就等着这一天的到来，却风云突变，不得不取消。虽然情有可原，但心里未免些许失约的怅然。吴子刚副主任提出线上线下相结合开总结大会的建议，在非常时期，这确实是一个好方法。21 世纪的互联网时代，视频会议，线上直播，万物互联，已是平常事。疫情肆虐这两年，学生早已习惯了在家上网课，只要一部手机，只要有网络，世界就在眼前。方案讨论通过之后，由省关工委办公室推进，《秋光》杂志社负责落实。

于是，鹿麟他们重新筹划线上总结大会。羊城晚报报业集团派出技术力量全力支持，“金羊网”“羊城派”将作为直播主平台，时间就定在 2022 年 12 月 28 日上午 10 点。为了保证直播的质量，领导讲话、评奖结果公布、征文活动总结、评委代表点评、获奖代表发言、现场专访等环节，都需要录制视频。录制主场设在省作家协会，全省各地设多个分场。一些学生代表发言和人物专访视频录制由各地关工委协助，自行在当地录制，《秋光》杂志社派出专人线上指导、落实。

2022 年 12 月 9 日，省作家协会 23 楼会议室，录制工作紧锣密鼓。省关工委林木声、黄小玲、吴子刚、张岚、肖秀，省作家协会张培忠、苏毅、李国伟、陈蕾，省教育系统关工委王玉学，广州市关工委杨晓等按时抵达；《秋光》杂志社大队人马到场，《少男少女》杂志社团队在曾庆丰带领下各就各位，会同羊城晚报报业集团阙道华团队，众人各司其职，分工合作，架起设备，布好灯光，亮起背景屏幕，一个指令，开始！

这是一次大胆的尝试，也是跟进时代发展的创新举措。打破局限，跨界合作，用不一样的角度，全新的视野，展现新的格局和前景。这也是《秋光》和《少男少女》两家杂志社最紧密的一次合作。执行任务的是《秋光》杂志社，《少男少女》杂志社全力配合，做好后勤服务。

省作协 23 楼会议室，平时用来作为会议背景的屏幕此时呈现为一面巨大的“提词器”。说起这个大胆的尝试，还要追溯到 2022 年 10 月，在省作协 9 楼，苏毅认真聆听曾庆丰汇报完省关工委举办 2022 年主题征文活动线上总结会的一些亟待解决的难点后，当即提议可以将线上会议的会场安排在省作协。

“苏主席，您这个提议非常周到，在作协会议室录制，我建议到时可以将录制台安排在屏幕对面，这就解决了原会场没有提词器的问题。”曾庆丰灵机一动。

苏毅认可道：“这个办法好，线上总结会也是促进媒体融合发展的一次新尝试，你们要联合有关部门全力配合关工委，我们一定要合力办好这次总结会！”

“我们一定全力配合，落实好这项工作。”从前期联络到后期跟进，曾庆丰高度重视，全程亲力亲为。

现场录像事实上只是一个前奏，大量艰巨的工作还在后头。除了文字、图片、视频资料的收集汇总，工作量最大的就是视频的后期剪辑、整理。

恰恰在这节骨眼上，《秋光》杂志社大多数的人都“阳”了。这一时期新冠病毒感染者的典型症状高烧、刀片嗓、浑身疼痛、咳嗽全都疯狂“杀”到，鹿麟自己在家里躺着无法动弹，每天还强撑着哑着嗓子通过网络跟同事们保持联络，沟通工作。以为一个礼拜能减轻，却十多天不见好转，鹿麟心里那个急啊！但是，急也没用。心想这种病真的让人太难受了，怎么忍心在工作上增加压力？工作要紧，身体更要紧，只期待同事们早点好起来。

消息不断传来，伙伴们每天在工作群汇报工作进展和完成情况，大家都在带病工作，因为时间不等人。贾萌是杂志社的骨干美术编辑，平时就爱钻研，这次也是主力，负责图片、视频后期调整、剪辑，每天都有新的文件包从各地发来，因为条件所限或者经验不足，不少视频素材达不到要求，有的是规格，有的是像素，有的是画面，有的是角度，有一部分需要重新录制，贾萌和林珊瑜、黄梦沂等几位同志只能通过电话一个个反复讲解指导，直到对方领会为止。嗓子在冒烟，到后来再也说不出话来。

视频风格、画面装饰、素材的结构安排、片头设计等都很重要，要定基调、定色彩、定版式，鹿麟给出创意设想，贾萌负责落实，两人不断电话沟通。一遍遍调整、一遍遍换图片，通宵达旦，直到满意为止。

贾萌人躺在床上，电脑一直开着，有新文件到，叮咚一声提醒，她赶紧爬起来，先看一遍，然后打开软件开始剪辑。无论是半夜还是清晨，非得把事情做好，否则心里不舒服。剪辑好一段视频，心里高兴，随手一点发到工作群里。鹿麟正发着高烧，点开视频看了，觉得需要再修改，就打电话给贾萌。两个人都咳嗽，一边咳一边谈，谈一段咳一段，说几句就歇一会，虚弱不堪。过了两天，贾萌感觉咳嗽稍有好转，再也坐不住了，跑回单位加班。她全神贯注工作，忘了疾病，忘了时间，也忘了世界，从上午一干就到晚上 12 点，直到拉出了几版越改越好的视频稿，才停下来。忍不住喜悦的心情，便立即把稿子分享到工作群。

很快有消息弹出来，一个点赞的大拇指，两行文字：“贾萌，你太拼了！你这速度，这精神，感动！”见是鹿麟，贾萌说：“鹿总，你也没睡啊！”又冒出几个人来，一个个笑脸，还有玫瑰，都是熟悉的名字，马上让她想起名字后面那些亲切的面孔。

12 月 20 日，视频剪好交到鹿麟、熊锦华、郭文宁、陈瑞蓉等同事手上，大家一起审稿把关。陈瑞蓉也“阳”着，高烧 39 摄氏度。但是时间不等人，片刻不能耽搁，她忍着全身疼痛坚持了两个多小时反复看片子，就片头画面、特效声音、旁白、滚动文字以及人物镜头、音量等问题向领导提出自己的意见和看法。当听到鹿麟沙哑的声音，陈瑞蓉明白，这个时候鹿总和很多同事都和她一样在带病坚持工作。

编辑部的黄梦沂和林珊瑜转“阴”解除隔离后，立即驻守大本营。协助录播视频剪辑的是羊城晚报报业集团阙道华团队，很多细节在线沟通不能很好地解决问题，于是黄梦沂和林珊瑜戴上口罩，马上出发，冒着再次感染新冠的风险，多次前往羊晚集团与负责剪辑的老师进行沟通，一起挑选素材，一起理顺逻辑。面对面看着所制作出来的视频指出哪些地方还需要进一步修改，以及还需要继续提供的一些材料。黄梦沂清楚地记得，在那个空间不大的视频剪辑房间里，大家的咳嗽声此起彼伏，基本上都是刚“阳康”，身体很虚弱，但为了录播视频能够完美呈现，同志们还是坚持着，每一个人都毫无怨言。剪视频是个非常磨人、费神费眼的事情，而且因为工作量大，每剪辑修改一版视频都要花大量时间润化、上传。阙道华团队不知在寒冷的办公室整了多少个通宵，就为早些能把改好的视频发给大家审阅，再修改。

人可以倒，精神不能倒。他们没有倒下，而是积极寻求突破口。他们所负责的工作没有耽误，这也是让线上总结大会能够顺利召开的保障。

因为疫情防控等原因，后来线上播出时间改为2023年1月4日。包括中国关工委、南方日报、羊城晚报、广州日报等在内的多家主流媒体对线上播出的征文总结大会做了热情洋溢的报道。

《羊城晚报》的版面别开生面，光是那超长的标题就吸引眼球：2022年广东省少年儿童践行社会主义核心价值观主题征文活动举行总结大会，逾百万人参与，620篇作品获奖，南粤少年用劳动书写幸福童年。正文是记者丰西西的报道：

1月4日，2022年广东省少年儿童践行社会主义核心价值观主题征文活动总结大会在线上举行。此次征文活动以“劳动创造幸福”为主题，于2022年2月启动，经过全省各级关工委、作家协会、教育部门的广泛宣传和积极发动，108万名青少年参与其中。征文作品题材广泛，内容丰富，展现了小作者们对劳动精神的深入思考、对劳动体验的真情表达以及劳动创造幸福的深刻感悟。最终，由专业作家、教育专家和资深编辑组成的专业评审队伍，评出一、二、三等奖及优秀奖作品共620篇，以及优秀指导教师和优秀组织奖等奖项。

林木声在讲话中指出，践行社会主义核心价值观主题征文活动，是帮助少年儿童精神成长的有效途径。少年儿童处在世界观、人生观、价值观形成和确立的关键时期，自觉学习、树立和践行社会主义核心价值观，扣好人生第一粒扣子，形成好思想、好品行、好习惯，对成长为祖国和人民事业发展的接班人有着重要的意义。

2019年参与征文的青少年有1.6万人，2022年参与征文的少年儿童有108万人。数字，也有温度。

作品的复评、终评同样处于“战时”状态。上百万份的征文，经过各地关工委初评，送到省一级几千份，《秋光》杂志社与《少男少女》杂志社进行分工，分头组织复评。时间紧，任务重，加班加点是家常便饭。以2022年为例。2022年征文组委会办公室收到各地市报送经过初评的文章共 6118 篇，《秋光》杂志社和《少男少女》杂志社进行了三轮复评。第一轮从 6118 篇文章中评选出 1274 篇，第二轮从 1274 篇评选出 721 篇，第三轮再对 721 篇文章按高中组、初中组、小学组分类，初步选优，供终审评委参考。

征文组委会专门设立了评委专家库，每年从专家库随机抽出专业作家、教育专家和资深编辑组成专业评审队伍，严格遵守相关法规，公平公正作出评审。2022 年，最终评出全省一、二、三等奖及优秀奖共 620 篇。

犹如探宝人，又像淘金者，发现宝藏的惊喜，仿若穿过密林看见皓月当空。每个人都很用心很用功，能够通过初评送到省里，已经代表市一级最好水平，每一篇征文都有闪光点。复评至关重要，闪光点在复评中被看见、被发现，才有可能进入终评。评委们不但要有鉴赏水平，更要有高度的责任感，严格按照征文主题的要求，力求公平公正。

“要非常细心，非常认真，生怕错漏了好文章。有时一篇征文要看好几遍，反复比对作出评判。工作量大，烦琐，但是发现新人发现好作品，真的很高兴。几年来看见一批又一批的新苗脱颖而出，就觉得自己做这份工作非常有意义。”参与了 5 年征文的全过程的陈瑞蓉感慨地说。

每年征文活动《秋光》杂志社都会开展社会问卷调查，对象主要有学生、教师、家长及关心下一代工作者等。调查显示，97.6% 的受访者对征文活动表示满意。99.6% 的受访者认为，征文活动在培育青少年家国情怀，引导树立社会主义核心价值观方面发挥了积极作用。98.3%的受访者认为征文主题贴近学生的生活，可以表达真情实感。98.3%的受访者认为征文活动有助于提升青少年阅读兴趣和写作水平。有的家长说：“我觉得征文主题很好，希望这样的活动一直办下去。”有的认为，孩子参与征文活动，阅读兴趣与写作水平提高了，对孩子的学习很有助益。调查显示，96.5% 的受访者愿意继续参加征文活动，有人建议活动扩大范围、增加名额，鼓励更多青少年参加，还有受访者希望多刊登获奖的优秀作品，让学生学习借鉴。

这样一个阵地，这样一支充满活力敢打敢拼的队伍，离不开长期练兵，更离不开领导的关怀信任和重视支持。鹿麟说：“领导一直对我们很关心，十分重视支持我们的工作，经常给予具体的指导。就说这 5 年的征文活动，帼英主任、木声主任、郑红副主任、黄小玲副主任等领导都高度重视，从筹划‘用青春拥抱时代’开始，就把征文活动作为关工委的重点工作来抓。木声主任真的亲自策划亲临指挥，很多事情还亲力亲为。黄小玲、吴子刚两位副主任跟得紧，一轮又一轮跟我们沟通，反复提出意见建议。领导要求很严、很高，我们很有压力。但正因为这种压力，才让我们不断学习，不断成长。我经常跟同事说，我们做事情，一定要比领导要求的完成得更好、更完美。”现在，征文活动每年都被列为省委老干部局、省关工委、羊城晚报报业集团的年度重点工作。

2023年5月12日下午，省关工委主任林木声，省关工委副主任黄小玲、吴子刚，省关工办主任张岚、四级调研员肖秀到《秋光》杂志社调研。林木声对《秋光》杂志社承办省关工委自办媒体工作给予高度赞扬，并提出进一步做好全省关心下一代宣传工作的意见。

“一刊一网一号”已成为展示和推动全省各级关工委工作的重要平台，成为广大“五老”学习新知识、总结新经验、了解青少年以及丰富精神文化生活的重要园地，成为全省各级关工委工作重要的信息库和资料库，在全国关工委自办媒体中处于第一方阵。林木声不仅对《秋光》杂志社的工作以及取得的成果给予了充分肯定，还热情赞扬了《秋光》杂志社这支队伍。

林木声：“秋光人有大局意识。你们注意了解大局、研究大局，坚持以习近平新时代中国特色社会主义思想为指导，在办刊办网办号的实践中积极传播党中央的声音，宣传省委的决策部署。同时，准确地呈现出省关工委的重要工作及其成果。”近年来，网刊号紧扣中心工作和发展主题，推出了许多主题策划、深度报道，如先后推出“育新人谱新篇”“铸魂育人担使命”系列主题报道，反映全省各级关工委的工作面貌和成效；及时增设“追梦田园”栏目，深入、持续报道乡村振兴战略背景下的农村创业青年培训工作；策划编辑省关工委成立二十周年专刊等。林木声说：“这些都很好地体现了你们的大局意识。”

“秋光人有踏实的工作作风。你们恪守初心，坚守阵地，而且积极进取，不断积累成果，创造业绩。我觉得你们是一支很可爱很可靠的队伍，不多话，不浮躁，埋首默默耕耘，努力地实践劳模精神、劳动精神、工匠精神，十分难得。”刊网号越办越好，得到了各地关工委和“五老”的关注和欢迎，编辑部每天收到工作信息和图片100多篇（幅），虽然选稿、修改的工作量非常大，但大家毫无怨言，工作热情高涨。林木声勉励大家继续发扬这种工作作风。

“秋光人有关工情怀。你们对关心下一代工作很用心、很投入，通过办好刊网号保障和服务省关工委开展的重要活动，表明了你们对关心下一代工作理解、支持、配合的情怀。”在做好办刊办网办号工作的同时，《秋光》杂志社连续五年承办省关工委和有关单位联合举办的征文活动，全社上下积极配合，圆满完成工作任务，使征文活动成为广东省关工委叫得响的工作品牌。谈到《秋光》杂志社对征文活动所做的努力和取得的成绩，林木声十分赞赏。

发现的惊喜

活力满满，精彩纷呈，《少男少女》杂志社在发现新人的同时，也让孩子们发现文学的魅力。这种相互发现的惊奇，能量与能量碰撞的火花，构建起精妙绝伦的图案。

曾庆丰是《少男少女》杂志社的元老，他见证并亲历了《少男少女》杂志的诞生、发展、变革，整整38年，他的青春年华，他的人生理想，他的努力奋斗，他的成败荣辱，都跟《少男少女》紧密相连。于他而言，《少男少女》的前世今生，犹如他掌心的纹路，清晰可辨。

他于1986年1月2日进入省作协，在《少年文艺报》任职。1987年，在《少年文艺报》的基础上，《少男少女》杂志创刊，他负责发行工作。1994年，在发行量达88万份的顶峰时期，他是发行部主任。在时代滚滚的洪流中，《少男少女》也经历了多次变革，无论是体制还是风格。曾庆丰的岗位也不断变化，从发行部到办公室，从副社长到全面主持工作。但是有一点自始至终没有改变，那就是“面向青少年，服务青少年”的办刊宗旨。

尽管是老资格、老经验，但是参与协办广东省少年儿童践行社会主义核心价值观主题征文活动，其中的运作方式、实施办法、合作模式、具体任务，无论是对曾庆丰还是杂志社同仁，都是全新的体验和考验。之前他是副手，责任没有那么大，陈蕾调离工作岗位后，重任一下子落到他的肩上。他深知这是省作协党组对他的信任，习惯了低调务实的他没有什么豪言壮语，心里铆着一股子劲，带领杂志社的小伙伴们，热火朝天地投入工作。

征文活动对全省少年儿童的写作水平来了一番大检阅，一批又一批的文学新人脱颖而出，一篇篇精彩的征文让人眼前一亮。《少男少女》杂志社把优秀的文学新苗推荐给广东省小作家协会，壮大了全省的小作家队伍，同时让小作家们加入了一个温馨的大家庭，可以得到更多专业的指导，有一个更广阔的舞台，一起学习，共同成长。

当编辑最开心的事情，莫过于发现好文章、新苗子，犹如探宝者发现宝藏，内心那份惊喜，更甚于自己写出一篇好文章。《少男少女》杂志社充分利用自身优势，挥洒豪情，落笔生花，在一本厚重的长篇巨著里，书写了朴实又生动、简练又丰满的章节。他们大张旗鼓亮出牌子，发动广东省小作家协会的100所文学创作基地学校参与征文活动、选登获省级奖项的优秀作品、采写参赛学生的故事、树立新时代好少年的榜样、在抖音视频号让文学新人隆重登场……每一项都活力满满，精彩纷呈，在发现新人的同时，也让孩子们发现文学的魅力。这种相互发现的惊奇，能量与能量碰撞的火花，构建起精妙绝伦的图案。

他们说：我要参加征文活动！

除了全省各级关工委系统、作家协会系统、教育系统，还有一个特殊的阵地，那就是遍布全省的100所广东省小作家协会文学创作基地学校。《少男少女》把发动文学创作基地学校参赛的任务交给编辑林枫炀。小林是个新人，对新工作充满着好奇和高度的热情。她逐个联络学校，说明意图、讲解要义以及参赛的各种细节。对于新鲜事物的认识和接受，需要一个过程，刚开始小林费了不少周折。但是她有足够的耐心，一遍没有讲清楚，那就再来第二遍。生怕漏了谁，就一个个记下来，确保没有疏漏。

很快有了反馈，这么好的事情，怎么能错过！孩子们热情高涨，纷纷表示要参加征文活动。

他们说：这种体验太酷了！

2020年12月9日，《少男少女》杂志社的公众号和抖音官方账号同时推出“中国梦·家风美”中小学生“抖音”视频征集令：

由广东省关工委、广东省作家协会、广东省教育系统关工委主办，《秋光》杂志社、《少男少女》杂志社承办的“中国梦·家风美”广东省少年儿童践行社会主义核心价值观主题征文活动已圆满落幕，恭喜你在此次活动中获奖！

好家风，要敢于晒出来，让好家风成为新时尚！即日起，《少男少女》杂志社将以“抖音”短视频的形式，在本次获奖学生中征集好家风短视频，宣传同学们的家风内涵，更好地引导青少年践行社会主义核心价值观。大家可以挥洒才情，在展示家风的同时秀出新时代学子的精神风貌、创新精神。好家风短视频将在“少男少女官方抖音账号”和“少男少女杂志公众号”同步推出，活动期间，点赞数最高的10名学生将会获得500元“好家风特别红包”。

请你根据要求，把你的家风用短视频的方式展示出来，期待你的精彩作品！征集令热情洋溢，并附有详细的制作要求。

征集令一出，响应者众。短视频这种形式，正是当下热门。全民抗击新冠疫情期间，不能大型集会，学生在家上网课，正希望有新的方式可以跟同龄人学习交流，或者说一起玩。征集令说明可以用多种方式，不仅契合孩子们展示才艺的需求，也得到家长们的热烈欢迎。短短的一个月时间内，收到来自全省的舞蹈、快板、唱歌、脱口秀、朗诵等短视频几百个，在平台上展示的有 100 多个，并且杂志社编辑还在现场采访了几十名学生。

最让编辑部惊喜和感动的是珠海北师大附中新疆班学生阿卜杜萨拉木·乌热依木（高中组三等奖获奖者）录制的视频。阿卜杜萨拉木·乌热依木来自新疆喀什，得益于党和国家“内地新疆高中班”的政策来珠海求学，珠海已成为他的第二故乡，学校已成为他的“家”。视频制作得非常用心，以学校为背景，蓝天、白云、绿树、图书馆等标志性建筑、朝气蓬勃的莘莘学子……一一在视频中呈现，配以柔和的音乐和乌热依木的娓娓道来：“个人的发展要与中国梦的实现相联系，让我们一起为传承好家风、实现中国梦而加油！”得到了杂志社编辑们的一致赞赏。果不其然，视频一经推出，成为点赞和评论最多的一部，阿卜杜萨拉木·乌热依木还获得了杂志社的特别红包。

“晒家风”视频录制在获奖学生中引起强烈反响，吕晓霞接到不少来电咨询：“我们没有参加征文比赛，但我们也想要晒晒自己的家风。”杂志社随即调整方案，将“中国梦·家风美”中小学生“抖音”视频征集令活动的对象扩大到全省甚至是全国的中小学生，“优秀的家风建设是价值观取向良好的基石”“我的家风是书香”“我的家风是奋斗”“我的家风是对法治精神的传承践行”……大家踊跃晒出自己的家风内涵，感受中华民族绵延至今的家国情怀。这股晒家风的热潮也让我们看到了新时代学子的精神风貌和创新精神。

孩子们高兴地说：“这种体验简直太酷了！”

他们说：我上省刊了！

从第二届征文活动开始，隆重推出获奖作品。《少男少女》2021 年第 2 期“中国梦·家风美”征文选登专栏的开栏语有云：“绾发绾发，发亦鬓止。日祗日祗，敬亦慎止。靡专靡有，受之父母。鸣鹤匪和，析薪弗荷。隐忧孔疚，我堂靡构。义方既训，家道颖颖。岂敢荒宁，一日三省。”这是西晋文学家潘岳的《家风诗》，也应该是我国最早反映家风的文学作品，强调了“家风”，即家庭教育在人的成长过程中的作用。“天下之本在家”。中华民族历来注重家庭、家教、家风，孩子们从牙牙学语起就开始接受家教，有什么样的家教，就有什么样的人。家风好，就能家道兴盛、和顺美满；家风差，难免殃及子孙、贻害社会，所谓“积善之家，必有余庆；积不善之家，必有余殃”……

家风是什么？“家风是一盏灯，点亮了每个平凡人的梦想；家风是一本书，诉说着每个家庭流传千年的故事；家风是一块砖，垒起了中华民族最坚实的根基……”本期我们刊登“何为家风”专题。你认为的好家风又是怎样的呢？欢迎来稿与我们分享。

专栏第一期推出了3篇作品，广州市越秀区环市路小学黄艺涵的《地瘠栽松柏》、汕头市潮阳区文光初级中学郑涵的《传承好家风，共筑中国梦》、江门市江海区外海中学陈韵琛的《正家风，助梦成》。征文不仅得了奖，还上了省级的刊物，学生、老师、家长都高兴，特别是学生，大受鼓舞。

接下来每年的征文，《少男少女》都开辟专栏，仅2020年到2023年，就刊发学生获奖作文25篇。

2024年新年的钟声响起，广东省少年儿童践行社会主义核心价值观主题征文活动，已经进入第6个年头。对于举办者、承办及协办方，都是学习、探索、积累、成长的过程。

“除了获奖作品以外，我们也要留意挖掘黑马文章，善于发现‘落榜者’的闪光点，加以引导，给予鼓励，激发他们对写作的热情！”2023年11月27日，在周一例会上，曾庆丰捧着深圳市主题征文活动的优秀作品集细细翻看，眼睛一亮，提议要对《少男少女》杂志2023年的主题征文活动获奖作品专栏做出一些创新，刊出这些虽未在省赛中获奖，但质量也比较上乘的文章，让更多青少年读到这些好作品，鼓励他们继续努力，只要是好作品，不管获奖与否，都能引起关注。

“今年有93.6万参与者，最终获奖学生620位，每篇文章都是千里挑一的。就像编辑在我们邮箱里看稿，无论多仔细，都会沧海遗珠，何况是一次千军万马参与的征文活动！这个提议好。”吕晓霞当即表示赞同，并布置林枫炀、钟灿辉、黄嘉晖等几位编辑着手进行发掘。

林枫炀对这项工作感触颇深，深圳市关工委汇编的《科技引领我成长 2023年少年儿童践行社会主义核心价值观主题征文活动优秀作品集》便是她与作家高小莉在参加深圳市关工委举办的征文颁奖典礼上拿到的。2024年4月19日到22日，她又陪同高小莉到湛江市几个县（市、区）开展调研以及主题征文活动的写作辅导讲座。

她在工作日记里记录道：“那几天高老师嗓子很不适，一直咳嗽，为了做好写作辅导讲座，她坚持再坚持，辗转多地，毫不松懈。我觉得三个月的采访历程给她带来了更大的热情和韧劲，我看到高老师身上也开始闪耀着‘五老’精神：忠诚敬业、关爱后代、务实创新、无私奉献。太让人敬佩了！”

每场讲座结束后，林枫炀为当地学校准备的《少男少女》杂志都会被老师和学生们一抢而空，她录下了这一场景，兴奋地给曾庆丰发去一段微信留言：“曾社您看！我们的杂志好受欢迎，很多老师都说《少男少女》是自己的文学启蒙刊物和永恒的青春记忆，他们很希望自己学生的文章也能有机会登上《少男少女》！”曾庆丰当即发来三个点赞的大拇指并表示：“只要文章好，多多益善。”

2024年5月，《少男少女》的征文专栏亮出了全新的面貌，不局限于选登获得省级奖项的优秀作品，而是把目光投向全省各地，选载由各地关工委、教育部门、作家协会和学校推选出的优秀文章，让更多青少年儿童的作品有机会登上“大雅之堂”。

看看专栏的开栏语：由广东省关工委、广东省作家协会、广东省教育系统关工委主办，《秋光》杂志社承办，《少男少女》杂志社协办的 “科技引领我成长”2023年广东省少年儿童践行社会主义核心价值观主题征文活动，自2023年2月启动以来吸引了全省93.6万少年儿童踊跃参与。我刊特开辟“科技引领我成长”征文选登专栏，将陆续刊登部分获奖征文。在这些文章中，有人分享了他们亲身参与科技发明的经历，有人描述了参观科技馆的体验，还有人表达了对我国科技发展作出重大贡献的英雄人物——如钱学森、邓稼先、袁隆平等的学习心得体会。少年儿童们用真挚的笔触和充满感情的文字，身体力行地诠释了“科技引领我成长”的主题，通过记录自己的成长和奋斗历程，抒发了对美好生活的向往和对伟大祖国的赞美。

除了刊登部分获奖文章外，我们也发掘到不少由各地关工委、教育部门、作家协会和学校推选出的优秀文章。这些文章虽然没有登上荣誉榜，但作为“一匹潜力无限的黑马”，仍值得在《少男少女》上被看见，我们将择优刊登，以飨读者。此外，2024年广东省少年儿童践行社会主义核心价值观主题征文活动已启动，你还在等什么呢？一起来参与吧！

这段开栏语，吕晓霞在原基础上做了多次修改，斟酌许久后郑重推出。同年6月，深圳福田区梅丽小学刘羡瑜的《欢乐的“编程”家庭日》，珠海斗门区乾务镇中心小学杨辉南的《杠杆原理的启示》以及湛江市遂溪县第一中学余景桃的《透过监控的那一点荧光》等优秀文章陆续在《少男少女》杂志刊发。

他们说：要让自己成为光。

在《少男少女》杂志社走廊两侧，悬挂着一些颇具历史意义的相框，里面定格了杂志社珍贵的历史与记忆，记载着曾经的奋斗与辉煌。这些相框里，有《少男少女》杂志的创刊号，有发行量近90万份的那期杂志，还有那些影响了一代青少年的、杂志社记者亲自采写出来的人物报道，如：李国伟的报告文学《男儿当自强》（《少男少女》1993年4期），颂扬少年黄茂林面对困难、挫折和逆境，不坠青云之志，以自强不息的阳刚正气挑战困难，写出了新时代少年的新面貌。该文于1995年获得“全国青年期刊好新闻、好作品、好活动评选”一等奖。胡荣锦的报告文学《青春的支点》（《少男少女》1996年4期），描写了伤残少女王绮红挑战不幸命运的故事，并启发读者：只要找到一个坚实的支点，人生就能充满生机。该文于1987年获得“全国青年期刊好新闻、好作品、好活动评选”一等奖。特稿《岗前培训的陷阱》（《少男少女》1996年5期）揭露了某培训班以“百分百就业”为幌子专门欺骗中学毕业生的恶行，教导青少年读者如何避免岗前培训的陷阱，体现了刊物作为青少年好朋友、真朋友的社会担当……三十七载守初心，《少男少女》杂志社始终在践行着对青少年进行思想教育和德育熏陶的办刊理念，致力于报道优秀中小学生的精彩事迹，记录并反映一大批有时代特征、贴近生活的全国中小学生先进正面典型，他们成长历程中的欢乐与忧伤、奋斗与怅惘、破局与蜕变，为全国各地的少男少女们提供身边看得见摸得着学得到的正面典型，引导青少年树立正确的人生观和世界观，建立良好的道德品质和高尚人格。刊发在杂志上的这些优秀文章，按老前辈李国伟的话来说，是“四不像”，不像报告文学、不像通讯、不像散文，也不像小说，这些是发生在当代学生身边真实人物的真实故事，来源于现实，反映青少年的真实生活状态，带着强烈的时代特色，语言生动、形式活泼，呈现出青少年所喜闻乐见的风貌，这些作品经过时代的大浪淘沙，如今读起来仍能使人心灵受到强烈的震撼。

《少男少女》杂志凭着这一手“绝活”，在青少年中建立起很好的口碑，成为全国最畅销的青少年杂志之一，很多青少年读者在杂志中看到自己的影子，看到自己的困惑，更看到自己的前路，那贴心的包容和理解，如好朋友一般，陪伴着他们成长。

新时代新征程，自然有新使命新任务，《少男少女》杂志社在继承发扬报道青少年榜样的优良传统下，更是致力于引导青少年扣好人生第一粒扣子，使社会主义核心价值观成为自己的基本遵循，培养广大青少年爱国之情、砥砺强国之志、实践报国之行。杂志社充分发挥双封面的特点，开设“朝气男孩”“风采女孩”栏目，每期两个身边榜样，采写青春，歌颂花季，将真善美的种子播种在越来越多少男少女的心田，让青春在不懈奋斗中绽放绚丽之花！

吕晓霞是《少男少女》执行主编，作为资深编辑，有着丰富的经验，也带出了不少新人，编辑部的小伙伴们都亲切地称她为晓霞姐。

在曾庆丰办公室，吕晓霞和曾庆丰正在热烈讨论。《少男少女》开辟征文专栏，推出部分获奖作品，反响不错。通过学生作文，看到了故事背后的线索，准备派出编辑记者现场采访，与小作者面对面，倾听他们的心声，了解他们的故事。如果有可能，接触他们的老师、家人，从不同的角度展现一个少年的成长历程。这些小作者不是只会作文的书呆子，而是全面发展、品学兼优的好苗子。尤其是品德要好，价值观要正，阳光、积极、向上，才能树立为新时代少年的榜样。到学校去，到家里去，去看看他们的生活、学习环境，听一听周围人的评价。总之，到现场去深入挖掘，采写真实的、有血有肉的人和事。

曾庆丰认为，随着主题征文活动的深入开展，如果能在获奖者中发掘出一批优秀的学生典型进行报道，无论是对《少男少女》杂志，还是对主题征文活动本身，都是一个很好的补充和再创造。

吕晓霞提议，新入职的几位年轻人，林枫炀、钟灿辉、黄嘉晖他们都不错，有工作热情，但是经验不足，正好把他们派出去历练一番。曾庆丰觉得可行，随即把几个年轻编辑叫来，他布置任务、指导方向，着重强调要发掘这些少年儿童典型，重点是展示新时代少年的风采。他向编辑们传经送宝：“采访的时候不能只聊作文，而是要打开话题，拓宽视野。在现场要多听、多记，有些素材可能你们在现场觉得没什么用，但在后续整理、撰写的时候却会成为亮点。吕主编有丰富经验，你们多向她请教。”

新冠疫情猖獗，迟迟未能出发，怎么办？而且这个疫情也不知道什么时候能结束，真让人着急啊！不能这样被动等待，那就换一个方式主动出击。进入21世纪大数据时代，通过网络视频，可以进行另一种方式的面对面。

第一个出场的是林枫炀，通过视频采访了中山市三乡镇光后中心小学的文铭，他的作文《做中国“智”造接班人》在“用青春拥抱时代”主题征文活动中获得小学组一等奖。果然没有让人失望，文铭各方面都很优秀，尤其是科创，已经在科技赛事获奖无数，并在省级期刊发表文章十几篇。林枫炀的惊喜溢于言表，跟吕晓霞报告：“晓霞姐，这个学生太优秀了！”

可是稿子写出来之后，吕晓霞给她泼了一盆凉水。她没有说好，也没有说不好，只是平静地对林枫炀说：“枫炀，这篇文章真的是你写的吗？我觉得，你的水平应该不是这样的。”

林枫炀羞愧万分。吕晓霞对她说，不能只看到表面，不能只凭一些简单的资料，而是要了解人物的内心，深入挖掘背后的故事，尤其是要注意一些细节。只有这样，写出来的文章才有血有肉，人物形象才能丰满感人。林枫炀深受启发，再度连线文铭时，她很快找到了共鸣点。

林枫炀最后的采访稿《文铭：科学新星的文学奇遇》发表在《少男少女》2022年第4期。通过这一次实战，林枫炀开始思考：怎么为读者负责？如何像杂志一直倡导的那样，通过故事为青少年读者提供一个“看得见，摸得着”的榜样？如果作者看不到、触摸不到受访者的内在，又怎么能写出好文章？

林枫炀采访的第二个人物是东莞市南城阳光第六小学的李思奇，他以《我用自强拥抱青春》一文斩获2021年“用青春拥抱时代”主题征文活动小学组一等奖。跟第一次的采访不同，林枫炀这次完全进入了角色。关于这次采访的感受，林枫炀这样写道——

采访前，思奇这个孩子很细心地收集了自己所有的作品和经历，通过老师发给了我，我细读了30篇他所撰写的文章，得知他曾身患白血病，那段时间，我一下班就泡在图书馆里，通过收集大量白血病患儿的资料以及他的自述，去深入认识这个孩子。

其中最主要还是他在患病过程中写下的每一篇作品，文章里的一字一句让我深入认识了他。他写小小的自己孤零零地坐在病房里写作业，面对着一面雪白的墙壁，想念着昔日的同窗好友；写自己在被白血病折磨时，左手打着输液港，右手一笔一画慢慢地写作……他的文字打动了我，这使我仿佛与他近在咫尺。

前期采访和资料收集准备了至少两周的时间，但我在撰写时几乎是一气呵成的，当时百感交集，几度哽咽，我带着泪，就坐在办公室的工位上，红着眼眶，花了四个小时写完了这篇《生命以痛吻我，我却报之以歌》的采访稿。

而另外一次实地采访，是与高小莉一起到珠海。关于这次采访，林枫炀感触良多——

在珠海特殊教育学校时，有一幕我太难忘了，我和高老师接触了一位身患尿毒症的十岁盲童田耀星，我看着高老师紧紧握住小星星的手，告诉她：“你多漂亮啊，其实你的心里有很多双眼睛，未来你可以成为一名作家。”

“您是作家吗？”小星星突然惊呼。

“我就是作家呀，你‘看看’我。”高老师拉起她的小手放在自己的脸上，小星星轻轻地摸了摸高老师的脸，开心地笑了。

那一幕好美，我看到高老师在那个瞬间，为一颗黯淡的星星注入了耀目的光芒，美得让人眼含热泪。或许那一刻，盲童小星星也看到了梦想的模样吧。

回程时，这个画面一直在我脑里盘旋，我对这个工作本身的意义也有了更深层次的理解。我那时心里就有了一个方向：我们不仅仅是传递一个精神火炬，还要让自己也成为光，去照亮、去引领、去奉献。

我由衷感谢征文活动搭起的这个桥梁，它贯穿在我短短两年半的工作生涯里，它不仅仅引领少年儿童们成长，它在我的每一阶段也影响着我成长的方向和前进的步伐，让我获得实现自身价值的成就感。我从未如此清晰地看到我的文学梦。

林枫炀、黄嘉晖、钟灿辉三个年轻人兵分三路，几年来，采访了数十名学生，截至2023年底，共有30篇采访稿在《少男少女》杂志发表或准备发表。在这个过程中，他们也得到了成长。

黄嘉晖：来自东莞市东城中心小学的学生贺文骏，他从小就学习编程，我采访他的时候他才五年级，但已经获得了许许多多的与编程相关的奖项，像中国教育机器人大赛、街道的科普科技展示比赛等。而且他并不是简单地把编程当作是一项兴趣爱好，而是将它切切实实地运用到了生活中有需要的地方，像帮老师设计了一个统计程序、用图形编码的方式为爸爸妈妈送去节日祝福等。在采访的过程中，我能明显地感觉到他在许多方面已经超越了同龄人的水平。在文中，他也表达了自己对“劳动”一词的理解：不论是体力劳动还是脑力劳动，只要过程中付出辛勤的劳作，最终能给别人带来便利的劳动就都是光荣的，是值得称赞的。不难看出，他的理解是刻上了深刻的时代烙印的。

征文活动带给广大参赛学子的不仅是一次文笔的试炼，更赋予了他们另外一层特殊的意义——思考能力的提高。广大少年儿童通过自己的所见所闻、所思所想，用特有的方式诠释着社会主义核心价值观的内涵意义。征文活动给他们投下了一颗成长的种子，相信在社会主义和煦春风的吹拂中和温暖阳光的照耀下，这颗种子会长成一棵参天大树。

受疫情影响，“劳动创造幸福”2022年广东省少年儿童践行社会主义核心价值观主题征文活动总结大会以录播的形式进行。

2022年12月9日，钟灿辉在新媒体部杨云姬主任的带领下，于广东文学艺术中心23楼现场采访了荔湾区蒋光鼐纪念小学文昌学校六年（5）班的梁盈玮同学和学校麦秀英校长。杨云姬在杂志社任职多年，不仅在新媒体运营方面有自己独到的见解，还有着丰富的人物采写经验。

电梯里，她对钟灿辉说：“这次机会难得，征文活动小学组一等奖得主和该校校长受邀到省作协录制视频，之前因为疫情，难以外出，你基本是通过微信、电话等方式进行采访，这次可以尝试突破一下自己，面对面采访一下他们。”

钟灿辉对此很是激动，一边翻阅梁盈玮同学的相关资料，一边打着腹稿，思考待会采访的内容和方向，并拿出笔，将自己想到的要点写在纸上，留作提示。

到23楼时，麦秀英和梁盈玮正在录制视频。在麦秀英录制视频的间隙，钟灿辉壮起胆子，走向梁盈玮同学，自报家门后，简单问了她几个问题。令钟灿辉感到惊讶的是，这个小小的女孩竟如此阳光、自信。她说：“我认为，我们这代人的表现欲很强，胆子很大，课堂上面对老师的提问，我和同学们都毫不胆怯，踊跃举手，一点都不害羞。”钟灿辉点了点头，由衷地对这位女孩表示肯定，同时也为中国教育的发展、进步而感到自豪。

麦秀英校长则在劳动教育方面颇有心得。录制完视频，她与钟灿辉畅谈了学校的劳动教育特色和成果，分享了相关经验，还邀请钟灿辉日后有机会到学校参观。她非常激动地说：“梁盈玮同学的参赛作品立意新颖、内容真实、感情真挚、结构合理，荣获小学组一等奖非常不容易！学校以后一定不忘初心、牢记使命，时刻践行立德树人的根本任务，为孩子们提供更优质、更高效的教育教学！”

《少男少女》杂志社时任副社长曾庆丰在一旁观摩、拍照，对新编辑的成长感到欣慰，同时也不忘提醒道：“小钟，记得加一下麦秀英校长和梁盈玮同学的微信，方便日后联系，补充采访。”

之后，又经过两三轮线上采访，钟灿辉成功撰写了《“小姐姐”的三个梦》一文。这次，他感觉自己有了明显的进步，写得相当顺畅，几乎没有卡壳，一方面是因为素材充足，另一方面是的确有感而发。梁盈玮同学这个“小姐姐”有三个梦：文学梦、幸福梦、舞蹈梦。每一个梦都是那么的纯粹，那么的充满力量。他被梁盈玮同学对梦想的执着和生活的热爱所打动，对中国新时代少年有了更深的认识。

《少男少女》杂志社时任执行主编吕晓霞，以其敏锐的文学洞察力和丰富的编辑经验，对这篇报告文学作品进行了深入细致的审阅，并给出了专业的评价和指导。几番修改后，这篇作品最终亮相在《少男少女》2023年6月刊上，收获了不少好评，让梁盈玮成为更多少男少女眼中的优秀榜样。

钟灿辉：《少男少女》杂志社历来有组织编辑记者采写优秀中小学生的传统。在工作之余，我会潜下心来，翻阅大量不同年代的《少男少女》杂志，在了解杂志社发展历史的同时，学习老编辑们撰写的优秀报告文学作品，逐渐摸索出具有《少男少女》特色的采写技巧，并积极运用到实际工作当中，也取得了一定进步，得到了同事、领导和采访对象的认可，改稿次数、字数也在减少，一稿即定稿的情况时有发生。这个不断成长的过程就是一个传承的过程。老编辑们虽然都已经退休了，甚至有些已经离世了，但他们留下来的文字还在指引着我前行。我与他们隔空对话，他们也在倾囊相授。

写多了，渐渐地，我也意识到了细节的重要性。像有个学生，我印象比较深刻。

他患有基因病，到18岁才会走路。采写这个学生时，我就有意识地挖掘细节。比如，他说自己没力气抓笔写字，妈妈为了锻炼他的指力，就让他去夹花生米。如果想偷懒，这个材料的确已经够用了，但我又在此基础上，追问了一些细节：每天夹多少颗？练习了多久？最后有什么成效？把这些细节全都写进去，“锻炼指力”这件事就变得更真实、生动起来。再比如，他说自己当初参加中职入学考试很不容易，第一年参加时，在跑步考试中摔了一跤，没考上，第二年才考上。我便在此基础上，继续追问：第二年学校招了多少个学生？大概有多少人报名？什么时候收到录取通知书的？收到录取通知书时，你有什么感想？细节尽可能挖掘出来，再用文学语言进行表达，“中职入学”这件事便也丰满起来。

有时，我觉得自己采写的过程有点像考古。考古学家是考古发掘埋藏在地底下那些具有历史故事的文物，我们是去采访挖掘优秀学生背后的故事。这些故事如果不是我们主动去挖掘，它们可能永远只是埋藏在个人脑海之中的碎片化记忆，无法系统、生动地串联成具有增进共识、凝聚力量、振奋人心的中国故事。考古是为了增进中华民族的历史信度，为后人留下珍贵的文化遗产。我们则是在用故事去证明这些年来，广东引导青少年学习和践行社会主义核心价值观的突出成效，同时为后人留下一份精神财富。

发现好作品，发现文学新人，发现文章背后精彩的故事；发现一本属于少男少女的杂志，发现一篇文章可以引起这么多的关注，发现成长如此独特。在同一条路上，你走向我，我走向你，某一个清晨，温暖的阳光中，同时发现了对方。那一刻，你我眼里的光，真美。

他们说：共同见证时代，是我们的自豪。

2022年12月，省关工委主任林木声一行到省作协出席年度总结活动并进行调研，强调要持续抓好广东省少年儿童践行社会主义核心价值观主题征文活动，建议在活动开展五周年之际，出版专辑记录活动成果，进一步激发少年儿童成长成才的愿景。《少男少女》杂志社一直以来致力于青少年的思想道德教育，为贯彻落实林木声主任的讲话要求，促进一年一度主题征文活动更好地持续开展，经多方调研，拟在2023年第五届主题征文活动结束之后，结集出版一本回顾活动历程、总结活动经验的专辑《大爱陪伴成长——广东省少年儿童践行社会主义核心价值观主题征文活动巡礼》，以社会主义核心价值观主题征文活动对不同少年儿童的影响为主线，与大赛各级举办机构的经验总结形成点线面结合，对五年的征文成果进行一次“大阅兵”，使其成为叫得响的活动品牌，小作家的培育园地及青少年教育的崭新平台，开创新时代关心下一代工作的新局面。

以上一大段文字，来自《大爱陪伴成长——广东省少年儿童践行社会主义核心价值观主题征文活动巡礼》（以下简称“《巡礼》”）一书的工作方案。接到书稿编撰任务后，在曾庆丰社长、吕晓霞副总编辑和杨云姬主任等带领下，杂志社开始马不停蹄地投入组稿工作中。

“嘉晖，你在组稿的过程中，既要注意文章的质量，又要考虑地域的平衡性，多点多线发展，争取给广大读者全面展现这项主题征文活动的精彩瞬间。”在编辑部办公室，吕晓霞对负责组织“润物之声”栏目稿件的编辑黄嘉晖说。

黄嘉晖有重点地对全省 21 个地级以上市的来稿进行整理分析，最终选出了 13 篇高质量的文章。当中有“五老”奔波各校，辛勤宣讲主题征文活动的身影；有老师在课堂上循循善诱，学生全神贯注写作的轮廓；也有广大中小学生积极进行社会实践，身体力行践行社会主义核心价值观的足迹……他们用生动的笔触，把点滴感动注入到《巡礼》中。

此外，其他栏目的组稿工作也在有条不紊地进行着。组织采写，联络各地采集稿件，整理，修改，编辑，加上正常的刊物运作，确实有点忙。但是杂志社的小伙伴们忙得开心，忙得有意义。最后，经过杂志社全体人员的努力，在 2023 年 11 月，《巡礼》书稿第一稿的收集、整理工作基本完成。就在众人刚松一口气的时候，新的修改指示马上又来了。杂志社的每一个人都深知责任重大，这不仅是对《巡礼》书稿的进一步打磨，更是对杂志社专业能力和工作态度的考验。曾庆丰迅速召集相关编辑，提出具体的工作安排——每一章节，每一页，甚至每一个标点符号，都需要经过严格的审阅和修改。虽然任务繁重，但杂志社的每一个人都毫无怨言，因为他们知道，只有经过这样的精心打磨，才能呈现给读者一本真正有价值的文本。在修改的过程中，林枫炀、黄嘉晖、钟灿辉等编辑与作者、受访者进行了深入的沟通和交流，共同探讨文章的主题，讨论如何更好地表达观点，如何使文章更具深度和广度。这样的互动，加强了编辑与作者之间的联系，为书稿的质量提升奠定了坚实的基础。经过一段时间的紧张工作，新的修改版本终于完成。当这本崭新的《巡礼》书稿呈现在众人面前时，所有人都为之振奋。

另外一本书，长篇报告文学《大地花开》创作出版的具体事务也落在《少男少女》杂志社。正如开篇所言：报告文学《大地花开》真实再现现场，讲述这一场场征文活动中精彩的瞬间和感人的故事。展现出发的初衷、路上的甘苦、收获的喜悦、童心向党的抱负、朝霞与晚霞交相辉映的壮丽。

一切终将成为历史，犹如涓涓细流最终汇入大海。曾经的汗水和努力，曾经的曲折和荣光，曾经的遗憾和经验，记录下来，成为大时代交响的一个小小音符。作为历史的见证者、参与者、记录者，何其有幸！

他们说：我也要当小作家！

“您好！我在艺术中心一楼大堂，有您的两个文件，麻烦下来取一下。”2023 年 9 月 20 日，吕晓霞刚到单位，还没打开电脑，快递的电话就来了。不用想，一定是下面地级市的学生寄来申请加入广东省小作家协会的资料。

果然，今天收到的是肇庆市高要区两名学生的入会申请。自2023年6月高小莉在广东各地级以上市采访以来，吕晓霞几乎每天都会收到学生的入会申请。高小莉在采访中对热爱写作、参加主题征文活动的学生给予热情的鼓励，她作为在广东省作家协会工作了数十年的文学工作者，对发现文学新人、培养文学新苗有着强烈的责任感，也深知作为一名写作者对平台的渴望。她一遍又一遍地向师生们介绍广东省小作家协会，推介符合条件的优秀学生加入小作家协会，鼓励他们勇敢地到更大的平台亮相和学习提高，尤其是2019年以来参加广东省少年儿童践行社会主义核心价值观主题征文活动获奖的学生。全省师生们深受鼓舞，热情高涨，纷纷投出入会申请书。

"从三年级学习写作文开始，我就为学校广播站写广播稿，并在校刊发表作文，四年级后开始在市、省、国家级报刊投稿……同时，勤奋好学，努力上进，多次获得红领巾奖章。"

"我是一名光荣的少年队员，从小到大，我非常热爱阅读，喜欢写日记，我可以在写作文的时候发挥无穷的想象，也可以把我家里过的生活小事记录下来……"

每一份申请表，吕晓霞都会认真审阅，在为孩子们取得优异成绩感到由衷骄傲的同时，也深深被他们热爱文学、热爱写作的精神所感动。

江山代有才人出，长江后浪推前浪！

打响品牌

中国人讲究天时、地利、人和，成就一件大事，这三要素缺一不可。五年的精雕细琢，必须有工匠精神，更离不开群策群力。

品牌的打造离不开宣传推广，只有在广泛提高大众的知晓度、知名度、认可度的前提下，才有可能打响品牌。广东省少年儿童践行社会主义核心价值观主题征文活动，就应该大张旗鼓地宣传，发动更多的少年儿童参加。

省关工委主任林木声非常重视关工宣传平台建设以及征文活动宣传，他到《秋光》杂志社调研时特别提出了关于媒体融合的思路和方法，指出要有“三个圈”融合的意识，即关工委系统“一刊一网一号”要融合互促，同时还要流向《秋光》系的杂志、网站、公众号，并与主流媒体以及其他媒体建立起融合的端口，从而建立起蔓延式的信息流和立体传播矩阵。

《秋光》杂志社是行动派，迅速落实省关工委领导的指示，广泛开展征文活动宣传工作。自 2019 年征文活动开启，《秋光》杂志社每年都制定系统的宣传计划，在征文活动各阶段通过多平台、多渠道、多方式推出相应的宣传报道，包括省关工委自办媒体平台、《秋光》系媒体平台、羊城晚报报业集团（以下简称“羊晚集团”）媒体平台和其他主流媒体平台等，立体化传播，层层推进，不断提升活动传播力和影响力。

羊晚集团领导对征文活动也非常重视支持，近几年的征文活动颁奖大会，时任社长刘海陵、杜传贵应邀出席，为获奖学生颁奖；林海利、李和平、向欣、孙璇等分管各方面工作的领导对《秋光》杂志社提交的征文活动宣传申请一路绿灯，迅速批示，要求各部门给予大力支持。

在省关工委指导下和羊晚集团支持下，《秋光》不断创新表达方式、扩大传播渠道、加强矩阵宣传，助推征文活动热度和声量逐年提升。

省关工委自办媒体全面持续宣传报道。每年征文活动启动，由《秋光》杂志社承办的省关工委“一刊一网一号”都会同步刊登征文启事，并持续跟进各地开展征文活动的情况，及时推送报道。

《秋光·关心下一代》杂志特别开设“征文作品选登”“我和征文的故事”专栏，每期刊登获奖征文作品，以及学生、老师、五老、评委等参与征文活动的感想和故事，已刊载学生作品 138 篇、征文故事 11 篇，成为学生学习写作、关工委开展征文工作的交流园地。

每年颁奖大会后，《秋光》杂志社以最快速度推出征文活动特别报道专版，12~14 版的大篇幅，包括颁奖大会报道、领导讲话、活动总结、各地组织工作、学生征文故事、社会反响等内容，多角度、全方位反映征文活动开展情况。比如 2021 年“用青春拥抱时代”征文活动的特别报道，《秋光》杂志社派出近十名记者在颁奖大会现场采访和会后跟踪采访学生、家长、“五老”、评委等数十人，从不同角度切入，采写成 5 篇图文，以丰富多样的形式呈现，《用青春拥抱时代 少年书写奋斗篇章》记叙了颁奖大会各界参与者欢聚一堂、共庆收获的盛况；《少年人写社会主义核心价值观征文，老同志们都说好！》邀请“五老”谈参与征文工作的感想，真挚动人；《组织发动，各地关工委有新招》以图文并茂的形式直观展示、精简总结各地开展征文活动的好经验，为继续做好次年的征文工作提供借鉴；《他们这样书写青春》让获奖学生围绕征文主题说成长故事，展现了新一代青少年奋发向上的青春力量；《主流媒体大力宣传 社会各界热情点赞 征文活动“刷屏”啦！》反映了社会各界盛赞征文活动的热烈场面；文风鲜活，版面悦目，报道形式生动活泼，记录了各地从关工委“五老”到学生、老师等同心协力铸就征文活动闪亮品牌的感人历程。

与此同时，《少男少女》杂志社新媒体部在杨云姬的带领下，新媒体编辑蔡见东和何祉璀在 2021 年“用青春拥抱时代”主题征文活动总结会现场做了大量的采访工作，他们先前往珠岛宾馆参与现场布置，下午颁奖礼时对获奖学生进行采访。

一个个精心制作的短视频在 12 月 14 日陆续上传到抖音平台，新塘镇群星小学白江分教点罗芯悦、广州市天河区华融小学曾子博、深圳科学高中张勤越等向大家分享了自己平时练习写作的习惯，并表达了自己在比赛中的收获，对未来文学道路的打算。“用青春拥抱时代”主题征文活动的专辑里一共有 8 位学生的采访视频，共计 5 万浏览量。

每年，广东省少年儿童践行社会主义核心价值观主题征文活动从启动到颁奖大会圆满落幕，“刊网号”宣传接连不断，活动热度常年不减，形成了长期、立体的征文活动宣传体系，而且年年有创新、年年有提升，活动宣传不断向广度、高度、温度等维度纵深推进。

《秋光》杂志社各媒体平台大力宣传。广东省少年儿童践行社会主义核心价值观主题征文活动征文启事和相关报道在秋光网、“秋光杂志”公众号同步推送，扩大了宣传受众面。

2022 年，《秋光》杂志社向羊晚集团申请开通羊城派“秋光杂志频道”，借助这一有 2 亿用户基础的平台扩大宣传，成效十分显著。全省各级关工委工作信息定期上传羊城派秋光杂志频道，2023 年共转发 150 余篇图文，阅读量近 80 万，扩大了我省关心下一代工作的社会影响力。征文活动是重点宣传内容之一，相关报道累计总阅读量达数百万。

羊晚集团提供全方位支持。五年来，征文活动宣传力度逐年加大，特别是近三年，《秋光》杂志社在羊晚集团支持下，加强融媒体互动传播，拓宽了征文活动宣传渠道。

羊晚集团对征文活动支持力度可谓火力全开。一是提供全平台宣传支持，羊城晚报、金羊网、羊城派每年都对征文活动进行大力宣传报道。二是连年把征文活动列入集团重点工作项目，提供全方位支持。比如 2022 年的征文活动以线上总结大会形式举办，羊晚集团派出《羊城体育》报的专业团队帮助录制视频，又提供直播平台，羊城派和金羊网同步播出，当天收看就超过 200 万人次，对活动提升影响力有很大帮助。

各大主流媒体广泛宣传报道。借助羊晚集团力量，《秋光》杂志社还建立了与各大主流媒体融合的端口，对征文活动信息进行辐射推送，通过羊晚集团与其他主流媒体的资讯聚合平台相互推送、自动抓取机制，推动征文活动在各大主流媒体广泛宣传。特别是每年颁奖大会，已成为各大主流媒体关注报道的聚焦点。2023 年，“学习强国”学习平台、新华社客户端、《光明日报》客户端、广东广播电视台、南方日报、南方 +、羊城晚报、羊城派客户端、金羊网、广州日报、新花城客户端、深圳特区报等主流媒体平台都对征文活动进行了报道，腾讯、新浪、搜狐、网易等门户网站也转载了多篇征文活动报道，全网报道总阅读量已超过百万，宣传规模和力度达到历年之最。

中国人讲究天时、地利、人和，成就一件大事，这三要素缺一不可。五年的精雕细琢，必须有工匠精神，更离不开群策群力。

第三章 万紫千红

金秋十月，大美岭南。乘着大雁的翅膀，从珠江边的广州塔起飞，先往东，闪亮的东江韩江，逶迤连绵的山脉，星罗棋布的人家；转头向北，北江奔腾，城郭隐隐，丹霞地貌、喀斯特地貌巧夺天工；再往西去，南海潮涌，百舸争流，田野金黄，丰收在望；盘旋迂回，一路向南，大湾区一个个现代化都市，一群群摩天建筑，人间奇迹，令人叹为观止。

调整一下焦距，近一点，再近一点，画面渐渐清晰。小河上的石板桥，房屋前的荔枝树，走廊里读书的少年，操场上做实验的师生，一个个场景，生动真实；一片片鲜花盛开的大地，多姿多彩。

每一朵花都有独特的形状和色彩，未能一一描摹。这里聚焦其中的几朵，已经可以窥见万紫千红。在春天播种希望，用心浇灌，用爱呵护，付出心血和汗水，迎来大地花开。

——题记

■ 灿烂的山菊花 |

秋风漫过山野，田野金黄，地远天高。有的花已经开过，有的果实已经收成，刚刚绽放的山菊花犹如温暖的小太阳，点亮了山野、村头，也点亮了人们的眼眸。心中有美、有爱、有梦想，任何时候盛开都不晚。走来了，这是一群淳朴的山里娃。

唐光煜　惊天动地的事

粤北，连南瑶族自治县油岭瑶寨。村道上，远远出现了一个奔跑的少年。他跨过小溪，转过稻田，金灿灿的夕阳涂抹在他的身上；他的脸上，泛着幸福的光。像风一样奔跑，才能抒发内心的激动。一个特大的喜讯捂在他的口袋，像一只生猛的山鸡蠢蠢欲动。

依山而建的吊脚楼，从山下延伸到山顶。上山的石板路高高低低，少年跳跃得比兔子还快。这座始建于唐朝的古老村寨，他从来没有像今天这样觉得特别好看，特别美。那个喜讯在口袋里再也捂不住，他拿在手上，高高扬起，一边跑一边喊："我得奖了，妈！我得奖了！"妈妈从屋后的菜园子里走出来，问他喊什么呢？吓人！少年"哈哈哈"一阵笑道："我得奖了，我真的得奖了！"他把红本本递给妈妈。

妈妈一看，本子上真的写着儿子唐光煜的名字。几个月来，儿子在做的那件事，真的实现了？她忙喊出孩子父亲。父亲开始不信，看了又看，大红印章盖着"连南瑶族自治县关心下一代工作委员会""连南瑶族自治县教育局"，上面的文字写着唐光煜的征文获得了征文活动三等奖。

父亲的嘴巴咧开，惊喜让他的眼睛发亮。他拍了拍儿子的肩膀，转身就往外走。又吩咐妻子："快，杀鸡。我去买鱼，买肉，咱家今天就是过年！”

唐光煜是连南瑶族自治县顺德希望小学的学生，四年级了，从来没有写过一篇完整的作文。老师发布“劳动创造幸福”主题征文活动的消息，强调了征文活动的重要性，要是能在省里得奖，那可就厉害了，省里的领导都要给你颁奖，你可能会上电视、上报纸，一下子就成明星了。省里的奖哪有那么容易得的？不过要能得个县里的奖，也很了不起，县里的领导也会给你颁奖，还会请你的家长到现场来。反正证明你能你行你厉害的时候到了，敢不敢试一试？平常作文好的同学踊跃报名，知道自己底子的，躲在角落不吭声。唐光煜主动请求参战，这让老师和全班同学都特别意外，他可从来没有这样主动过。

唐光煜真的开始写作文了，而且铆足了劲，完全是不达目的不罢休的架势。学生要求进步，老师当然很高兴，也用心地辅导他。一个字一个字，一行一行，一段一段，写了改，改了再写，那锲而不舍的精神，像是在进行一项大工程。有人取笑他，写一行字像挖一块地那么艰难，作文都没有写过，还想得奖？唐光煜不气馁，坚决不放弃。经过“艰苦卓绝”的努力，他完成了作文。他内心肯定是有想法的，但是他不说。

直到 2023 年 8 月，他接到通知到县教育局，因为他的作文得奖，有一位省里来的作家要采访他。穿着节日盛装的唐光煜，由父亲送到县教育局。他脸上是阳光的颜色，笑容山花般灿烂。他反复说，没想到我能得奖。但这件事情我一定要去做，从小到大我都没有做过一件事情来证明自己。我学习成绩一般，同学经常笑话我，父母也难过。我是应该认真地做一件事情了，让老师和同学们看看，让我父母高兴高兴。我得奖了，我对自己有信心了，我觉得以后我认真努力去做一件事是可以做好的。我从来没见过我爸妈为我这么高兴过，好像我从那一天开始长大了。

这是一次洗礼，也是成人礼。

李淑慧　这一场盛事有我

广东省东北部、韩江上游的梅州市蕉岭县，是中央苏区县，地处闽粤赣交界处，与福建省武平县、上杭县毗邻。从县城到梅州市区将近 45 公里，到省城广州市 400 多公里。在高速公路不发达的年代，从县城坐长途车去广州，“两头黑”也未必能到。受各种因素影响，很长时间，蕉岭县是广东的贫困县。

2020 年 7 月 1 日，《南方日报》刊登了一篇长文：《“软硬兼施”出真招 “不落一个”见实效——蕉岭全县建档立卡贫困户 2795 户 5653 人均达脱贫退出标准》。报道称：蕉岭县围绕实现所有贫困户脱贫、贫困村退出，盯住稳定增收关键指标，遵循乡村发展规律，以美丽宜居乡村建设为抓手，在脱贫攻坚工作中下苦功夫，啃硬骨头。

截至 2019 年 12 月底，蕉岭县 19 个省定相对贫困村达到退出标准。截至 2020 年 6 月 12 日，全县建档立卡贫困户 2795 户 5653 人，均达到脱贫退出标准；经村级评议公示、镇级复核、县级抽查审定，2019 年未退出 99 户 283 人已达到脱贫退出标准。

务农重本，国之大纲。党的十八大以来，习近平总书记就“三农”工作作出一系列重要指示。2013 年 12 月 23 日，在中央农村工作会议上总书记强调：小康不小康，关键看老乡。一定要看到，农业还是“四化同步”的短腿，农村还是全面建成小康社会的短板。中国要强；农业必须强；中国要美，农村必须美；中国要富，农民必须富。农业基础稳固，农村和谐稳定，农民安居乐业，整个大局就有保障，各项工作都会比较主动。

2016 年 4 月 25 日，在农村改革座谈会上总书记强调：要坚持把解决好“三农”问题作为全党工作重中之重，加大推进新形势下农村改革力度，加强城乡统筹，全面落实强农惠农富农政策，促进农业基础稳固、农村和谐稳定、农民安居乐业。

作为一名中学生，李淑慧目睹了乡村的变化。她老家在蕉岭农村，对农村有深厚的感情，她用自己的笔，记录了心中的感受。原来泥泞的小路，如今铺了柏油路；原来面朝黄土背朝天，如今有了农业机械化；原来青壮年背井离乡到外面去讨生活，如今越来越多的人回到村里，投身乡村振兴事业；原来汽车颠簸一整天才能到省城，现在高速公路几个小时就抵达了。

李淑慧从小喜欢看书，早早就养成了观察生活、记录生活的习惯。写读后感，记日记，写小短文，是她的日常。这得益于她的父亲，同时也是她的征文指导老师李思超。

李思超是蕉岭县镇平中学的语文老师，从教数十年，积累了丰富的教学经验。他的心中深藏着一个文学梦，写的文章经常见诸报刊。他热爱自己的职业，指导学生写作文方法多多，生动有趣。在讲解“科技引领我成长”主题征文写作时，他先来这么一段：“时流竞说黄公度（黄遵宪字公度），英气终输仓海君（丘逢甲别号仓海）。”这是大诗人柳亚子评价清朝嘉应州两位最著名诗人黄遵宪和丘逢甲的诗句。然后再延伸开去，以古论今，结合当地的历史文化，熟悉的人文环境一下子引起了学生的兴趣。

2017 年，为弘扬丘逢甲先生的爱国主义精神，传承传统文化和红色文化，在丘逢甲故乡，也是世界著名的数学家丘成桐院士家乡，蕉岭县筹建了仓海诗廊。仓海诗廊现为梅州市第五批爱国主义教育基地和梅州市诗词创作基地、蕉岭县中小学生研学教育基地，李思超带领学生到仓海诗廊、丘成桐院士家乡进行研学活动，给学生们讲故事，指导他们如何写作文。

《怕写作？试试写生活杂记》是李思超发表在《梅州日报》的一篇文章，他认为，中学语文教学的主要任务之一，就是培养学生的写作能力。学生觉得作文难，主要有两个原因：一是思想障碍，二是没找到门路。为了破除学生对作文的恐惧心理，诱导学生入门，在初一、初二学年，李思超把作文改为“生活杂记”，收到了不错的效果。

记了好几本“生活杂记”之后，李淑慧的写作水平进步很大。2019 年的暑假，她回到家乡，田野上忙碌的收割景象，新奇的收割机，回村种地的大学生夫妇，引起了她强烈的好奇心。她主动找村里人聊天，向村书记请教，与他们一起探讨新时代农村的出路和希望。今日的新农村，跟以往真的是大不一样啊！她感慨良多，回家后跟爸爸说，她要以此为题材写征文，并说了自己的写作思路。爸爸非常支持她，给了她一些建议，鼓励她放手去写。后来，李淑慧以“新时代•新际遇•新使命”为题的征文，在 2019 年“腾飞新中国　辉煌七十年”主题征文活动中，获得初中组省级一等奖。

李淑慧借村主任之口，说出了父老乡亲的心声——老主任回想起过去的艰苦岁月，再想想而今的幸福生活，也不禁老泪纵横：“是啊是啊，想想当年的村子，留不住年轻人，都觉得大城市有前途，只剩下我们这群孤寡老人留守农村。看看哈，现在农村发展了，有前景了，这群小年轻又都闹着回来啦！”

李淑慧一下子成了蕉岭名人，蕉岭县关工委主任郭定国亲自到镇平中学祝贺她并为她颁奖，鼓励同学们踊跃参与。对山区的孩子，这个平台很难得。山区孩子要勇敢地走出去，多见见外面的世界，多锻炼才能成长。

从 2019 年至 2023 年，广东省少年儿童践行社会主义核心价值观主题征文活动，举办了 5 年，李淑慧参加了 5 年，一场都没有落下。起点太高了，一出手来了个一等奖，她知道，要再拿个一等奖不太可能。但是，李淑慧不是为了拿奖，她就是想参与，就是喜欢那种参与的感觉。参与的过程，学习的过程，成长的过程，又美好又温暖。

李淑慧在杂记《不断学习　奔赴下一场远方》中写道：一届又一届地参加广东省少年儿童践行社会主义核心价值观主题征文活动，也正是这种坚持，才让我分别获得了省级一等奖、三等奖，市级二等奖的殊荣。在写作过程中，老师们给予的指导，以及我为了丰富自己的文章搜集的素材，也帮助我逐渐形成自己的写作风格，并不断进行对不同文体、不同写作方法的探索，对于我提升自己的写作能力大有裨益。同时，征文活动中的得与失也让我逐渐形成了平稳的心态，得奖自然开心兴奋，未获奖也不气馁，提升自己的写作技能，在下一场征文活动中继续努力。

温明曦　成长的特别仪式

2022年6月下旬，一场百年不遇的特大洪水，让英德冲上热搜。

——广东连日暴雨多地遇洪水，上游扛不住开闸，英德全城水浸，多少人一夜未眠！

——据不完全统计，6月23—24日，英德有数千亩池塘被淹，集中在望埠镇、大站镇、英红镇等地。仅在望埠镇，就有300多亩桂花鱼池，鲈鱼、黄骨鱼、四大家鱼池塘共计200多亩被淹，跑鱼不计其数。

——告急！天灾侵袭，百年一遇的特大暴雨正在袭击广东！英德，更是处于水深火热。早在21日19时，广东将防汛Ⅱ级应急响应提升至Ⅰ级，从6月15日至21日不到一周的时间，累计雨量达680.7毫米。北京全年降雨量500多毫米。不过几天，英德就下了全北京一年的降雨量。黑云压城，大雨滂沱，6月23日，英德水位到达35.97米，远远超过警戒水位10.1米，为近百年来的历史最高水位。

——面对突如其来的险峻汛情，浛洸镇各级党组织和党员干部充分发挥战斗堡垒和先锋模范作用，迅速成立抗洪救灾党员突击队，全镇352名队员向险逆行，迎难而上、冲锋在前，为群众生命安全筑起一道道牢不可破的“铜墙铁壁”，让党旗在防汛抢险救灾第一线高高飘扬。

英德是个县级市，由清远市代管，土地面积5634平方千米，是广东省所辖面积最大的县级行政区。2021年统计，英德市户籍总人口120万人左右。得天独厚的自然条件得益于水秀山清，喀斯特地貌风景和英德红茶最为出名。但在过去还有另外一个词：穷山恶水。山通过人的力量可以改变，化不利为有利；水却像一头猛兽，发作起来性情暴戾，千百年来难以制服。英德处北江中游，干流长573千米的北江，发源于江西省赣州市信丰县，是广东省四大主要河流之一。

水是生命之源，同样也可以摧毁生命。生活在水边的人，对洪水的恐惧和无奈伴随终生。水灾造成的贫困，用“辛辛苦苦大半生，一下回到解放前”这句话来形容，一点不为过。

根据清远市民政部门的统计，2020年8月，清远市范围内共有留守儿童1.4万多名，困境儿童6000多名。其中连山和英德共有留守儿童4800多名，困境儿童1700多名。关于留守儿童和困境儿童的学习状态，后文《山水有情》中英德市关工委常务副主任陈永宏对此有比较系统的描述。

温明曦是英德第八中学学生。说起谁家小孩在第八中学上学，第一反应就是这孩子不怎么样。各方面都好的学生去了一中、二中之类，剩下的被第八中学收留，其中留守儿童、困境儿童占了相当比例，温明曦便是其中一位。

按理说，中学生的文字表达能力应该到了一定水平，不说下笔如有神，起码也能比较流畅。但是事实上，一些处于山区的孩子有相当大的差距。别说写作文参赛，平常老师布置的两句话小日记也不一定能完成。能把词句写通顺，前后顺序不颠倒，字不缺胳膊少腿就算好了。

除了家庭教育的缺失，还有教育资源的不均衡。城乡教育资源不均衡是一个长期存在且十分重要的问题。城市和农村在教育资源的数量和质量上存在明显的差异，这不仅直接影响儿童受教育的机会和质量，还可能加剧城乡之间的社会差距。这早就引起了政府部门的重视，也出台了相关措施。但是，要取得大的成效还任重道远。

英德市第八中学老师莫丽琴感触良多："首先不是怎么写作文，而是要建立自信。到八中来的学生基础都比较差，家庭条件也不怎么好，很多都跟爷爷奶奶生活。他们缺乏自信，非常内向，孤僻甚至自闭。要让学生脸上有笑容，心中有阳光，心理正常，才能正常生活和学习。"

在一些家长眼里，学校更像个托管所，父母在外面，爷爷奶奶管不了，学校有老师看管，起码安全。读书能读个什么样子完全靠孩子自己。父母也牵挂担心，给孩子手机，时不时联络。有些孩子不自律，手机就成了玩游戏的工具。回家就拿着手机不放，爷爷奶奶说几句，也说不动。在眼前还能看着，总比出去惹事强。学校不准带手机，发现一部没收一部，放学后马上再买一部，旧手机也就百把块钱。父母却以为孩子都把钱用在学习上了。

温明曦觉得莫老师和蔼可亲，信任她，跟她聊天也敞开心扉。莫老师还懂得很多，语文课也讲得好。主题征文活动开始他是不敢参加的，怕出丑，怕成为同学的笑柄。莫老师很有耐心，开导他，给他讲了很多道理，告诉他怎么选题材，怎么讲故事，怎么写出心中想说的话。一朵花，你不勇敢地打开，别人怎么能看见你的美呢？一条毛毛虫，如果一直蜷缩在茧里，那它这辈子都是一条毛毛虫，变不了漂亮的蝴蝶。外面是有危险，可能刮风下雨，还可能被小鸟吃掉。但是如果怕这怕那不敢探出头来，它连阳光都见不到。

温明曦很受启发，他勇敢地把作文交给老师，老师当着全班同学的面表扬了他，说他写得不错，再改改，完全可以参加作文比赛。真的可以吗？当然可以！那天放学走出校园，温明曦第一次发现田里的菜花开得这么好看，家乡的天这么蓝。要参加比赛，可得再认真点，他第一次这么投入写作文，反复斟酌，改了又改。这于他的意义已经不只是作文，而是某种重要仪式。

温明曦的作文最终获得了 2022 年"劳动创造幸福"主题征文活动清远市二等奖。拿到奖状的那一刻，他开心地笑了。

"征文活动是帮助学生转变的非常有利的方式。学生最想得到的不是奖状，而是爱、自信、希望。"莫丽琴的话引人深思。

叶颖宜　向阳而生

粤西，云浮市郁南县。因诸多原因，尽管改革开放已经40多年，距离省城200多公里的山区县，虽然已经脱贫，但依然是经济欠发达地区。跟大多数山区农村一样，青壮年劳务输出，农村大多数都是老人小孩，留守儿童是个普遍现象。西江中学的叶颖宜就是其中一个。

公安部的调查显示出两个“大多数”：全国未成年人受侵害及自身犯罪的案例大多数在农村，其中大多数又是留守儿童：80%的农村留守儿童存在或轻或重的心理障碍。中国社会调查所公布的调查还显示：超过半数的父母明显感觉到孩子留守后变得沉默、孤僻；30%的父母知道孩子交了不良朋友，经常惹是生非。留守儿童在生活、心理、人身安全、成长教育等方面出现的问题已经日益引起社会的关注。

培根说：“奇迹多是从逆境中出现的。”高尔基、苏东坡、史铁生等都是在逆境中坚守信念百折不挠，终成大家。但其中所经历的万般辛苦，往往欲说还休。

父母缺席了叶颖宜的童年，从小跟爷爷奶奶一起生活的她，经历了生活的磨炼。这世上有一种方式叫作写日记，这对于孤独的人，简直就是一种救赎。一篇一篇写，一本一本写，到后来有了意气相投的姐妹，可以互相分享笔记，交流写作心得。不知不觉间，练得一手好字，写就一手好文章。老师、同学对她好，照顾她、鼓励她。她越来越自信、开朗，后来，叶颖宜还成了一名热心的志愿者，阳光积极、热爱生活。写作，是一种治愈。

“劳动创造幸福”的征文启事，她认真看了不下10遍，在完全领会以后进行构思。她以“劳动，幸福的奥秘”为题，写下了爷爷、父亲、“我”三代人劳动的故事。为了写征文，她请奶奶讲家史，在父亲回家时，专门请父亲讲这么多年在外做建筑工的故事。倾听交流中，渐渐懂得尊重父母的做法，理解父母的不易。他们都是劳动者，努力为家人、为孩子付出，创造着人生的价值。她的理解，也让父亲很欣慰。曾经萦绕心头的迷雾，烟消云散。

指导老师田雪情认为选题不错，启发她在故事的结构、层次、人物的丰富性上进行修改完善。她在写作上很有天赋，一点就通。这个机会对她太重要了！她不急着交稿，而是反复修改，直到自己满意为止。

叶颖宜最后获得征文初中组省级一等奖，郁南县关工委、教育局的领导到学校来，跟校领导一起在国旗下给她颁奖。全校的学生向她投来羡慕的目光。她心潮澎湃，那一刻，成为她人生的高光时刻。

卢宸浩　记录精彩瞬间

卢宸浩的得奖，纯属意料之外。所以当他的妈妈接到来自广州的电话，得知卢宸浩得了一等奖的消息，压根儿就不相信，本能的反应是遇到诈骗了，赶忙挂了电话。后来梅州市关工委又给她打电话，详细说了来龙去脉，她还是将信将疑。虽然儿子一直以来成绩都不错，但是作文方面好像没有什么突出的表现。

卢宸浩倒是特别高兴，第一时间打电话给老师吴斯瑜表示感谢。从小学一年级到六年级，吴老师带了他六年，他的点滴成长，都凝聚着吴老师的辛勤和汗水。

喜欢读书，阅读量很大的卢宸浩对写作说不上喜欢，因为相比之下，他更喜欢数学、科学，而且他动手能力很强，热衷于各种小发明。对各种小机器，他有着天生的好奇，家里大大小小的玩具，全被他拆了个遍。“小破坏王”却得到了父母的理解和支持，后来想起来，小时候的调皮捣蛋，其实就是兴趣爱好的萌芽。

梅州市梅江区城北镇中心小学会不定期推出《作文报》，能刊登在《作文报》上的文章，都是得到认可的、优秀的，可见学校对语文写作的重视。卢宸浩的作文从来没有被选上，他也觉得写作不是自己的强项。他的兴趣爱好挺多的，科学小发明、学编程、组装机器人、打篮球、弹钢琴，干啥都像模像样。

2021 年卢宸浩上四年级，已经是学校科技兴趣小组活跃的一员。有一天，他在电视上又看到了一个错把油门当作刹车造成交通事故的新闻，不禁冒出一个念头：“我们能不能做个提醒装置，在人们开车走神或慌乱时提醒一下他们，这样可以减少多少悲剧的发生啊。”他把想法告诉了兴趣小组的指导老师，得到老师的赞许和鼓励。

他和小伙伴们开始动手。买来材料，实验，组装，反复调试，鼓捣了一个礼拜，有了成果。在兴趣小组演示的时候，他回忆道：我的心一直怦怦跳，生怕演示失败，我骄傲又小心翼翼地把右脚放在油门上，这时有轻轻的警报提醒响起，当我突然深踩时，踏板马上发出我录制的“这是油门！这是油门！”的大声警告，同学们听到我的“警报”都哈哈大笑起来，我也不好意思地笑了。演示结束了，刘老师拍着我们几个学生的肩膀，赞许地说：“不错！可以去参加青少年科技创新大赛了！”

当年，卢宸浩和小伙伴一起发明的“会报警的汽车油门踏板模拟装置”参加了梅州市青少年科技创新大赛，获得二等奖。

这件事让卢宸浩印象深刻，他从中学到了很多，动手能力、实践经验、科学精神、团队意识，更加深了对科学技术的热爱和憧憬。

参加“科技引领我成长”征文活动的作文《小小的发明　大大的梦想》写的就是这次发明创造的经历。文末，他写道：“思维是地球上最美丽的花朵，而创新精神是其中最灿烂的一枝，这次的小小发明得奖给了我更大的信心，作为一名中国少年，我会继续努力，勇于创新，勇于实践，科技筑我强国魂，科技圆我强国梦！”

读书破万卷，下笔如有神。从小养成良好的阅读习惯，汲取知识养分犹如海绵吸水。阅读达到了一定的量，掌握的词汇量足够丰富，写作也就不是难事。说不定哪一天，不鸣则已，一鸣惊人。

黎欢月　你很远也很近

一个人的知识面，大抵由其所读之书来铺陈。杂志、新闻周刊有实时、轻量、便捷的优势；微型小说聚焦于民间的普通人，我们可以读出人性的真善或丑陋及社会世态炎凉，虽都为“轻阅读”，但质量却并不“轻”，可在片刻之时为我们心灵提供栖息之所。

翰墨书香中，我更喜欢“重阅读”，即长篇小说。遨游于海明威的《老人与海》，我领悟到马林鱼骨架前的沉思：“一个人可以被毁灭，但不能被打败”；驻足于路遥的《平凡的世界》，我震颤于孙少安与苦难的斗争“即使是最平凡的人，也要为他那个世界的存在而奋斗”；沉浸于余华《活着》，我感动于“苦难并不值得被歌颂，被歌颂的应该是那些始终坚持着活的乐观和坚强”……每一次在阅读中静处，都是心灵在冥想。写作如我们的生命一样，只属于每个人。自己的感受，而不属于任何人的看法。阅读伴我成长，是我抬头梳起的梦想，也是我低头许下的愿望！

《寒门学子的努力》：有人说这个年代寒门再难出贵子，其实在所有时代里，要成为真正的“贵子”，不论寒门与否都应该胸有凌云壮志，为梦想而不懈努力。寒门，也许物质上有所限制，可是，这难道会成为他们道路的障碍吗？李白诗云：“大鹏一日同风起，扶摇直上九万里”！在追梦逐云的岁月里，唯其出于寒门，那份热情才更加真实可贵。寒门学子的努力，是眼望未来的信心，是挑战自我的决心、勇气，是铿锵有力的生命。忘掉寒门、质疑、嘲笑，带着信仰，寻找光照的方向。

五本笔记本，密密麻麻记满了文字。从初中到高一，黎欢月以这种方式记录和积累。她不称为日记，而是叫作“积累本”。看的书，走的路，思想的火花，心灵的感悟，年少的困惑……积累生活、积累知识、积累素材，积累人生这本长篇巨著的其中一页。

父母离开家到深圳打工时，她刚刚蹒跚学步。她和姐姐跟爷爷奶奶一起生活。那时候的深圳很遥远，天未亮从家里出门，坐一整天长途车才能到达。村里很多像他们这样的孩子，父母都外出打工，所以也不觉得有什么。每天晚上接听爸爸妈妈的电话是黎欢月一天中最快乐的时光，爸爸妈妈关心她的一切：吃饱了没有？穿暖了没有？有没有摔跤？是不是哭鼻子了？爸爸的笑声就在耳畔，妈妈的叮咛拂过她的脸颊，没有一点距离，仿佛他们就在身边，一家人团团圆圆地在一起。

父母从离开家的那一天起，每天至少都会打一个电话，关心她的学习、生活，风雨无阻，从未间断。后来有了视频通话，就更真实亲近了。不仅如此，爸爸妈妈还经常跟班主任沟通，了解她在学校的情况，有什么困难便及时为她解决。过年时父母回乡，她和姐姐一定会到车站去迎接，亲人团聚的一刻，那是多么幸福的时光！

初二的时候，有一段时间黎欢月的物理学习没有跟上，考试成绩不理想，黎欢月特别难过，打电话给爸爸，哭得稀里哗啦，一边说一边哭，语无伦次。爸爸耐心地听她说完，不停轻声细语地安慰她："爸爸知道你是个很努力上进的孩子，但是你也别把自己逼得太急了，慢慢来，一次两次考试不好没有问题。好好想想，到底哪里出问题了。去找你的老师好好聊一下，请老师给你意见和指导。爸爸相信你，会找到原因，学习成绩也会上来的。"爸爸又给她的老师打电话，仔细了解情况，说孩子压力太大了，拜托老师多费心。

所以作为留守儿童，黎欢月不觉得童年有太多爱的缺失。相反，一直感受到父母的关心和温暖的爱。因为父母的爱，她更体贴理解父母为生活打拼的艰难，这也成为她更加努力学习的动力。她喜欢的书，爸爸妈妈都会给她买；她喜欢的新衣服、新玩具，爸爸妈妈也尽量满足她。爸爸妈妈留给她的生活费，或者给她的特殊奖励，还有压岁钱，她不舍得花，都攒起来。父母那么辛苦地挣钱，为这个家，她不能乱花钱。

比她大两岁的姐姐很懂事，会照顾妹妹，给妹妹讲故事，陪妹妹做作业，妹妹喜欢看书，她就把学校读书角的书一本一本借回来。直到有一天，妹妹把看完的书还回去，姐姐却没有再借新书回来。看着妹妹有点失望的眼神，姐姐解释道："我们学校读书角的书，全都给你看完啦。"

爱读书的孩子不会笨到哪里去，黎欢月的学习成绩一直名列前茅，而且性格开朗，阳光，善良，有爱心。她以优异的成绩考上了信宜市信宜中学，在离家28公里之外的县城，开始了独立的生活。即使上了高中，父母对她的关心一点没有减少，尽管她已经有了两个弟弟。

也许生活一地鸡毛，也许人生颠沛流离，但是，你把孩子带到这个世上是责任，是义务，是担当，也是希望和未来。犹如种庄稼，付出不一定有收成，但是没有付出，绝对不会有收成。

——迈入21世纪，科技助力强国的潮流不可阻挡，科教兴国、人才强国的战略一以贯之。而吾辈青年作为新时代的主力军，应当奋进新征程，建功新时代，"有一分光，便发一分热"，秉承钱学森"五年归国路，十年两弹成"的爱国精神，怀揣袁隆平"发展杂交稻，造福全世界"的伟大抱负，学习陆盈盈"科学就是不断试错和证伪"的毅力与创新……传承科研精神，担当时代重任，为新时代的科技发展和国家昌盛贡献自己的力量。

黎欢月在2023年"科技引领我成长"广东省少年儿童践行社会主义核心价值观主题征文活动中获得高中组一等奖的作品中的这段话，铿锵有力，掷地有声。她这篇作品名为“传承科研精神，助力吾辈成长”。

黄腾巍　伴你一起走

四面青山， 小河蜿蜒，春风吹过，万物复苏。雨歇雾散之后，农人们的身影显现出来。一年之计在于春，这也是繁忙的播种季节。

山边的农田里，一对年轻的夫妇带着孩子在种花生。他们分工合作，挖土沟的，放种子的，回填泥土的，配合默契。父亲看上去是个熟手，一边忙，一边还不忘给孩子讲解。孩子听得认真，很快就学会了。父亲说，我对花生印象太深了，春天种下去，夏天拔草施肥，秋天收获花生，冬天北风起吃炒花生，香得不得了。孩子觉得有点夸张，就问，有那么香吗？父亲笑了。当然了！自己种的，肯定特别香啊！

孩子领会了，重点是自己种的。真正感同身受是秋天到来的时候。有一天父亲对他说，走，领奖去！回到花生地，眼前的花生苗已经长老了，拔起来一看，是累累的果实，太神奇了！父亲说，这就是对劳动的奖励，收获的花生就是奖品。劳动就是这样，付出才有收获，有了收获心里就特开心。孩子若有所思。

几年后，孩子上了初中，成为连州市北山中学的一名学生。他叫黄腾巍，老家在连州市西江镇高山村。他的父母都是教师，教育理念和方式也跟别人有所不同。温馨有爱的家庭氛围，崇尚读书的风气，传统文化的传承，陪伴与尊重，指导与教育，黄腾巍不但健康成长，而且品学兼优，阳光向上。好孩子的各种标准好像都在他的身上，待人彬彬有礼，学习努力上进，同时，他还是班里的三好学生、共青团员、班干部。2023 年中考，他更是以 754 分的好成绩，成为连州市中考状元。

黄腾巍很喜欢跟爸爸一起回老家参加劳动，他掌握了不少劳动技能，了解了很多农作物的生长特性。还喜欢把自己劳动的感受写下来。爸爸妈妈一直对他说，学习好只是其一，能劳动、会劳动跟学习一样重要。不仅是锻炼身体，更是在付出汗水和努力之后，才真正懂得“锄禾日当午，汗滴禾下土”的意义。

看到 2022 年“劳动创造幸福”广东省少年儿童践行社会主义核心价值观主题征文活动的消息，黄腾巍咧嘴笑了。连州市关工委和几个部门联合，在北山中学成立了“连州市校园小作家培育基地”，关工委的领导经常到学校，这个征文活动的消息正是连州市关工委主任梁建辉带来的。这一天一回到家，他告诉爸爸要参加征文活动，选的题材就是种花生。爸爸拍手赞成，并且跟他一起讨论了一番。爸爸鼓励他：“你放手去写，写出心中所想。”初稿出来，爸爸妈妈都给他提了意见，他觉得有道理，虚心接受了，并且认真修改。

黄腾巍的《劳动的春与秋》获得 2022 年“劳动创造幸福”主题征文活动省级一等奖。他的案例，说明了家庭教育和学校教育相结合的重要性。孩子的童年很短暂，爱，不能缺席；身教，永远比言传重要性。

小英 打开一扇窗

9 岁的小英是小学三年级的学生，家住在阳春市八甲镇一个小山村。村里几十户人家，大多是老人小孩，年轻力壮的都出门挣钱去了。挣到钱的在城里买房子，把孩子也接了去。没有挣到钱的，老人小孩还在原来的老屋里，逢重大节日，大人回家探望三五天也就离开了。村里常年都是寂静的，寂静得只听见屋后风过树林的声响，池塘里鸭子的叫声，还有唤醒清晨的嘹亮鸡鸣。

小英不清楚父母有没有挣到钱，家里没有建新房，父母也很少回来。他们希望她是个儿子，但她是个女儿。女儿又不传宗接代，粗生粗养就行，吃饱穿暖就好。愿意读书就让她读，能读多少，全交给老师了。

家里还有个小叔，小时候落下残疾，不能正常走路和说话，日常生活也要靠人照顾。 爷爷奶奶对小英是疼爱的，但是爷爷奶奶体弱多病，自己种一些菜，养一些鸡鸭，家里好些粮食、家禽还要拿到镇上的集市去卖。跟别人家外出打工的爸爸妈妈不一样，小英的爸爸妈妈很少回家，她甚至都想不起来爸爸妈妈的样子了。后来她听说，她有了个弟弟。

小英十分想念爸爸妈妈，她很小的时候，爸爸妈妈回来过一次。她记得那一天，山坡上的蒲公英一片雪白，摘下一朵，她高兴地跑回家。那蒲公英随风飞扬，像一把把小小的伞，好看极了。后来，她常常去看那一片蒲公英，长出新叶了，开出黄花了，结了白色的种子，然后被风吹散了，不见了。然而，爸爸妈妈没有回来。

别的小伙伴有的各式各样的玩具、五颜六色的绘本，她不曾拥有过；别人家孩子描述的游乐场、旋转木马、过山车、大电影，她想象不出来；手机、电脑她没有，家里甚至没有电视机。她仿佛是被路过的小鸟随便扔下的一粒草籽，在大山的褶皱里生根，拘谨地生长。她在人前抬不起头来，自卑又自责。她觉得自己一定是太丑了，太没用了，才会被嫌弃，所以她整天低着头，沉默寡言。

家到学校大约 8 公里，每天清晨，吃过奶奶做的早餐，爷爷用摩托车送她去学校。爷爷说："你就好好读书，书读好了，有出息了，去东莞，找你爸妈。"

读书，为她打开了通往新世界的大门。

阳春市八甲镇中心小学，原名八甲圩镇小学，创办于清朝光绪三十二年（1906 年）。1979 年改名为八甲镇中心小学，坐落在八甲圩镇中心。服务范围 4 平方公里，学生来源于八甲圩镇的户籍人口、罗城、徐屋、澄垌等就近村落的农村人口。最远距离村寨 23 公里左右。2023 年，在校学生将近 3000 人。群山环绕之中，鹅凰嶂下，白水河旁，这座看上去是当地最好建筑物的八甲镇中心小学，宽阔、宁静、清幽，大门前“和而不同，美美与共”八个大字尤为显眼。“培养健康、自信、阳光、勇敢、有礼貌的学生，是我们的目标。”校长黄好全如是说。

有一天，小英接触到了文学。学校的“春苗文学社”创办于2016年，几个语文老师凑在一起，把全校爱好文学的学生集中起来，每周四下午讲一堂课，主题是阅读、写作，文学社社员的优秀作品都刊登在《春苗文苑》上。

地处阳春市西南部的八甲镇属山区镇，境内最高峰鹅凰嶂海拔1337.6米。据2021年统计，全镇总户数2.17万户，户籍人口8.6万人。

就是这样一个小镇，却有一个特殊的群体：诗人。鹅凰诗社成立于2018年，社员110人。社长杨清泰是镇关工委办公室主任，社员来自各行各业，不少是农民。他们的诗歌上过省级甚至国家级的报刊， 在圈中小有名气。鹅凰诗社联合春苗文学社，为培养文学新苗共同努力。

在老师的鼓励下，小英成了文学社社员。老师发现，这个言语不多的学生，写作很有灵气，于是给了她更多的关注和帮助。小英慢慢喜欢上了写作，她的作品还上了省里的刊物，她的脸上开始有了阳光。后来，老师说省里有征文活动，小英也跟同学们一起参加了。

打开一扇窗，她看见了光。

2021年2月25日，习近平总书记在全国脱贫攻坚总结表彰大会上庄严宣告：“经过全党全国各族人民共同努力，在迎来中国共产党成立一百周年的重要时刻，我国脱贫攻坚战取得了全面胜利。”到2020年，我国现行标准下农村贫困人口全部实现脱贫、贫困县全部摘帽、区域性整体贫困得到解决。这是人类减贫史上的伟大奇迹！

两个一百年举世瞩目。第一个一百年，在中国共产党成立一百年时全面建成小康社会；第二个一百年，在新中国成立一百年时建成富强民主文明和谐的社会主义现代化国家。

党和国家明确指出，脱贫摘帽不是终点，而是新生活、新奋斗的起点。面向“十四五”，中国将建立健全防止返贫长效机制，接续推进巩固拓展脱贫攻坚成果同乡村振兴有效衔接，努力绘就乡村振兴的壮美画卷。《中华人民共和国乡村振兴促进法》第二条规定，乡村振兴包括“产业振兴”“人才振兴”“文化振兴”“生态振兴”“组织振兴”。

《中共中央 国务院关于实现巩固拓展脱贫攻坚成果同乡村振兴有效衔接的意见》指出，打赢脱贫攻坚战、全面建成小康社会后，要进一步巩固拓展脱贫攻坚成果，接续推动脱贫地区发展和乡村全面振兴。根据该《意见》精神，结合广东省乡村振兴新形势新任务新特点，广东省委、省政府决定开展乡村振兴驻镇帮镇扶村工作。

综合地域、面积、脱贫人口和农村人口数量、经济实力等因素，把全省1127个乡镇分为三类：

第一类是重点帮扶镇，即粤东粤西粤北地区12市和肇庆市901个乡镇中，综合实力相对较弱的600个乡镇；第二类是巩固提升镇，即综合实力相对较强的301个乡镇；第三类是先行示范镇，即珠三角7市所辖226个乡镇。

根据省委、省政府工作部署，由省委老干部局、中石化广州分公司、广州美术学院三家单位组建的驻镇帮镇扶村工作队，于2021年7月1日正式进驻阳春市八甲镇。

2023年4月10日至13日，习近平总书记在广东考察时强调，全体人民共同富裕是中国式现代化的本质特征，区域协调发展是实现共同富裕的必然要求。广东要下功夫解决区域发展不平衡问题，加快推进交通等基础设施的区域互联互通，带动和推进粤东、粤西、粤北地区更好承接珠三角地区的产业有序转移。

经过两年多的努力，八甲镇驻镇帮镇扶村工作队工作取得了重大进展。工作队加大政策扶持，赋能产业振兴，紧紧围绕“八大产业”，重点抓好写实“鱼、米、蛋、瓜、药”的文章，逐步构建规模优势、技术优势、品牌优势。八甲镇的“水晶鲷鱼”“小生花蛋”很快打响市场。

还不只这些，通过驻镇帮镇扶村工作队的努力，八甲镇历史上从未有过的重大事件接踵而至，当地老百姓形容“喜从天降”。

先是驻镇帮镇扶村工作队通过各种渠道，打通关节要道，引进“是光四季诗歌”课程。昆明市呈贡区“是光四季诗歌青少年服务中心”，是国内首家且规模最大的乡村诗歌教育公益组织。从2016年10月开始服务于乡村儿童，通过为教三至八年级学生的当地教师提供诗歌课程包和培训，解决乡村孩子缺乏情感表达渠道和心灵关注的问题。“是光四季诗歌”以一年为一个周期，每年分设“春光课”“夏影课”“秋日课”和“冬阳课”四期，每期课程共三个课时，并配套以每日5~10分钟的晨读课程，营造专业、自由的诗歌学习环境，传达“是光，就会被点亮”的理念。

“第一次正式接受诗歌课的内容，觉得很有新意，也非常有趣，课堂的内容很接地气，至少我是能听懂的，通过学习，我觉得诗歌的天地是美丽且有趣的，徜徉在诗歌的海洋里，可以寻觅到很多不同的新想法和创作灵感。很谢谢春婷老师指导我发表了一篇诗歌《风》，没想到竟然能发表自己创作的诗歌，真的很开心和激动。”上完是光诗歌课程的“春光课”“夏影课”后，谈起学习感受，学生黄淑菲满是激动。

学生杨瑷慧也说出了自己的心里话：“一开始我觉得诗歌学习会很难，但是接触这两个季度的诗歌课后，我觉得也不是想象中的那么难，能够接受老师上课的内容，阅读了是光诗歌分级读本小学高年级版的《不爱说话的河》，里面的诗歌写得很精彩，特别是和我同龄的学生，也写出很多优秀的作品，我也要多向他们学习，我会在诗歌的世界继续思考、创作，用心感受诗歌世界的美！”

“写诗歌原来可以让心儿乐开花的，我感觉上了六年级，想的东西会有点多，话却少了。因为不敢去和身边的同学分享自己的内心事儿，直到老师给我们上了是光诗歌课后，我发现我的内心事是可以用诗歌去表达的，所以每一节课我都认真听讲并独立思考，把自己的心中所想通过诗歌的形式表达出来，我找到了一个自我表达的方式，心情觉得好了很多，不用总是把事情掩藏在心底了。”性格腼腆的学生邹欣怡通过诗歌与自己的心灵对话，看见发光的自己。

老师王秀琼感慨：“‘是光四季诗歌’在文学领域中是一笔很宝贵的财富，特别是与我校创办的春苗鹅凰文学社相互结合，匹配度相当高，且更有利于提高学生的文学素养。我在鹅凰春苗文学社给孩子们上‘是光四季诗歌’课时，发现这些孩子眼光十分敏锐，善于思考并能开动脑筋去创作，写出一篇篇让人出乎意料的作品。”

“每看一篇孩子写的诗，嘴角都会忍不住微微上扬，因为他们创作的诗歌是真诚且打动人的。我校不仅通过授课的方式让孩子接触诗歌，还为学生搭建诗歌展示的舞台，如在今年‘六一’的活动中，我校举办了‘六一’诗歌展，展出孩子们优秀作品，让全校师生欣赏学习，这的确是一场双向奔赴的诗歌学习之旅呀！”看到孩子们的成长和学习成果，老师伍春婷喜笑颜开。

每逢盛会，小镇的诗人们齐聚一堂，银发老者和花季少年一起谈诗论文，高吟低诵，以诗会友，其乐融融。

紧接着，驻镇帮镇扶村工作队经过田野调查，掌握了大量第一手材料之后，提出打造八甲镇诗歌小镇的方案，并联合八甲镇党政办公室，起草、修改、完善工作方案。

2024年3月，阳春市八甲镇人民政府向各居委会、机关单位、镇直属部门印发“八甲镇打造诗歌小镇工作方案”，方案明确提出鼓励诗歌交流创作。支持八甲镇“田园”诗社、“鹅凰”诗社、“鹅凰春苗”等社团组织开展诗歌活动，鼓励广大村民学习诗歌、创作诗歌、积极加入诗社并进行交流创作。支持诗歌进机关、进校园、进村居，鼓励八甲镇各小学及分教点开展“是光四季诗歌”课程，支持青少年通过撰写诗歌进行写作锻炼，让诗歌融入人民群众的生产生活中，组织诗歌创作爱好者开展专题培训，定期开展诗歌创作交流会，不断提升创作水平。

同时，组织举办诗歌活动。每年定期举办镇诗歌晚会、诗歌朗诵会、诗歌展览等各种展演活动，打造八甲镇文化振兴靓丽名片，营造浓厚的诗歌文化氛围。

小英也参加了“是光四季诗歌”学习班，她的表达越来越流畅，诗歌写得越来越好。她找到了心灵与世界沟通的方式，阳光明媚，蒲公英飘飞，诗情画意之美，真实空灵。

小英的村里，有人开始养水晶鲷鱼了。有一天，小英听见爷爷在电话里跟爸爸说：“现在外头挣钱也不容易，要不回家来养鱼吧。”

小英甜甜地笑了。

从爷爷一辈子的辛勤农耕，父母追随改革开放浪潮到珠三角务工，几十年漂泊异乡，他们共同的愿望是改变困境，拥有更好的生活。到了小英他们这一代，一个新时代序幕徐徐展开，霞光辉映，山河壮丽。他们的使命，他们的前景，必定是又一番大气象。

舞动的凤凰花

海天一色，海风轻轻，凤凰花燃烧的火焰是夏天最热烈的风景。把根深扎土地，让理想扬帆起航；在时代的大潮中踏浪起舞，让点点星光见证成长。走来了，这是一群海边的孩子。

林诗琦　身边的英雄

什么是理想？什么是奉献？什么叫青春热血？什么叫忠诚报国？当今的年轻一代，生逢繁华盛世，长在和平年代，东西文化交融空前活跃，不同的价值观时刻在碰撞，世界犹如一个万花筒，令人炫目。理想？有的人认为是获取财富；奉献？有的人认为等价交换才是价值；青春热血？有的人觉得及时享乐醉生梦死才能证明曾经年轻过；忠诚报国？有的人理解又不用上战场杀敌，报国的机会都没有！

初中生林诗琦对着“用青春拥抱时代”这个主题，苦思冥想好几天也无从下笔。网上查资料，看别人怎么写，总是不合适，而且太空泛。妈妈提醒她，你去问你外公，他会给你答案。林诗琦心生疑惑，在他看来，年过八旬的外公怎么看都是一个平凡的老人，能有什么故事呢？妈妈说过，外公一直在新疆，退休以后才回到老家澄海。他印象最深的是外公的手，右手的食指和中指弯曲变形而且萎缩，她小时候常常玩外公的手指，问为什么会这样，外公呵呵直乐，逗她说：“外公这是钩财手。”

坦诚地跟外公说写征文的事，请外公讲年轻时的故事。外公说那些都很平常，也没什么可说的。林诗琦不罢休，一有空就去找外公，几次三番之后，有点不高兴地对外公埋怨：“阿公，您就讲讲呗！要不然我都没法写征文。”终于，在一个稻花飘香的周末，从外公断断续续的讲述中，林诗琦在脑子里拼接成了一个完整的故事脉络。

1965年，刚从华南农业大学毕业的外公，怀着一腔热血，响应党和祖国的号召，到边疆去，支援边疆建设。外公是学农业技术的，边疆特别需要这样的人才。临出发前，他才把消息告诉家人。无论家里人怎么劝，怎么伤心，他依然义无反顾地踏上了开往新疆的列车。等为他送别的亲人赶到车站，列车早已远去。好男儿志在四方，祖国一声召唤，当义无反顾，奋不顾身！外公和那个时代的热血青年一起，迢迢万里路，跨过平原，越过高山，穿越茫茫戈壁，跋涉苍凉大漠，从南海之滨的广东奔赴中国距离海洋最远的地方——新疆。在新疆伊犁，他是一名最基层的农业技术员，冰雪中，朔风里，他毫不畏惧，用实际行动践行着为祖国奉献青春的誓言。

一次意外，外公受了伤。因为正在做一个实验，放不下手头的工作，只对伤处进行简单的处理。等到工作告一段落，才发现伤口已经恶化。错过了最佳治疗时机，当地最好的医生也没能治好他的伤，他右手的两个手指也就永远恢复不到原来的样子。外公说，大家都在拼命工作，轻伤不下火线，一点小伤残算不了什么。支援边疆，建设边疆，有多少人献出了宝贵的生命！像我这样的大学生有很多，都是大城市的大学生，响应祖国号召，背起背包就出发。那时候的人很单纯，什么也不想，反正国家需要你到哪里，就到哪里，革命理想高于天。

数据统计，1961~1966年，从上海、北京、天津、武汉、浙江、江苏等省市共有12.7万名青年参加了新疆生产建设兵团，仅上海市就达9.6万人，他们成为新疆兵团各条战线的一批骨干力量。

听了外公的故事，林诗琦久久不能平静，脑子里千头万绪，无从下笔。激荡的青春，崇高的理想，火热的情怀，无私的奉献，外公做到了，而自己生长在现在这个时代，全中国人民都在为建设社会主义强国而奋斗，我能做什么？我该做什么？这些问题第一次引起了她的思考。开始的时候只是为了写征文，没想到，看上去默默无闻的外公，有过多么闪亮的青春啊！最打动人的，是理想，是信念，是作为一名中国青年应该有的报国热情。

——他就是我的外公。外公的“钩财手”见证了他三十多年无悔的奉献！外公只是千千万万个边疆建设者中的一个，如沧海一粟。但正是这千千万万个边疆建设者的共同努力，他们所汇集成的巨大力量，才造就了我们今天伟大的祖国！而他们的努力，源于他们心中共同的信念——对祖国的热爱。

林诗琦的《外公的钩财手》在2021年“用青春拥抱时代”广东省少年儿童践行社会主义核心价值观主题征文活动中获得初中组一等奖，她是汕头市澄海实验学校的学生。

林亦桃　总要尝试一次

林亦桃是阳江市阳东区第二中学学生，在 2023 年“科技引领我成长”广东省少年儿童践行社会主义核心价值观主题征文活动中获得初中组一等奖，她的作文题为“科技点亮我的生活”，讲述了从小热爱科学的爷爷教“我”做飞机模型参加学校的比赛，从而使“我”爱上了科技小制作，进而爱上了科技的故事。文章写“我”制作飞机模型后成功的喜悦、比赛中同学的赞叹、获奖时的自豪、爷爷的欣喜、爷爷小时候的科学梦在“我”身上得到了延续……

获奖后接受采访时林亦桃真情流露：“这些都让我感动、自豪、陶醉。爷爷对我的教育是浸润式的，有这样的爷爷我感到非常荣幸，我把兴趣当成最好的老师，这篇文章是我内心的真实写照。科技就像一盏明亮的灯，指引着我不断前进。”

以下是林亦桃的自述：我的兴趣爱好是阅读、写作和写书法。而我是通过阅读与写作结缘的。我的文学启蒙老师是我的母亲。儿时，我喜欢听妈妈讲故事，有时我把听到的故事复述给邻居的小伙伴听。小伙伴们的掌声是对我最大的肯定和鼓励，我的故事也讲得越来越精彩。我知道莫言老师也是个喜欢讲故事的人，我也想做一个讲故事的人，不为诺贝尔奖，只为能拥有聆听故事的知音。

我读一、二年级时，妈妈给我买了许多书，如《安徒生童话》《一千零一夜》等，我渐渐地喜欢上了看书，书本为我打开了文学的大门，透过大门，我仿佛看到了卖火柴的小女孩，听到阿里巴巴叫“芝麻开门”的声音。我的耳畔总有一个声音在回荡，好像卡西莫多敲响的钟声，又似杜甫“迟日江山丽”中玉燕的呢喃。念初中时，课本是我的“正餐”，课外书则成了我补身体的“消夜”，散文、小说等经常成为我的“座上宾”。我始终坚信：读书破万卷，下笔如有神。书籍像营养品一样把我喂养得白白胖胖，语文老师对我的作文也是青睐有加，我的作文经常被当作范文与同学分享。渐渐地，我发现自己爱上了写作，是无可救药的那种。此时的我，多想成为林亦桃版的张爱玲、萧红、冰心、张晓风……

对参加征文活动的感受，林亦桃坦言，参加比赛前，正是临近中考的时候，备考十分紧张，她也一直在考虑要不要参加这次征文活动；语文老师岑均计和她的父母当时都鼓励她参加，语文老师对林亦桃说：“参赛了，就有希望；尝试了，就有可能成功。”他们的鼓励给了她参加比赛的信心和动力，也缓解了她中考备考的紧张心情，让林亦桃的心境变得平静。在一个闲适的星期六晚上，林亦桃写下了《科技点亮我的生活》这篇文章，参加了征文活动。林亦桃谈及获得广东省一等奖，十分谦虚，自认为纯属侥幸。她说：“我觉得文学之路漫漫，‘吾将上下而求索’。在未来的日子里，我愿在文学的殿堂里‘衣带渐宽终不悔，为伊消得人憔悴’。”

林紫桐　惊喜来得好突然

汕尾市城区新城中学学生林紫桐，2022 年“劳动创造幸福”广东省少年儿童践行社会主义核心价值观主题征文活动一等奖获得者。尽管她出生在一个普通劳动者家庭，但是家庭氛围良好，父母重视教育。在她的认知里，品德、三观比成绩重要，因此林紫桐十分注重个人修养。她表现出了她那个年纪少有的成熟和冷静，她认为参加征文活动是掌握写作技巧的一种途径，也能在思想上有提高。

时隔一年之后，在红海湾的海风中，林紫桐对这篇获奖作文的写作前后做了一个回顾——

写下这篇文章前，我曾坐在书桌前冥想着有关“劳动”的场景。但发觉除去日常家务，我们这一代人所能接触到的劳动可谓少之又少。费孝通的《乡土中国》提及，土地是中国人的根，但我们几乎从未接触过土地，从未感受到那青绿的秧苗在手中流转，从未感受过捧起一把黄土在指尖漏下的摩挲，从未唱起过那劳动的夯歌。

我打开课本，不经意翻到了《诗经·芣苢》那页，里面男女老少高兴地呼喊着采啊采芣苢，那生动有趣的劳动场景深深吸引了我。古人的劳动，又如何呢？我想。我拿起书架上的《诗经》细细翻看。书页翩翩而过，眼前的一阕阕诗犹如一帧帧古人的劳动欢欣图从脑海中闪过。是《周南》里的灼灼桃花，其实是春风十里之时的辛勤种植，才有硕果累累。是《式微》里迎着沉寂的露水在泥中劳作，为了生活的希望而尝遍劳动的甜与涩。古人的劳动竟是如此淳朴志趣，这是我们如今快节奏的生活所缺少的。我感动不已，不只为古人的淳朴劳作，也为我的书籍给予我的东西。每当我的思维局限，我总能在书本中找到新的灵感。它就像一汪清泉，浇灌我枯竭的头脑。我自幼时嗜好阅读，至今也不曾改变。即使足不出户，胸中也是藏了万重沟壑。这是书本所带给我的。正如高老师采访时对我说的：“读书破万卷，下笔如有神。肚子里有墨水，写作时方可随时调用。”我摊开了稿纸，尽情倾洒我对劳动的看法，用古人淳朴的劳动精神来唤起现代匮乏的劳动意识。

得知作文获得了广东省一等奖的时候，我是无比意外的，因为自己从未设想过会得奖。

看到获奖名单的那刻，我举着手机蹦了好几下，心里的乐都溢出来了，心脏怦怦直跳。我立刻将这个好消息告诉家人，具体的细节已经忘记了，只记得家里那一整日都喜气洋洋的。我的妈妈和妹妹兴致勃勃地将消息转发给亲戚，说是要好好炫耀我这个大奖，我反倒有些不好意思。“干吗这么高调……”我嘴上这么说，看着她们激动的样子，心里很开心。家中最高兴的当数我的奶奶。奶奶从小就疼爱我们，但又看重孙子孙女的教育学业。她见我得了这么厉害的奖，笑得合不拢嘴，捧着手机里的获奖通知看了又看，还一边夸奖我。她让我把作文给她看看，我说你又不识字，怎么看。

她喃喃道：“总是认得一些的——真厉害，真好啊得奖了……”又笑了起来。她又拿了我的作文给家族里有文化、有声望的长辈看，还对他们说写得真不错。

后来学校的文学社将我的获奖作文印在报纸上，我拿了一份给奶奶。她将那一份对她而言弥足珍贵的报纸珍藏在柜子里，得空的时候不时拿出来看，一字一句地念着我的文章，不时有些磕巴，因为奶奶没有读过书，认识的字很有限。但是她仍然一遍一遍看，一遍一遍读，读完后总是露出欣慰的笑容。

我不禁眼睛酸涩。

陈浩宇　老区的小讲解员

粤东，惠州市惠阳区叶挺将军纪念园。骄阳似火，热浪扑面，前来纪念园参观学习的游客络绎不绝。一位小小讲解员，黝黑的脸庞，壮实的个头，汗水湿透了衣衫。他娓娓道来，讲到生动之处，绘声绘色。好些年了，他一有时间就去义务讲解，成了一名传承将军精神、赓续红色基因的出色小讲解员。

这个小讲解员叫陈浩宇，是红色惠州的红色后代，从小就听外婆家的太爷爷、抗战老兵陶新元讲抗战打鬼子的故事，特别崇拜太爷爷这样顶天立地的男子汉，立志当一名军人。他不唱流行曲唱军歌，2019年10月28日央视播出的“非常6+1”节目，他一身戎装，一首《好男儿就是要当兵》，童声稚气、却豪迈铿锵。

陈浩宇的父母都是教师，他们是陈浩宇的启蒙老师。德育为先、全面发展，是他们的教育理念。陈浩宇获得了很多荣誉，其中2020年被评为“南粤最美少年”、广东省“十佳普法小使者”，2021年被评为广东省优秀少先队员。

2022年，13岁的陈浩宇考上了创办于1901年的惠阳高级中学，也是这一年，他的作文《小小摊位，大大价值》在“劳动创造幸福”主题征文活动中获得初中组一等奖。为了写这篇作文，爸爸建议他亲身体验劳动。他摆小摊卖玩具，从早晨到晚上，切身感受到劳动的辛苦，文章写得有血有肉、真实自然。

陈浩宇初中是住校的。从小在父母的呵护中成长，突然要独立生活，家在30公里之外，陈浩宇是如何适应的？有一种神秘的力量，陈浩宇秘而不宣。

陈浩宇日记：我排着超长的队伍给母亲打电话，电话接通后，我思绪万千，却感觉无从说起。排在身后等待的同学又总是催我快点，我就只能轻描淡写地报喜不报忧了。挂断电话，心里还是空空的，随即想家的情绪又令我心头沉甸甸。

第二天一早，班主任递给我一封信，说是我妈妈托她打印，转交给我的。打开信笺，看到“浩浩”小名时，我的眼泪就忍不住了。原来我的所有情绪，妈妈都感受到了。她连夜给我写信……

自此，陈浩宇每周都能收到妈妈的来信。无论多忙，他也尽量抽空给妈妈回信。

生活、学习，喜悦、困惑，还有孤独和委屈，在妈妈的理解和鼓励下，风清月朗。他渐渐悟到古人写信的妙处。写信也是练笔，让书写越来越流畅。虽然相隔两地，但是父母的陪伴始终在身边，亲情的温暖一直在心里。

他喜欢在一个安静的地方，读母亲的来信。不仅沐浴在爱的阳光里，还真切感受到母亲的一片苦心，为人父母的不易。懂得感恩，成长岁月里开出的花朵，美丽动人。得奖后妈妈来信表扬他，说爸爸妈妈和妹妹都很高兴，勉励他再接再厉。他在回信中写道："永远记住我来自叶挺将军的故乡，要传承叶挺将军的精神，做一个努力向上的阳光少年。"

陈浩宇觉得自己很幸运，他用日记记录了自己的心情：学习、生活中，我常听到同伴说家人给自己很大压力，家长只关心他的成绩，从没过问他的心理需求；甚至有些同学说自己的父母眼里只有麻将、饭局应酬，自己很难见到他们，见到了也相对无言……我觉得自己很幸运，因为我的父母一直都关注我的身心健康，他们陪我读书，让我养成阅读的好习惯；带我运动，让我有个健康的体魄；他们从来没打过麻将，也从没丢下我一个人出去应酬过……在最令人焦虑的青春期里，我是在充满爱的阳光下成长的，我觉得自己特别的幸运！

刘思琪　真实最有力量

素有"岭南佳胜地，瀛洲古蓬莱"之称的潮州市饶平县，别称饶邑。自明成化十三年（1477 年）始置饶平县，县治设于三饶，1953 年 1 月县治迁驻黄冈镇。三饶作为饶平县治长达 475 年，如今是三饶镇政府驻地。三饶镇有着深厚的历史文化积淀，三饶古城的历史文物古迹众多且保存相对完好。道韵楼、文明塔、双流寺、望海三庵、孔子文庙、城隍庙、打破鼓、琴峰书院等一大批名胜古迹遍布古城。沿着穿境而过的闽粤公路干线往东走，一不小心就到了福建省平和县。三饶境内的道韵楼是迄今被发现的中国最大的土楼，也是目前中国发现的最大八角形土楼。道韵楼建于明末清初，是明代的古建筑，有着 400 多年的历史，正中门楼上书有"道韵楼"三个大字，为邑人明南京礼部尚书黄锦题写。

距离道韵楼两公里开外的溪西村，典型的潮汕村落，绿竹掩映，溪水环绕，自然，古朴。刘思琪落笔：在这灵山秀水之中，出产一种香气浓郁的大米，种植历史已近 500 年，人称之为"三饶香米"，有"一家做饭七家香"之美誉。早在 1915 年"巴拿马万国博览会"上，送展的三饶香米便夺得了金牌奖……可是这种香米存在致命的缺点：易倒伏，产量低，且一年只有晚造才能种植。父亲回乡时，全村只剩下一户人家还在种植，面积还不到一亩。父亲说，香米是家乡人的一笔财富，他不希望香米在他眼前失传。

在《父亲的香米梦》一文中，刘思琪以父亲为主角，写当兵归来的父亲研究、改良种植香米，经过不懈的努力，终获成功，并带领乡亲们奔康致富。刘思琪的作文也获得2022年“劳动创造幸福”主题征文活动初中组三等奖。

为了写这篇作文，她跟爷爷、父亲、母亲以及乡亲们有了更多的接触，了解香米种植的过程，体会春种秋收的幸福。假期，她也会跟着父母下地，学习劳动技能。后来有一天，家里来了一位新成员——大疆无人机。父亲告诉她，准备用无人机喷洒农药。

“一阵像直升飞机螺旋桨的声音响起，无人机飞行在稻田上空，随即一条瀑布般的雾状农药垂直均匀喷洒在稻田上，所经过之处的稻苗泛起了阵阵波涛。一会儿，无人机来回飞了几转，一亩地就喷洒完了，只需两三分钟时间。相比于传统的人工打药模式，无人机喷洒农药具有速度快、成本低、匀称、效果好等特点，它大大减少人力成本还提高了农药利用率。”

刘思琪对无人机产生了浓厚的兴趣，跃跃欲试。她把在爸爸的指导下，学习操控无人机的过程记录了下来：

我在遥控器上输入喷洒稻田的指令后，无人机自动起飞在稻田上空，如同一只巨大的金丝雀，美丽而令人惊叹。我见过飞行表演的飞机拉彩烟的壮观场面，那五颜六色的彩烟犹如七彩祥虹，此时的“彩烟”虽只是乳白色的，但它能除害虫，保丰收，说到底能给老百姓带来多彩的幸福生活。七十多岁的爷爷看着无人机喷洒稻田的场面，惊喜地说：“怎么也想不到种田人可以这么轻松，我们的田野真的插上了‘翅膀’啦！”

不好高骛远，不矫揉造作，而是撸起袖子，戴起草帽，亲身参与实践，写下切身体会。刘思琪这篇《插着“翅膀”的田野》在2023年“科技引领我成长”主题征文活动中获得初中组一等奖。

从畏惧写作到喜欢，从找不到题材到发现生活中好题材无所不在。刘思琪学会了用心观察，把自己融入生活。2023年主题征文活动颁奖典礼上，刘思琪作为初中组获奖代表上台发言。她的父亲刘维才带领全家人整整齐齐坐在台下，为她鼓掌，为她流下热泪。被媒体称为“守住500年古稻的孤勇者”的刘维才，获奖无数，但是他说：“我获再多奖，也比不上我女儿获得这个奖让我高兴！感谢主办方提供了一个这么好的平台！”

林怡钰　刹那花开

茂名化州市杨梅中学七年级学生林怡钰被确诊眼疾的那一天，医生当时给出的治疗方案是必须进行眼动脉瘤夹闭手术。这可把全家人都吓坏了，尤其是奶奶，眼泪哗哗就下来了，不停地念叨：这可怎么好？林怡钰反倒镇静些，安慰家人们不要太紧张，现在科技那么发达，眼疾是能治好的。林怡钰心里其实也挺慌，眼痛、头痛的折磨令她十分难受，如果是最好的治疗方案，应该大胆尝试。她也查阅了相关资料，这是很高技术的手术，要很先进的仪器，如果稍有差错导致手术失败，那么她将永远看不见光明。天性阳光乐观的她笑着对家人说："我相信科学。"

手术之后，当医生拆掉纱布，奶奶、爸爸、妈妈、姐姐，还有医生、护士，都满含期待地看着她。没错，她看得很清楚，她知道手术成功了。她惊喜地叫起来："我看见了！"全场响起了热烈的掌声。奶奶"扑通"一下跪倒在地，对医生磕头，不停地说着感谢的话。这简直太神奇了！手术前林怡钰满脑子猜想，一会儿觉得自己可能从此就看不见了，一会儿又觉得可能会死了。毕竟是10多岁的孩子，生死关头，能不紧张吗？手术台上，她听见有人轻声安慰她，她渐渐平静下来，然后就睡着了。一觉醒来，病就好了，真的太神奇了！

林怡钰产生了强烈的好奇心，于是特意向医生请教。当她了解了手术的过程，现代的医疗器械、医疗技术的先进性，不禁肃然起敬。心中有一颗种子悄然生长：将来我也要当一名医生。

《追光而来　逐梦成光》，林怡钰写自己的亲身经历得心应手，故事真实生动，把自己的所思所想融汇其中，让读者看到当今时代的少年，真的是大不一样。虽然也是生长在乡村，但是她知识面广、学习能力强、相信科技的力量、有梦想、有方向。

林怡钰的作文获得省一等奖的消息在杨梅镇炸开了。人生处处有惊喜，冲破困境，说不定能看到不一样的风景。

塘陇小学的师生们

当代散文大家秦牧先生的故乡——汕头澄海，是广东省著名侨乡之一，华侨历史文化底蕴深厚，自古是"海上丝绸之路"的始发港和重要节点，澄海区樟林古港作为红头船的启航圣地，是海外侨胞心中的"精神家园"和寻根基地。澄海人侨居海外历史悠久，海外华侨华人遍布全球各大洲，陈慈黉故居被誉为"岭南第一侨宅"，是潮汕乃至全国少有的珍稀历史遗存，是潮汕华侨文化的一个缩影。现如今，澄海是"中国玩具礼品城""中国玩具制造基地"，也是全国唯一的"中国玩具礼品出口基地"。

先辈们漂洋过海，见多识广，深谙知识的重要。潮汕人自古重教崇文，在以往，有文化的老师被尊称为"先生"。345 平方公里的澄海区，2021 年数据显示 27.7 万人，拥有上百所小学。位于溪南镇塘陇村的塘陇小学就是其中之一。

潮汕民居洋溢出浓厚的地方特色，如果从航拍的角度，可见村庄密密麻麻。绿野笼罩中的塘陇小学，200 多名学生，十几位老师，接收周边塘陇村、仙门村、董坑村、梅洲村的适龄儿童就读。别看小小一个乡村小学，可是创办于20世纪30年代，还是一所革命老区村的学校。

潮汕人勤劳，因为人多地少，特别珍爱土地。有人形容，潮汕人种地就像绣花，指的是精耕细作。这里的孩子从小就参与劳动，做一些力所能及的事。不能挑水浇菜，那就照看鸡鸭鹅；干不了重活，那就做家务。每个孩子都有自己的劳动分工，放学后可能不是马上做作业，而是先把自己的事情完成。从小养成劳动的习惯，是这片土地上的传统。

征文活动消息是区关工委的蔡主任率领王副主任他们亲自带到学校的，那天来了很多人，除了区关工委的领导们，还有区教育局、镇关工委、镇教办的领导，场面十分隆重。领导们介绍征文活动的重要性，发动学校参加。校长蚁丽群一看主题："2022年'劳动创造幸福'广东省少年儿童践行社会主义核心价值观主题征文活动"，暗暗一喜，这个主题太合适了！她说："这么大这么好的平台，能够参加是我们的荣幸！孩子们一定很高兴。"

下班后，蚁丽群把语文教研组的老师叫来，讨论怎么安排落实。这个主题孩子们不难理解，三年级以上的学生，大多数都有劳动的体验，就看怎么选角度，定方向，怎么写好。这个机会不能错过，让全校的学生都参与，接受锻炼。老师们都觉得是个好事。在下一周的升旗仪式上，校长郑重其事地公布了征文活动的消息，并把征文启事从头到尾念了一遍。

"大家都来写，看谁写得好。发挥最好的水平，争取得奖！"校长满脸阳光，热情鼓励孩子们。

正值疫情防控期间，没多久，根据疫情防控的部署，学生回家上网课。为了实时了解孩子们的情况，学校要求学生每天要在班级群分享学习、劳动的照片或者视频。有一个孩子发的视频引起了班主任的注意，连续好多天同样的场景和主题：天刚蒙蒙亮，男孩到鹅棚里把鹅群放出来，浩浩荡荡的鹅队伍，看上去有几百只。男孩熟练地拌饲料，接着拎起满满一桶的饲料走到水塘边。装饲料的大桶明显很沉，男孩两只手拎着，走了一会放到地上歇一歇。鹅群围绕在他的周围，嘎嘎嘎地叫着，画面热闹又生动。过了一会儿，男孩靠在一棵龙眼树上看书，鹅群也安静下来。老师问：那么多鹅，就你一个人喂吗？男孩给老师留言，不回学校的日子，他就负责喂鹅、放鹅，全家人都很忙，每个人都有事要做。他跟那些鹅混熟了，每天早起也习惯了。澄海的狮头鹅闻名遐迩，养狮头鹅是不少家庭主要的经济来源。老师跟男孩说，你这个题材就很好啊，就把你正在做的事情写下来，加上你的体会，写好了发给老师看看。

四年（1）班的唐沐琳，这期间每天跟着爷爷奶奶下地。家里有一块稻田，从春天播种开始，她就一直跟踪观察水稻的生长情况。"锄禾日当午，汗滴禾下土。谁知盘中餐，粒粒皆辛苦"，每当看到爷爷奶奶的劳作，她就想起这首诗。爷爷问："你想知道这一粒粒米是怎么来的吗？"唐沐琳点了点头。于是，从春天的播种开始，她记录下了种子发芽、插秧、抽穗、扬花、收获全过程。“爷爷便拿来一个盆，接了一点水，把袋子里的种子全部倒进水里泡着。接着，我和爷爷来到田野，把种子撒下去，盖上塑料膜。大约过了十几天，一粒粒小小的种子就变成了一株株矮小的秧苗，嫩嫩的秧苗像一群穿着绿衣裳的淘气孩子，铆足劲，在比赛谁更壮谁更高呢。一眼望去，像是堆放的一叠绿毯。”

参与劳动，感受过程，丰收的季节，她也收获满满。“饭桌上摆着一锅香味浓郁的米饭，爷爷对我说：‘我们通过自己辛勤的劳作，就可以吃上香喷喷的米饭，这就是我们劳动的成果。’这一刻，我深刻地理解了，真正发现了美好的生活中一切都不是凭空得到的，要通过劳动，用辛勤的汗水换来的。”

唐沐琳的作文名为《稻香》，获得了省小学组二等奖。消息传来，全校师生欢欣鼓舞。爷爷更是笑得合不拢嘴，语重心长地对孙女说：“我说的没错吧？出力，出汗，自己用劳动换来的收成，心里最踏实，也最欢喜！”

牧鹅的少年也写了作文，但他的作文没有结尾。他说他要再等等，有一天，他会写出来。

■ 傲雪的梅花 |

雪压枝头花更艳，风雨过后见彩虹。有一种坚强叫作百折不挠，有一种磨炼叫作置之死地而后生。相信爱，相信善，相信奇迹，暗夜里，也能看见亮光。走来了，这是一群身残志坚的孩子。

曾琳　用心看见

佛山市启聪学校是一所集视障、听障、智障三类障碍儿童青少年为教育对象，涵盖学前教育、义务教育、中等职业技术教育，特殊教育体系完整的综合性特殊教育学校。1992 年建校，经过不懈努力，已成为一所设施先进、师资专业、管理规范、特色明显、成绩显著的广东省知名的特殊教育学校。学校的愿景是办一所受人尊敬的温暖学校；办学理念是关爱生命，激发潜能；育人目标是自信阳光，学有所长；校训是自胜者强。

秋天，学校运动场上，校运会正热火朝天地进行中。女子 1500 米跑步，姑娘们你追我赶，争先恐后。其中一个姑娘，个头一般，开始的时候没有占优势。但是当赛程过半，她突然表现出超强的爆发力和韧劲，像一头小鹿飞奔而来，在冲刺阶段赶超在前，夺得金牌。欢呼声响起，姑娘的眼泪夺眶而出，和汗水一起落下脸颊。她挥舞着双手，心中千言万语，化作笑靥如花。

尽管，她听不见，也说不出，但是她的心一片澄明。她跟同学们挥手致意，向老师表示感谢。领奖台上的她，眼里有光。她叫曾琳，2011 年 9 月入读佛山市启聪学校一年级，到 2023 年启聪学校中职三年级，12 年的时光，太多难忘的时刻。仅是中职的三年，女子 1500 米跑，她一个人拿了校运会的一枚金牌、两枚银牌。

在班主任黎老师眼里，作为学习委员的曾琳好学上进，吃得了苦，特别爱读书，是那种主动如饥似渴地读书，阅读量在全校恐怕也是数一数二的。曾琳负责管理班级的图书角，很乐意通过文字跟同学们交流读书心得。热心，有爱心，有毅力，能坚持，从她的身上，我们看到了“自胜者强”的精神。

黄老师是曾琳的语文老师，她觉得最惊喜的是这个女孩的文字表达能力经常让人眼前一亮。因为不能说，曾琳就充分利用文字，可以说她对文字的热情和偏爱，仿佛是她找到了跟这个世界沟通的重要工具。就是日常的沟通，曾琳也不太喜欢用手语，而是更喜欢用文字。还有，她很阳光，不会怨天尤人，碰到困难会想办法去解决。

“曾琳很有主见，也特别聪明，她的作文你稍微提示一下，她很快就能领会，并且修改好。她很乐意听老师的意见，改作文不厌其烦。其实这样的孩子非常不容易，他们也要面对身体、心理上各种困扰，要付出比常人多得多的努力。曾琳的作文在省里获一等奖，对她的鼓励真是太大了！”杜老师是曾琳获奖作文的指导老师，讲起曾琳，她赞不绝口。

曾琳凭借《科技为我搭桥梁》一文获得2023年“科技引领我成长”主题征文活动高中组省级一等奖。她从科技进步帮“我”打破沟通的壁垒、微课助“我”精进面点制作技能、便捷的交通工具给了“我”探索未知世界的信心三个方面，以自己的亲身经历和切身体会，热情礼赞新时代科技进步让生活更美好。

每一个失聪的孩子，都曾经历过孤独而无助的日子。一个呱呱坠地的生命，犹如天使降临人间，带来了爱与希望。可是偏偏就有一部分人，由于各种各样的原因，造成身体残缺，一辈子都不能跟正常人一样生活。最残忍的是，当他们渐渐明白自己跟别人的不同时，内心长时间的绝望和挣扎！命运有多么不公，但是除了接受现实，一筹莫展。

曾琳出生在河源市连平县的农村，从小得到父母疼爱。但是父母很担心，女儿好几岁了都不会说话。曾琳机灵的眼睛，甜甜的笑容，完全不懂自己有什么特别。有一次，一只丑陋的老猪追着她跑，她跌跌撞撞，惊恐万分，她想大喊，想呼救，但是发不出声音。她只能无助地哭，她的哭声一定很小，别人没有听见。可怜的小小人儿，那种真实又直达五脏六腑的恐惧，是她一辈子的阴影。

她渐渐长大，慢慢明白了，自己跟别人是不一样的。她听不见别人在说什么，自己想说，却怎么也说不出来。她用很长时间让自己接受这个事实，并努力适应，突然有一天，她为自己能够看见这个世界的色彩而万分庆幸。

后来，他们家从连平迁到了佛山，曾琳有机会进了佛山市启聪学校。她接触了文学书籍，大量地阅读，写日记，从开始简单地写几行，到后来一提笔洋洋洒洒，收不住笔，用文字记录生活，倾诉内心，已经成为习惯，成为她生命中不可缺少的部分。

读沈石溪的《最后一头战象》，她开始为文学而着迷；读《再塑生命的人》，当她知道作家竟是既聋又失明的海伦·凯勒，觉得很不可思议，了解海伦的背景后心生敬佩，觉得自己身为聋哑人也可以像海伦一样写作。海伦对她的影响意义深远，让她更明确了目标。从此，她的阅读面拓宽了，在比较短的时间内，读了《红楼梦》《水浒传》《城南旧事》《朝花夕拾》《基督山伯爵》等名著。

“从没想过自己的写作会如此受关注，作文会获奖。我知道参加征文活动的人太多了，获奖名额太少了，没想到自己能获得一等奖，心中有一种难以名状的喜悦感。获奖最大的收获是我得到了鼓舞。我一直喜爱写作，也习惯用文字去沟通交流。获得省一等奖，好像长跑获得冠军一样，觉得努力被肯定，作品被人们喜爱和欣赏，很有成就感。”曾琳用文字表达了自己获奖后的感想。

曾琳的科学理想是：有一天，科学家能发明帮助听障人听见声音的机器；或者能借助 AI 技术，帮助听障人迅速读懂健听人的唇语，也让健听人迅速看懂聋人的手语。

田耀星　夜空中闪耀的星星

大湾区，珠海。每一个见过田耀星的人，都忍不住感慨命运的不公。有一副甜美的嗓子，能朗诵会演讲，有灿烂的笑容，开朗的性格。读书用功，作文写得好。这样一个天真可爱的女孩，却犹如天使折断了翅膀。2012 年出生的她，天生没有视力，从来没有见过这个世界的色彩。父母十分疼爱女儿，有时候免不了惋惜。田耀星从不怨天尤人，反而安慰爸爸妈妈：“虽看不见，我也能闻得到风景：清风徐来，一阵花香，那不是一大片的花海吗？”

妈妈耐心地引导，手把手地教，田耀星掌握了不少生活技能。看过很多医生，都说她这种状况是不可逆转的。田耀星也接受了，她要更加努力，多掌握一些生活技能，将来能够自理，为社会做一些力所能及的贡献。《勤劳创造　幸福自来》写的就是她学习做家务的亲身经历。作文是用盲文写的，她的老师万方玲帮她翻译打印出来，参加广东省少年儿童践行社会主义核心价值观主题征文活动。她高兴得蹦蹦跳跳，这个机会对她太难得了！星星对阅读的渴望堪比花儿对阳光的渴望，又大又厚的盲文书，她看了一本又一本，喜欢的《哈利·波特》，很多章节都可以熟练背诵。书本就是她的眼睛，让她看到了一个绚丽多姿的世界。她喜欢写作，希望将来可以当一位作家。

可是，命运的齿轮再一次碾压了她，带着尖锐的啸叫，令人不寒而栗。2022 年 10 月，星星被确诊为慢性肾衰竭，情况很严重，医生病危通知书都下了。这意味着一个残酷的现实：即使活下来，往后的生命中，她将与病魔展开一轮又一轮的残酷抗争。

连续几个月的腹透手术治疗，身强力壮的人都难以承受，何况如此柔弱的一个花骨朵儿。令人难以置信的是，星星坚持下来了。也是在这时候，一个特大的喜讯传来，她的作文获得了小学组一等奖。仿佛是一剂特效药，她感觉自己好多了，要妈妈把她的书搬来，她要读书。

珠海市特殊教育学校对田耀星倍加呵护，她喜欢朗诵，就给她一个舞台；她喜欢写作，就给她一个平台；她躺在病床上，对她嘘寒问暖，安慰她、鼓励她，给她信心和力量。珠海市关工委的领导得知情况后，多次上门看望慰问，奖状和奖金亲自交到她的手上，告诉她，全省参加征文活动的人有100多万，小学组获一等奖的只有10多个。能得到这个奖，证明你非常了不起！小星星拉着关工委老爷爷的手，激动不已。“真的吗？我跟做梦一样。”小脸蛋笑开了花。

生命唯其短暂，才更要拼尽全力地绽放，犹如浩瀚夜空小小的星辰，闪耀出非凡的光；生命如此脆弱，犹如风雨中摇摆的小小花朵，期待有更多的人伸出手，撑起一片蓝天。

据广东省教育厅2021年统计数据，全省共有特殊教育学校143所，在校生（含随班就读学生及送教上门学生）共6.38万人。

李思奇　坚强的小勇士

三岁的孩子，白血病，父母都是残疾人，他从小由爷爷奶奶抚养。漫长的治疗持续了整整一年，没有离开过医院。还有比这更残忍的童年吗？命运为什么如此不公？年幼的李思奇当然不会这样思考。最亲的人是爷爷奶奶，有他们在身边，他就不害怕。至于爸爸妈妈去哪里了？为什么不来照顾他？他也不得而知。奶奶说这孩子命大，吃了很多苦，熬过来了，仿佛从黑暗的尽头，重新回到绿草青青的世界。

到了该入学的年龄，李思奇像正常的孩子那样，背起了书包。他已经渐渐知道了父母的状况，他们在很远的山区老家，他跟爷爷奶奶在东莞安家。爷爷打工养家，奶奶照顾他，普通平民百姓的生活，倒也平稳知足。

谁料想，命运的恶魔再一次扯了他一把。2020年端午节那一天，李思奇又一次犯病，被确诊为白血病复发。他再次住进了医院，这一次要多长时间，连医生都说不准。打针、吃药、化疗，等待骨髓移植手术。

无法形容治疗期间李思奇所经受的痛苦，更无法描述他的感受。有一种痛叫痛入骨髓，不是某一根，而是全身所有的骨骼，从黑夜痛到天明。奶奶心疼他，试图通过按摩缓解孙子的痛苦。奶奶不断地安慰他，再忍一忍，会好的。夜已深了，奶奶的手没有停下来，但是头耷拉着，眼睛也迷糊着，奶奶太累了。懂事的李思奇转过身去，假装睡着了，眼泪止不住地流。

更难受的是化疗药物的反应，浑身乏力，哪儿都不舒服，嘴里长满了溃疡，疼痛难忍，说不了话，吃不下东西，折磨得李思奇根本无法入睡。小小年纪，如果让他描述什么叫痛不欲生，这就是了！他抹去眼泪对自己说：我要坚强，我一定要挺过去，我要回到学校，跟同学们在一起，我要继续读书。

老师惦记他，同学们牵挂他，给他写信，发信息，节假日还拍视频发给他，鼓励他坚强，祝福他早日康复，盼望他早点回到同学们中间。班里成立了帮扶小组，通过网络对他进行辅导。他所在的东莞南城阳光第六小学发起了捐款，校长亲自带头，同学们捐出了自己的压岁钱、零花钱。为了手术费走投无路的爷爷，仿佛绝处逢生，拉着孙子的手老泪纵横。那一刻，李思奇心里有一个强烈的愿望：一定要好好读书，做一个对社会有用的人，回报社会，报答爱他的人们。

治疗期间，260 天，李思奇哪一门功课都没有落下。通过网络和同学们同步考试，成绩还在班级平均分以上，老师鼓励并表扬了他。每天上完课做完作业，他还写作文。他太希望倾诉了！与疾病作斗争的历程，心中的理想，感恩的心情，对老师和同学们的挂念，还有爷爷奶奶的辛苦，他都想写下来。小饭桌放在床上，手上挂着输液管，右手不能动，就用左手；不能打字不能写，就对着手机说，用语音转换的方式变成文字。他的老师贺玉玲被深深感动，他的毅力和坚持，心中从未放弃的梦想，四年级的学生，却对人生有了比同龄人更深的理解。因为喜欢阅读，他的文字功底不错，从内心流淌出来的文字，充满了力量。贺老师指导他修改、完善，不厌其烦地给他辅导，也给他更多的信心。李思奇一遍遍修改，直到满意为止。不知不觉，他喜欢上了写作。

在贺老师的推荐下，李思奇在《学习报》《作文周刊》《小学生作文》等各大报刊发表作品十来篇，还获得了第二届“快乐读写杯”全国作文大赛二等奖、《小学生作文》“第九届微作文挑战赛”一等奖。

李思奇把自己与病魔顽强抗争的经历，一边治疗、一边刻苦学习的故事，艰难时刻老师、同学们以及社会对他的关心鼓励，还有成长和感悟，写成了一篇文章，题为“我用自强拥抱青春”。字里行间透出的理想信念，感恩之心，乐观积极的人生态度，深深打动了评委。结果，他这篇作文获得 2021 年广东省少年儿童践行社会主义核心价值观主题征文活动小学组一等奖。

“我只想自强不息，学好本领，成为时代好少年，等长大了用我的所学来回报帮助过我的人、回报社会！”这是少年的誓言。

“上天完全是为了坚强你的意志，才在道路上设下重重的障碍。”但愿，如印度伟大的诗人泰戈尔所言，劫后重生的李思奇从此一路阳光。

（笔者注：在紧锣密鼓的编校过程中，我们意外获悉，李思奇已于 2024 年 8 月 18 日凌晨病逝。我们十分难过。愿天堂再无病痛，只有永恒的安宁与喜悦。）

赵嬴　梦想如此美

每一个生命都值得被尊重。

高位截瘫的张海迪身残志坚，发奋学习，学完了小学、中学全部课程，自学了大学英语、日语、德语和世界语，并攻读了大学和硕士研究生的课程。她坚定地朝着自己的梦想努力，圆了自己的文学梦，成为一名受尊敬的作家。她先后翻译了《海边诊所》《小米勒旅行记》和《丽贝卡在新学校》，创作了《向天空敞开的窗口》《生命的追问》《轮椅上的梦》等100多万字的作品。

体操运动员桑兰，因为一次训练意外致残，17岁的花季少女，永远告别了她热爱的体操赛场。始终心怀希望，微笑面对人生，即使获悉这辈子可能都站不起来，她也没有绝望。漫长的康复路上，她坚持下来，并以另外一种方式接近自己的梦想。在北大学习、加盟星空卫视主持节目、担任申奥大使、参加雅典奥运北京接力……她脸上的微笑，感染着每一个人。

还有数学家华罗庚、作家海伦•凯勒、音乐家贝多芬、科学家霍金等，他们非凡的毅力和坚持，超凡的智慧和才华，成为一个个励志故事，激励着人们在困境中前行。

“好在，凡事都有两面性！人生于世，只要你能保持塞翁那般境界的心态，换种角度看，许多曾令你感到烦恼痛苦的缺陷和弱点，在未来的某一天，或许反而能够成为你成就卓越的一个契机！

“虽然我行动受限，很多同龄孩子的娱乐活动我都无法参与，但是，这样反而让我有更多的时间和精力去专注于自己感兴趣的事情，比如阅读、写作。”

赵嬴在笔记本上写下这些文字，内心平静而快乐。

有过痛苦，有过彷徨，有过绝望，也有过歇斯底里地发作。那是一片黑森林，森林里有许多狰狞的怪兽，他恐惧又无助，他想奔跑，想飞翔，想逃离魔掌，但是他无能为力。他只能像个陀螺一样在森林里打转，任凭汹涌而来的恐惧把自己吞噬。他以为永远也走不出那片黑森林，见不到明亮的光，看不到蓝天白云。然而，他清楚地听见内心有个声音在呐喊：“不，我不服！我一定能走出去，一定能看见太阳！”

很多人为他伸出双手，爸爸妈妈，姨妈，还有亲切的黎志梅老师，甚至一些陌生人。他的内心慢慢积聚起能量，战胜了恐惧，他驾驶着他的战车，面无惧色，轰隆隆向前冲。狰狞的怪兽纷纷躲避，远处传来雄壮的战歌。他冲出黑森林，看见阳光，看见大地上盛开的鲜花，还看见，朝着他点头微笑的人们。

既然上天让你与众不同，那就坦然接纳不同的自己。这个过程也许漫长，但是当真正接纳了自己，一切都变得不同。双脚不能走，还有双手，最起码左右两根食指还灵活；轮椅束缚了行动，但是思想，可以到达任何地方。

赵嬴是脑瘫儿。脑瘫指婴儿出生前到出生后1个月内的脑损伤或发育缺陷所致的运动障碍及姿势异常，主要表现为中枢性运动障碍、肌张力异常、姿势及反射异常。成长过程中，他离不开家人的照顾，到学会操控轮椅，再到单独驾驶三轮车，看上去轻而易举的事情，赵赢却需要付出巨大的努力。

东莞市康复实验学校是直属于东莞市残联管理的公益一类事业单位，于2013年2月成立，2014年9月1日正式开学，是一所综合性特殊教育学校。以“点亮生命的无限可能”为办学宗旨，围绕“办创新型专业示范校，育新时代自信有为人”的办学目标，坚持康教结合一体化，基础知识教学、生活技能训练与身心康复并重，为全市6~8岁智力残疾、脑性瘫痪、孤独症等类型学生提供义务教育、职业教育和康复教育等服务，提升他们的自尊心和自信心，让他们拥有一技之长，真正独立于社会。

赵赢2014年入学，是东莞市康复实验学校的第一批学生。

书籍，是通往远方的桥梁。写作，是抵达内心的媒介。在黎志梅老师的指导下，赵赢越来越喜欢写作。虽然，他能指挥的只有左右两根食指，最初，一分钟内最多只能打出13个汉字，但是他不气馁。有一种武功叫一指禅功，非常了得，练全功于一指，如少林江南著名拳师滕黑子，一指功夫，曾苦练40年，然一指竟能打遍南北无敌手。赵赢8岁时，父亲给他一本《陆小凤传奇》，书里爱憎分明、永不言败的大侠义士们的故事，在他的心中播下了神奇的种子。

他打字的速度越来越流畅，写得越来越多。在黎老师的悉心指导和推荐下，他的短文《梦想》《秋夜》先后在《东莞残疾人》杂志发表。参加2021年“用青春拥抱时代”广东省少年儿童践行社会主义核心价值观主题征文活动，他满怀热忱写下了《奋斗》。经过一轮又一轮的角逐，最终拿下了初中组一等奖。

获奖意味着得到肯定，这无疑给他注入了强大的力量。也许，他曾经有过若干或清晰或模糊的人生梦想，但在这一刻，他的梦想异常坚定：当一名自由撰稿人，成为一名作家。

仿佛满血复活，写短文不过瘾，他开始构思长篇小说。相比于正常人，他的打字速度依然是蜗牛一般缓慢，完成了每天的功课和康复训练后，他会坐在电脑前3个多小时，用他的两根食指，一下一下地敲击键盘。敲击键盘的时候，他的内心充实而快乐，感觉就像指挥着千军万马，在浩荡天地间自由驰骋。

终于，5万多字的武侠小说《龙游九天》完成了初稿，两年多的时间进行了5次修改。他期待有一天，他的作品能够面世。如果不能，那也不会影响他写作的热情。因为，他有梦想！

“能为自己的理想、目标而奋斗，是非常幸运的，这意味着，我们始终都在朝着光明奔跑。就算最后的结果是一片空幻，那又有何妨，我们至少奋斗过，努力过，体验过，让生命体现出了它应有的价值与光芒！我相信，强国一定有我。”这一段，是赵赢《奋斗》一文的收笔。

人生最重要的，首先是接纳自己。然后，战胜自己。老子《道德经》有云：知人者智，自知者明；胜人者有力，自胜者强……

多彩的三角梅 |

无论是潇潇春雨，还是烈日炎炎，无论是萧瑟寒秋，还是凛冽冷冬，都是三角梅的花期。姿态万千，色彩缤纷，适应性和可塑性都很强，而且变幻万千，同一树花，在不同的季节不同的光照下，变幻出不同的色彩。其中又勤花又多变的广红樱，就有"百变花蝴蝶"之称。不被定义，有无限可能！走来了，这是一群大湾区的少年。

韩道梁　闪光时刻

大湾区，广州。2023 年 11 月 11 日，珠江宾馆。"科技引领我成长"第五届广东省少年儿童践行社会主义核心价值观主题征文活动颁奖大会，小学组获奖代表上台发言：大家好！我是广州市番禺区市桥中心小学的学生韩道梁，下面我朗读本次参赛作文《会"点名"的校车》。穿校服的少年落落大方，阳光自信，声情并茂，吸引了全场的目光。家长们暗暗叫好，同学们羡慕不已。

这位小同学可不简单，看他在台上的镇定自若，就知道是老选手了。"作为学校大队委员，他红心向党，宣讲《半条棉被见初心》荣获市一等奖；他到多地开展红色研学，连续四年书写红色日记，蝉联省主题征文一、二等奖。他热心公益，坚持捐助偏远山区儿童。他勇于探索，在全国青少年电子信息创新大赛、省少年儿童发明奖评选等科创活动中获一等奖、第十届澳门国际创新发明展览活动中获得铜奖，先后在国家、省市区科创类比赛活动中获奖 10 余项。"这是韩道梁在获得 2023 年度广州"新时代好少年"时媒体对他的报道。

"科技引领我成长"的征文活动颁奖现场，有作家、记者对他进行采访，他侃侃而谈：我爱好广泛，阅读、写作、编程、体育等都积极参与，拿过不少奖项，专注于无人驾驶等科技创作。

在我擅长的科创活动中，运用人工智能知识解决生活中一些实际问题，让我最有成就感，例如，会点名的校车等！

读万卷书，行万里路是我们家的共识。鲜活的文字既来源于书籍，例如漫画、科幻（童话）、推理、文学等等，也来源于实践，例如旅游和比赛活动等。我这次的参赛作品，就源于阅读柠檬夸克写的《藏在太阳里的诺贝尔奖》的启发，以及今年暑假，跟同学们一起代表学校去浙江乌镇参加互联网＋无人驾驶全国总决赛的经历，截至目前，我已参加过 30 多场科技类竞赛，这都让我妙笔生花，素材多多。

在问到参加征文活动有什么收获时，他说：让我进一步碰撞了创新思维，磨炼了动手能力，提升了学习的动力，激励我勇攀科学高峰。科技不仅给生活带来便利，更可以造福人类，是实现伟大中国梦的重要载体，必须从娃娃抓起，推行全民科普。最令我感动的是父母和老师，他们始终支持和激励着我，让我在科技实践中体验成功、失败、快乐、悲伤……不管以后能不能当科学家，我会永远热爱科学。

至于科学理想，他调皮地说：太多了，一下子说不完。大概就是运用科技让神舟载人飞船早日登陆火星，无人驾驶汽车安全有秩序，让地球环境恢复生态平衡等。

颁奖现场来了很多领导，爷爷奶奶们为他们颁奖，并给予热情的鼓励。韩道梁妈妈说：“真的太感谢省关工委等主办方了，搭建的这个平台太好了！孩子真正得到了锻炼，收获了成长。很希望这样的活动继续办下去。”

明朝思想家、文学家、教育家王阳明在《传习录》中提出“知行合一”，字面上的含义就是“知识和行为合二而一”。具体来说，就是将学到的知识和理论付诸实践，通过实践不断反思和调整，不断提升自我。知识只有在实践中得到应用，才能真正发挥价值。

叶淑桦　心中的绿洲

叶淑桦是江门市新会创新初级中学学生，获得 2022 年“劳动创造幸福”广东省少年儿童践行社会主义核心价值观主题征文活动初中组一等奖。她写的是植树的题材，好像很平常，但是她的思维很活跃，在江南水乡与西北戈壁间转换，想象力丰富，还有好文笔。她说，这次获奖是人生中的重大事件。后来，她以散文的形式写下了一篇《种子的生根发芽——我与征文》——

一颗种子卧在西北的荒漠，长出苍劲挺拔的树；另一颗种子埋在心中的润田，长成文学璀璨的花。

2022 年 9 月，一个电话使种子在我心中埋下。网课期间，我的老师发了几则通知还有文件给我，火急火燎地拨通了电话："叶淑桦，这是学校刚刚下达的征文活动通知，主题是'劳动创造幸福'，我选你作为本次参赛选手，用心写好发给我修改。"

我将要求看了一遍又一遍，反复琢磨其中的含义和主旨，但我从未接触过此类文题，故下笔犹如沼泽挪距，寸步难行。也正如没有灵感而写作一样，我在电脑桌前苦坐了三小时，只写了题目和开头。脑中一团乱麻，思绪如同断线一般串联不上。忽然间，电视的声音似乎大了起来。

"今天来到神秘的西北……这里有一片防护林……"我瞬间醍醐灌顶，冲出房间跑到电视前，目不转睛地盯着电视屏幕。霎时间，尘封已久的往事忽而又历历在目。

幼时，母亲带我与姐姐去大石头公园野餐，彼时三月，春光潋滟，湛蓝的颜色令天空看上去高远而没有尽头，万里无云；阳光穿过水面，使鱼的影子映照在石头上，水面波光粼粼；微风轻拂，吹散广东春季特有的燥热，温度宜人。百无聊赖之际，我四处张望，发现远处有一队穿着绿色衣服的人拿着树苗，蹲坐在未开发的草坪上。

我十分好奇，姐姐便领着我一起朝着他们的方向前进。"阿姨，你为啥在这种树呀？"我十分好奇地问。"这里要开发啦，而且三月正是种树的好季节呢！"阿姨说。我把姐姐拉到一边："我们能不能也去种一棵，这样子我们就有属于我们的回忆了！"我兴奋着。于是，我向阿姨借了两棵树苗，选了一处光照最好的地方，将其种下。

回过神来，灵感犹如涌泉般直冲脑门，我又飞奔回房间，坐在电脑桌前，一口气完成了文章创作。

我将幼时植树的事例与电视上所播放的《无穷之路》结合在一起，创作出此篇《美丽的防护墙》。而这篇文章，也在层层评选中，斩获桂冠，拿下一等奖。

除此之外，在"广东省第十四届暑假读一本好书"征文评选中，我也成功拿下省级三等奖的优秀成绩，而这一次次的成绩也像一颗颗种子深埋在心田，鼓舞着我继续在这文学创作之路上愈走愈远。

在比赛之前，我对自己其实并没有信心，虽然曾有过省奖的成绩，比其他同龄的小作家要好，但我始终认为那是偶然、侥幸。此后我也参加过阅读评论，议论文等文学评比，但最后没有获得奖项，这于我而言无异于是磨去了我锋利的刀刃。

故我写作时，其实并没有想着我要获奖，反而是抱着一种随灵感而去的心态，完完全全将我的文采、灵感充分地糅合为一体。这恐怕便是"有心栽花花不开，无心插柳柳成荫"在我身上的具体体现。

所以，最终一等奖的结果出来，我是十分震惊的。我不觉得我有这个高度能在几百万参赛作品之中脱颖而出。我长时间处于迷茫状态，我该不该继续坚持文学？而这就像黑暗大海中无比明亮的灯塔。它肯定了我的文采，我不再迷茫，不再动摇。

然而，对于写好，写生动，写得深入人心，我仍有遥远的距离。每当我遇到事情，我想将它表达出来，可提笔时，却老是“拔剑四顾心茫然”。或是“为赋新词强说愁”。我心中，总有千思百绪，我想，以我之笔，直指社会的矛盾处，高扬社会正能量。这，仍然需要我持之以恒的努力。

文学是美丽的，现实的，令人神往的。感谢本次征文活动，让我坚定了我的梦想——成为作家。当我能用我极为满意的语言将我脑中所思所想所感表达出来的时候，我想，那一刻，我成功了！

西北的荒漠种下一粒种子，它茁壮成长，苍劲挺拔，如同军人一般守卫一方水土；我的心中一样种下一粒种子，它蓬勃茂盛，结出璀璨的文学之花，在心海的艳阳光下，折射出耀眼的光。

高择鑫　破茧成蝶

周日的中午，阳光炽热，蓝天白云，三角梅开得正好。深圳罗湖区翠园中学的高择鑫坐在书桌前，一会儿看着电脑，一会儿望望窗外，显得十分焦虑苦闷。平常写作文好像没有这么难熬，脑子里明明有很多素材，但就是无从下笔。小学一直写记叙文，上了高一开始写议论文，也就习惯了，再回去写记叙文，觉得有点生疏。到底是写议论文还是记叙文，他拿不定主意。他的方向是理工科，兴趣特长也是科学类。但是他从小养成阅读习惯，被文学深深吸引，用文字表达自己的内心是他无意中找到的一种方式，而且这种方式很美妙。他的作文在班上算不错，也得过奖。第一次参加广东省少年儿童践行社会主义核心价值观主题征文活动，他明白机会来之不易，要做就要尽力做好。

两个小时后，高择鑫还是没有找到突破口。他懊恼地关闭了界面，写作业去了。写完作业，也无心做别的，脑子里全是征文，心想我就不相信我破解不了。写了一段，不满意，删除；再写，再删除，怎么写都不尽如人意，折腾几个小时，标题下还是一片空白。到窗前去发呆，见三角梅的叶子下，垂挂着一个虫蛹，在风中轻轻晃动，很是丑陋。他心浮气躁，想拿根树枝把它打下来。转念一想，算了，它又没惹他。

接下来的三周时间，高择鑫都是在这种焦虑中备受折磨。老师启发他，让他确定下来写记叙文，有了明确的方向，就容易入手了。万事开头难，写文章尤其如此。妈妈说，他这么焦虑痛苦说明他的心灵被触动了，将写出跟以往不同的好作品，就像他小时候每次发烧过后，都会长高一点。他开始冷静下来，深入思考。到了最后交稿期限，高择鑫打开心扉，思如泉涌，笔走龙蛇，竟然一气呵成。长长松了一口气，他觉得自己表达了心中所想。令他完全意想不到的是，他的作品《朝乾夕惕，易一声长鸣》获得2023年高中组省级一等奖。

高择鑫的笔墨洋溢出青春激情：惟其艰难，方显勇毅；惟其磨砺，始得玉成。我实在不能彻底地理解从大明朝万户飞天到今盛世嫦娥奔月，我们民族究竟走过多少路，跨过多少坎；但我似乎有些明白，“特别能吃苦，特别能战斗，特别能攻关，特别能奉献”，这便是航空航天，乃至所有科学探索都需要的精神。从六十米到百米，这是我的跨越；从一无所有到航天强国，这是中国航天的跨越。校园中一声长鸣，是十数日朝乾夕惕；天穹上火箭轰鸣，是数十年踔厉奋发。我何其希冀，我的模型能够继续升空跨越；我何其希冀，我的民族能够续写飞天华章！

无意间，高择鑫看见了那只丑陋的虫蛹，已经破茧成蝶。他若有所思。成长就是一次又一次地冲破黑暗，破茧成蝶吧。

陈心怡　车间里的小不点

截至2023年，广东人口1.27亿，其中有近3000万是来自全国各地的务工者。可以说这几千万的外来务工者，跟广东人民一起创造了广东这个中国经济第一省。

全国外来人口占比前十名的城市中，排名前四依次是东莞，深圳，中山，佛山。排名第一的东莞市，常住人口1053万人，外来人口高达775万人，占比高达73%；外来人口占比第三的中山市，常住人口只有446万人，但外来人口占了247万人，占比也高达55%。

浩浩荡荡的外来务工者队伍中，就有陈心怡的父母，他们来自四川内江，落脚在广东省中山市大涌镇岚田村。2004年闯广东之时，他们还是个小青年，转眼将近二十载，他们在这里奉献青春和热血，在这里结婚生子成家立业，女儿陈心怡上学时，赶上积分入户政策，陈心怡上了中山市大涌镇岚田中心小学。

大涌镇有两大品牌：红木家具和制衣。父母在制衣厂上班，加班加点，通常晚上10点后才能回到家。后来父亲到快递站工作，每天几乎都是凌晨2点才回家。辛苦打工的目的就是多挣钱，比挣钱更重要的事情是孩子，读书是孩子最好的出路，这是当今社会不争的事实。凡是孩子需要的学习工具、书本，父母都毫不犹豫地买来。成长在这样家庭的孩子往往十分懂事，懂事得让人心疼，懂得父母的艰辛。陈心怡小小年纪就很独立，能够自己做饭、收拾家务。

要写“劳动创造幸福”主题征文，听爸爸妈妈讲劳动，陈心怡意犹未尽。台风天不用上学，妈妈带她到制衣厂去体验一下。看着妈妈把一块布料做成一条精美的裤子，太神奇了。心怡想学，在妈妈的指导下，没多久竟然学会了。小不点聪明伶俐，乖巧懂事，动手能力还很强，车间的阿姨们都夸赞她，妈妈也很自豪。在征文写作过程中，经过语文老师梁晓琪的稍加指点，心怡心领神会。亲身体验就是不一样，心怡的《制衣厂体验记》获得2022年“劳动创造幸福”主题征文活动小学组一等奖。

这种认可好像夜空中的一束亮光，照亮了这个家庭。漫长的岁月，虽然他乡已成故乡，但是为人父母心里总是不那么踏实。但在这里，孩子没有被差别对待，而是享有同等的权利，甚至得到更多的关爱，让人心里升起暖意。心怡出生在大涌镇，比她的父母有归属感。于她而言，中山，就是家。

李昀晓　老选手的幸福

大湾区，深圳。南山实验教育集团南头小学。写作文对于李昀晓来说，不是一件难事。但是要创作参加征文活动的作文，那可就不一样了。一条鱼在小池子里很厉害，可是放到大江大河，能腾起浪花、能争上游，那才真有本事。班主任李辰光老师，从一年级一直到六年级，教给李昀晓很多本领，她对作文的喜爱和进步得益于李老师对她的影响。能遇到一个好老师，人生真的不一样。

《赞当下日新月异，展未来翻天覆地》这篇作文，李昀晓反复揣摩，修改了很多次。起初写了一个故事，大致内容是她回到外婆家，表哥带她参观科学养鸡场。写完后，昀晓总觉得意犹未尽。李老师启发她：一个故事不够，可以写两个、三个，试试看。她脑洞大开，视野一下子开阔起来，思维空间来了一个大跳跃，从江西的养鸡场写到了深圳的公交站，再来一个转折，思维一下子飞到青海湖边的光伏发电。这三个场景看似风马牛不相及，但现代科技的主题把它们关联在一起，多角度、多场景，文章内容丰富多彩。

在 2022 年“劳动创造幸福”广东省少年儿童践行社会主义核心价值观主题征文活动中，李昀晓以《在生活中感悟　在学习中成长——我眼中的三种劳动精神》获得小学组省级一等奖。

李昀晓的作文从小角度揭示大主题：深圳有 2200 万人居住，每天产生垃圾 3 万吨，相当于装满 7500 辆卡车，垃圾围城形势逼人。垃圾分类是资源再生循环使用的前提，不加区分的统一焚烧或掩埋都会加剧对环境的污染。明白这些道理后，我每天都争着下楼去倒垃圾，不等阿姨开口，我自己就说：“厨余垃圾放这边，去掉外面的塑料袋，其他的放那边。”隔着口罩，我看不到她的表情，但是我能感受到，她很开心。她说：“这些厨余垃圾要拿去干燥处理，处理完了喂猪，不能有塑料袋。”

夏天的垃圾桶附近，气味不好闻，即使戴着口罩，也很难受。每次想到垃圾分类阿姨，脑子里不由自主地跳出奶奶曾经说过的一句话“没有大粪臭，哪有五谷香”。同样道理，没有垃圾分类阿姨的敬业坚守，也就没有深圳的蓝天白云、绿水青山。

2023 年的主题征文活动，李昀晓跟老师说，她还想参加。李老师说，你已经拿了省级一等奖，最高点了，你今年很难再拿到这样的成绩，甚至优秀奖都没有，你要有心理准备哟！李昀晓说：“我不是为了拿奖。一等奖我都拿到了，今年拿不拿奖完全没关系。”她就是想参加，觉得参加这个比赛非常有意义。确定方向、收集素材、搭建框架、专注投入、反复修改，认认真真去做一件事，提高了写作水平，磨炼了自己，受到欣赏、得到鼓励，增强了自信，她很享受这个过程。

爸爸妈妈也鼓励她，夸她好样的。这是一个好机会，想做就去做，享受过程，提高对社会主义核心价值观的认识和理解，锻炼写作能力。

意外惊喜是，李昀晓的作文获得了2023年“科技引领我成长”广东省少年儿童践行社会主义核心价值观主题征文活动小学组二等奖。“我生长在创新的中国，备感骄傲，既要爱护环境、珍惜资源，更应心怀抱负、刻苦学习，以真才实学推进能源大国转变成能源强国！”

成长的路上，向光而行，天地广阔，无限风光。

关骏朗　知不足而后进

关骏朗，佛山市三水区西南街道中心小学五年级学生，获得2023年“科技引领我成长”广东省少年儿童践行社会主义核心价值观主题征文活动小学组一等奖，作文题为“我与‘风力发电机’的小故事”。跟很多同学一样，他的脱颖而出也跟家庭教育密切相关。在随后对他的采访中，他说出了自己的感受——

我的母亲是一位语文老师，爸爸是一名工程师，他们从小教育我要留心观察生活中的每一个细节，学会思考。他们爱阅读的习惯给了我很大的影响，我们家有几个很大的书架，里面全部都是爸爸、妈妈和我爱看的书籍，我的每个寒暑假经常泡在图书馆，所以我逐渐成了一个小书迷。入读小学后，我有幸遇上了陆燕群老师，她把我们全班同学的优秀作文制作成班刊，这更加激励了我认真写作、爱上写作。

“风力发电机”是三年前根据我在生活中得到的灵感而进行的科创发明，这次的发明创造一开始获得了三水区科创比赛的一等奖，后来进入了市赛再进行评比。我把自己参与的科创过程写下来，我手写我心，因此我觉得这应该就是这篇文章最打动人的地方。因为每一个科创的发明，都是来源于生活中的细致观察与发现，真情实感远比大道理更感人。

这次比赛，带给我的不单是同学的掌声、老师的表扬，更是对我写作能力的肯定与激励。我以后会更加珍惜这样的比赛机会，挑战自己。我明白了“一山比一山高”，出去比赛后，才发现自己也只是井底之蛙，要多向身边的同学学习。

我从小就有一个梦想——成为一名发明家。在科技引领我成长中，我最感激的是我的爸爸。他是一名出色的工程师，我从小就在科创精神的熏陶下长大。很小的时候，爸爸就带着我看《我爱发明》这个电视节目，他会耐心地帮我解答问题。他还会教我如何使用标尺、万用表，如何进行电脑绘画……他会指导我把奶粉罐改装成纸巾筒、玩具小车、花瓶等等。只要是我想到的，爸爸都会带着我去克服重重困难达到目标，所以当我在研究小发明遇到种种困难时，我不会轻易放弃，这是发明家所具备的精神。

李禹辰　我心飞翔

“丁零零……”悦耳的电话铃声在耳边跳跃，接过电话的我陷入了思绪。那是2021年的广东省少年儿童践行社会主义核心价值观主题征文活动，我获得了一等奖，并作为全市唯一的小学生代表上台演讲。时隔两年，我再次受邀接受《少男少女》杂志社专访，我不禁有些感动，原来，有这么多老师一直在关注着我的成长啊！

我从小性格腼腆，总爱躲在角落里读书写字，2021年的广东省少年儿童践行社会主义核心价值观主题征文活动，是我第一次参加这么高规格的比赛，也是我第一次代表全省参赛的小学生走到台前发言，这对内向的我来说，是肯定、鼓励也是挑战。为了完成好这次特殊的任务，我一遍又一遍地练习，直到熟稔于心，出口成章，较好地展示了青少年良好的精神风貌。

我想，这次获奖带给我的不仅仅是在文学上的享受，也不仅仅是有更广阔的平台和同龄人交流思想，而是坚定了我作为中国少年的责任与担当，更是突破自我的一次又一次挑战。以前总觉得社会主义核心价值观离我们很远，原来它就在我们身边。热爱祖国关心社会是，坚持理想永不放弃也是；遵纪守法信守承诺是，努力拼搏勇于探索也是……社会主义核心价值观不是口号，而是渗透于我们生活点滴的精神食粮。通过这次比赛，让我更有信心迎接未来的挑战，也让我更加坚定了要矢志不渝，努力前行，为实现理想而奋斗不止的信念，它像灯塔，为我的成长指明了方向。

因为我的获奖，我周围的同学们也爱上了写作，我们一起写科幻小说，一起交流心得，读书写字也成了闲暇时光里让我们觉得有趣的事情。热爱就是最好的老师，在这样的氛围下，我屡创佳绩，多次获得广州市征文活动的一、二等奖。

在此，我要感谢我的父母，是他们给我创造了良好的学习环境；感谢学校和老师给予了我这样难得的参赛机会和指导；更要感谢组委会的老师们，直至今天，依然密切关注着我的成长……感谢关心我的每一个人，我一定会坚持热爱，再创佳绩！

2021年，当时就读广州市荔湾区沙面小学（御景校区）的学生李禹辰获得了当年“用青春拥抱时代”广东省少年儿童践行社会主义核心价值观主题征文活动小学组一等奖，获奖文章为《放飞理想》。这篇短文，是他的获奖感言，也是他放飞的理想风帆。

第四章 润物无声

“五老”是一个称谓，也是一种使命。从广东省关工委举办征文活动的初衷，到来自一线的真实反馈，这一场源自初心使命的活动，千军万马共奔赴的壮观镜头，注定将定格在时代的某一刻，成为历史的组成部分。

夕阳的意义是未完待续。有这么一个群体，人生新起点从退休开始。不用天天坐班，但是有忙不完的事，他们就是关工委的“五老”——老干部、老战士、老专家、老教师、老模范。“五老”是关工委的根基，在教育引导和关爱保护青少年等方面发光发热，不亦乐乎。1990 年中国关心下一代工作委员会成立以来，“五老”发挥了积极作用，成效显著。

征文活动的推进落实，“五老”是先锋战士。学校的课堂上，丰收的果园里；崎岖的山路上，村庄的老树前；清晨的霞光中，深夜的灯光下……南粤大地，他们的身影无处不在。

在中国，为关心下一代工作孜孜以求、默默奉献的“五老”数不胜数；在南粤大地的东南西北中，每一条路上，都留下了“五老”前行的脚印。这里举例的只是一个缩影，奋勇前行的是一支浩荡的队伍，十年如一日，二十年真情不改，心中有光，无问西东。比如梅州市关工委主任何正拔、江门市关工委主任王曙星、湛江市廉江河唇镇关工委主任赖玉隆、茂名石化公司关工委副主任黄海穗、湛江市麻章区关工委副主任黎俊生、江门市新会区关工委执行主任伍锦泉、广州市荔湾区关工委常务副主任艾连娣、湛江市遂溪县关工委主任林彬、广州市花都区关工委常务副主任黄灼基、肇庆市关工委常务副主任谭金、梅州市关工委副主任谢雪琼、珠海市斗门区关工委常务副主任黄春炳、南雄市关工委副主任李光洋、普宁市关工委主任杨秀维……

还有，还有更多坚守信念，为党的事业鞠躬尽瘁的无名英雄。看那晚霞漫天，无数缕光束集结成巨大的能量，辉映山川大地。

——题记

点一盏灯

结束了在广东高州中学的专题讲座，麦卫国在回茂名的车上打了个盹。高州中学几年来在广东省少年儿童践行社会主义核心价值观主题征文活动中都有不俗表现，学校重视，学生用功。开始时，一些中学对征文活动反应冷淡，认为一帮老人成不了什么大事，征文活动又不能给高考加分，还可能会影响学习。麦卫国和关工委的同志不断做工作，利用一切可能的机会进行宣传动员。广泛发动“五老”，组织宣讲团，主动出击，进校园，上课堂。

茂名市关工委主任林日娣亲自上阵，联络市教育局、科技局等相关单位，争取支持、合作，并广泛宣传推动，提高征文活动的知晓度；2022 年“劳动创造幸福”主题征文活动，茂南区关工委主任吴金清积极动员有关单位和社会捐赠资金，组织专家策划规划，在新坡镇黄塘小学建设了劳动教育示范基地，为黄塘小学学生接受劳动教育提供了一个很好的场所，也为全市各学校如何组织开展青少年劳动教育提供了示范和样板。同时，吴金清还经常到学校宣讲钱学森等科学家的故事，引导青少年热爱科学、学习科学；广东省劳动模范、茂名市关工委副主任王如晓，以自身的经历和对劳动的感悟，向青少年讲授劳动教育的重要性，引导青少年热爱劳动，积极参加劳动实践；电白区关工委常务副主任蔡伟明，每逢周五都到他家乡的林头镇参桥小学辅导孩子们读书、做作业、写作文。“五老”们的努力有了成效，征文活动的知名度越来越高，参与面越来越广。

麦卫国是茂名市关工委副主任，他的重头任务是主持每年的征文评审工作。市一级的评委很重要，可以说，他们的水平和公平公正决定了茂名市在全省的成绩。麦卫国亲自组织评审人员，确定评审要求和评分标准，亲自参加评审打分。他曾是教育系统的一员，喜欢文学和写作，有比较高的文学鉴赏水平。有人说关工委的工作可大可小，但是用心去做，投入热情和努力，小事也能成就大事。点一盏灯，温暖自己，同时也照亮他人。

广州某医院病房，夜已经深了，病床上的妻子安静地睡了。妻子的病情还算稳定，就是每过一段时间，就要到广州的医院进行透析治疗。前些天学生的征文全部交上来了，距离省里交稿的时间逼近，李成雄得抓紧时间看完，挑出优秀作文。病床的灯光很微弱，笔记本电脑屏幕有些刺眼，李成雄把老花镜擦了又擦。不一会，他的脸上绽开笑意，长舒了一口气，有一种心愿达成的欣慰。

2021 年没有在省里拿到好的奖项，起初有点不服气，待把优秀获奖作文全部读了一遍，心服口服之余暗下决心，并且说干就干。他一所所学校跑，给学生们找差距讲写作，跟老师们反复沟通探讨。他写作有经验，发表出版过不少作品。看来努力没有白费，今年的水平跟去年明显不一样。妻子一觉醒来，提醒他天都快亮了。他轻声说："我不困，我要把作文都看完。"李成雄是茂名石化公司关工委副主任。

"这次可好了，我们选送的 35 篇征文，有 6 篇获奖，其中二等奖 1 篇，三等奖 2 篇，优秀奖 3 篇。大获丰收。"

2022 年 11 月 21 日，2022 年"劳动创造幸福"主题征文活动作品评选结果一公布，茂名石化公司关工委办公室主任李珍瑜第一时间打电话给副主任黄海穗、李成雄。

"太好了，我们打了个翻身仗！"两位老"关工"异口同声，互相电话道贺。

自省关工委开展广东省少年儿童践行社会主义核心价值观主题征文活动以来，茂名石化关工委每年都选送一批征文，可是鲜有获奖。对此，素来有誓争第一的精神和作风、曾连续五次被评为全国关心下一代工作先进单位的茂名石化人，心有不甘。

2021 年，黄海穗、李成雄到省里参加主题征文活动颁奖大会，听了获奖的小朋友谈体会、征文评委谈评奖过程，茅塞顿开。

回去后，黄海穗找李成雄商量辅导的事："李主任，看来我们征文作品简单不生动，根本原因是缺乏辅导。我们要认真抓一抓。"

曾当过《茂名石化报》总编的李成雄，能胜任写作辅导，就是时间安排上有问题。关工委的一些材料他要写，身兼茂名石化老年书法协会主席事务不少，最关键的是，学校都想在 6 月份安排辅导课、布置征文写作，而每年这个月他做过肾移植手术的妻子都需要上广州做一年一度复查。

为了一心一意投入备课、讲课、辅导、指导征文写作，他把上广州复查的时间挪后，把社会兼职事务通通放下。

李成雄花了一个多月时间编写多篇范文，做课件。每篇范文，都写成“初稿”“修改稿”“最后稿”三个版本，以求循循善诱学生掌握写作方法。

那一个多月里，年已六十有六的他精气神犹在，常常伏案熬夜。有一次写得思路大开、罢笔不能，竟然写至深夜 2 点，半夜惊动妻子而挨了“骂”：“老了还这样熬夜，不要命呀！”

他妻子身体不好，平时都要他多照顾，他是家里的顶梁柱，要是熬夜搞坏了身体，那可怎么办？

李成雄口头应承，但还是一天天熬夜。6 月底、7 月初关工委收齐征文 370 多篇，要在 40 多天内看稿、指导修改、提炼润色，工作量大，时间紧迫，不加班加点根本忙不完！而李成雄又是责任心特别重的人，征文工作是大事，必须认真细致。

他白天忙干家务，忙联系指导老师，交换修改稿意见，晚上就在电脑上修改稿件。为了少挨妻子“骂”，常常是先工作至晚上 11 点准时睡觉，半夜“偷偷摸摸”起来工作。不过，被发现而“挨骂”的次数不少。

辛勤的付出终于迎来收获，学生们获奖的消息传来，他比谁都高兴。

■ 团队出击

“中国梦·家风美”广东省少年儿童践行社会主义核心价值观主题征文活动于2020年11月初揭晓，潮州市有31名学生获得省级奖励，潮州市关工委主任陈耿之和关工委的同志深受鼓舞。虽是深秋，但这时候的潮州可谓热火朝天，因为就在上个月，2020年10月，习近平总书记视察潮州，总书记走过的“一桥一楼一街”现如今人潮涌动。

2020年12月4日，省关工委主任张帼英到潮州调研，对潮州市关工委的工作特别关心，当听完陈耿之汇报2020年的征文活动成绩时，张帼英表示赞许和鼓励，随后对陈耿之说：“你是中国作协会员，可发挥会写作、懂文学的专长，突出写作这个形式来教育引导青少年。”又笑着来了一句：“你是作家，潮州要争取拿第一。”陈耿之回答：“我们还有很大差距，但我们一定会努力！”

张帼英主任的话，从此在陈耿之心头扎下了根。陈耿之是2019年秋在市政协副主席的岗位上兼任了市关工委主任，正琢磨着好好干一场，做一些实事。他从小心怀文学梦，年少走上文学之路，多次参加各级征文活动并屡次获奖，成为省作家协会会员、中国作家协会会员，出版著作十多部，主要有小说散文集《延安圆梦》《陈耿之小说选集》《陈耿之散文选集》《陈耿之诗词选集》及报告文学集《韩江潮》等，在文坛颇有影响。虽然没有从事文学工作，但依然在繁忙的工作之余笔耕不辍。征文活动这样的事情，对一个作家来讲，简直是得天独厚的有利条件。潮州文化底蕴深厚，自古人杰地灵，目前不仅有包括他在内的一大批作家，更是新人辈出，后浪推前浪。如果能够发挥作家们的优势，传帮带，大手拉小手，征文活动一定能展现新气象。

俗话说老将出马，一个顶俩。在陈耿之带领下，潮州市关工委征文活动进行得热火朝天。从广泛发动中小学生参加全省践行社会主义核心价值观少年儿童主题征文活动，到筹划成立“市小作协”；从发挥关工“五老”优势，到着力打造“秋光育苗”工作品牌，一步一个脚印走得很踏实坚定。积极探索以文学形式面向少年儿童，开展常态化的社会主义核心价值观教育，以主题征文活动为抓手，以“秋光育苗”为平台，逐步形成“以文化人、以文育人”的长效机制。

除了广泛发动、积极组织外，培训辅导是提升主题征文稿件水平的重头戏。潮州市关工委每年组织小作家采风，并根据征文主题进行辅导培训，对象是小作协会员和征文示范学校语文科主任。陈耿之尤其注重激发老作家、老教师言传身教的银发初心和园丁精神。老作家邱喜桂、市关工委常务副主任谢锦澍、市小作家协会主席余史炎，市作协理事陈丹玉、张勇利等，给孩子们讲课倾情付出，启发孩子们找准切入点，激发新思维，运用典型手法塑造人物，以小见大讲好故事。

一个作家，不，一个作家群体，融入关工委的队伍中，为关心下一代工作发光发热。陈耿之深知，个人的力量毕竟有限，集体的智慧才能创造奇迹。

2023 年国庆刚过，喜讯传来，“科技引领我成长”广东省少年儿童践行社会主义核心价值观主题征文活动结果公示，潮州市在往年“三级跳”的基础上再创新高：小学、初中、高中三个组别，潮州市获得一等奖 6 名，二等奖 5 名，三等奖 10 名。全省一、二、三等奖总共 300 名，潮州市获奖合计占比 7%，位列全省第四，在含金量最高的一等奖中雄踞第一，占比达到了惊人的 20%，也就是说全省每 5 个一等奖中，就有一个潮州的孩子！

“凤凰山麓青春梦，香稻溪西壮志酬。吾辈争当岑补阙，也师老杜拾遗忧。”陈耿之用诗歌表达作为一名关工人的自豪和壮志。

时间倒回 2023 年春天，“科技引领我成长”广东省少年儿童践行社会主义核心价值观主题征文活动开始之初，这一天晚饭后，陈建中喝着茶看电视。电视里正在播报新闻：潮州市枫溪区瓷都中学陈晓轩荣获广东省创新成果竞赛二等奖、广东工业大学校长创新奖、专利申请奖。陈建中击掌叫好，噌地一下起身拿起电话，讲话的声音盖过了电视。电话那头的潮州市关工委主任陈耿之也十分高兴，连说这是个好题材。又打给潮州市小作家协会主席余史炎，约好明天和陈耿之一起前往瓷都中学。他抑制不住兴奋说：“这跟今年的征文活动主题太吻合了，科技引领我成长，他这个又是亲身经历，一定能写出好文章！”

第二天一早，三个人兴高采烈到了瓷都中学。校长说你们来得正好，我们想到一起了！陈秘书长，您可真是有心人啊！陈耿之笑着说：“我们陈秘书长，每时每刻都记着关工委的工作。”陈建中听了，挺不好意思的。果然不负众望。陈晓轩的《摘果神器诞生记》获得 2023 年“科技引领我成长”广东省少年儿童践行社会主义核心价值观主题征文活动高中组一等奖。

■ 速度与激情 |

2023年11月25日，距离省关工委“科技引领我成长”2023年广东省少年儿童践行社会主义核心价值观主题征文活动总结大会不足半月，深圳市关工委举办的征文活动颁奖仪式别开生面。会场门口，签到台一侧摆放的《科技引领我成长——2023年少年儿童践行社会主义核心价值观主题征文活动优秀作品集》，令人一声惊叹：哇，书都出来了，不愧是深圳速度！巨大的背景板旁边还有供打卡拍照的卡通造型，作品集的封面，拍照点，蔚蓝色的主色调，动漫式的飞船、月球、太阳、星星，生动可爱，又科技感满满。最兴奋的是孩子们，又蹦又跳，又喊又叫，抱在怀里尚不能走路的小不点，看见哥哥姐姐们玩得高兴，也要挣脱大人的怀抱，在地上爬几个来回。

会场坐得满满当当，等主持人介绍完到场嘉宾，才知道深圳市关工委的领导们都来了，可见这活动有多受重视、多重要！来者有深圳市关工委主任陈彪，常务副主任曹绍业，常务副主任陈志新，常务副主任淩文，深圳市委组织部副部长、老干部局局长绳万青，深圳市委老干部局副局长何永坚，深圳市作家协会副秘书长秦锦屏，深圳市教育工委办公室二级调研员庄惟晴等，还专门请来了省里的评委老师，准备就如何写好征文作专题辅导。

最喜庆是获奖的学生、老师、组织单位上台领奖，最闪亮是获奖学生代表发言，最鼓舞人心是关工委主任陈彪讲话，最热闹喜感是孩子们拉着家长争着跟领导合影。谁说关工委的老人只是讲情怀？事实证明他们都是真干事干实事，而且干成了事儿。为了下一代，关心下一代健康成长，名副其实。

陈彪在讲话中对主办方、参与的学校、老师和学生给予了充分的肯定。他说，在主办单位的努力和学校、老师们的支持下，活动的关注度、参与率不断提高，今年参加活动的少年儿童超过 3 万人，征集到的作品数量、质量都有显著提高，这充分说明我们活动的发动工作做得扎实，社会影响力越来越大。从大家的作品中可以看出，同学们不仅有丰富的科学知识储备，还有灵动的想象力和创新思维。更可喜的是，很多同学已经投身到科学实践中，不少还获得市级、省级甚至国家级科技创新大赛的大奖，身体力行地诠释了“科技引领我成长”的主题。

陈彪代表深圳市关工委对孩子们寄予深切厚望，他说，征文活动已连续举办 5 年，还将持续举办下去，希望同学们以参加征文活动为契机、为动力，多读书、读好书，多写作、写好作，从博大精深的中华优秀传统文化和社会主义核心价值观的丰富内涵中汲取养分，树立理想、砥砺品格，做社会主义核心价值观的积极践行者，努力实现德智体美劳全面发展，成为心怀国之大者的新一代“拓荒牛”，为深圳肩负好新时代历史使命贡献更多青春力量。

南山区获得的好成绩引起不小的轰动，全区 17 篇作品分别获得深圳市一、二、三等奖及优秀奖。代表获奖学生发言的李昀晓也是南山实验教育集团南头小学的学生，更令众人瞩目的是，获得省级二等奖的李昀晓，在上一年“劳动创造幸福”主题征文活动中获得省级一等奖。南山区教育局关工委获得优秀组织奖，叶小勇作为南山区教育局关工委主任上台领奖，满脸是辛勤耕耘终获收成的喜悦。

南山区 2023 年共有 36 所学校参与征文活动，共征集作品 811 篇，其中 7 篇作品分获广东省二、三等奖及优秀奖。从校长到教育局关工委主任，可谓是无缝连接，因为对教育系统的深入了解，踏实稳健的工作作风，亲力亲为的表率作用，叶小勇带领南山区教育局关工委的伙伴们，把几年来的征文活动做得有声有色。

当然，也并非一帆风顺。起初，由于一些学校领导认为关工委工作不是学校的重点，没有高考、中考和其他教育行政主管部门布置的工作重要，所以对征文活动不重视，没有及时完成任务或干脆就搁置一边。面对高中组积极性不高、文章提交率较低的情况，叶小勇亲自督办，直接打电话给学校书记、校长，指导学校将征文活动与学科教学相结合，积极推进活动的落实。学校重视了，学生参与热情高，德育教育新途径，写作课堂新方法，课内课外互相促进，相得益彰。实践出真知，在叶小勇他们的努力下，南山区不仅取得了好成绩，学校、家长、学生也更新了观念，得到了成长。

南山区每年还进行区级评选。三个年龄组各设一、二、三等奖及优秀奖若干名，并择优推荐作品参加全市评选。对发动面广、报送作品质量高、报送工作规范的学校，颁发优秀组织奖。对获奖作品的指导教师，颁发优秀指导教师奖。在征文评选结束后，将省级、市级获奖作品编印成册并发放给各个学校，将部分优秀文章以及获奖名单刊登在由教育局关工委主编的《关爱》杂志上，这既是对获奖作者及获奖学校的鼓励，同时也给更多青少年读者以启迪，发动他们积极参与到主题征文活动中。

“关工委的工作，就是腿要勤，多跑动，主动上门；嘴也要勤，多说，多讲，不明白讲到明白，要不厌其烦，有耐心；要有服务意识，为学校，为青少年，为学生家长，碰到什么问题，遇到什么难处，我们做好服务，尽力排忧解难。”叶小勇说得实在，虽不是什么豪言壮语，却温暖人心。

老骥伏枥

盛夏时节，廉江市河唇镇风梢村的黄皮果熟了。这一天，果园来了一帮学生，他们簇拥着几位老者：河唇镇关工委主任赖玉隆，风梢村老支书吴增富、吴润泉，镇关工委“五老”、原语文教师曹锡权，他们今天的目的就是来听故事的。在二楼的露台上，目光所及都是茂密成林的果树，铺展开来，延伸而去，点缀其中的房屋若隐若现。年近九旬的老支书吴增富指着眼前硕果累累的果园，讲述风梢村人自20世纪80年代中期开始，几辈人经过几十年艰苦奋斗，种黄皮果劳动致富的故事。吴增富就是带头人，每一步走来的艰辛和喜悦他了如指掌，讲来生动朴实，学生们被深深感动和吸引。随后，曹锡权又给同学们讲写作课。

组织这次活动的赖玉隆可谓用心良苦，起因是风梢小学的学生吴华静参加征文活动的作品《黄皮果致富风梢村》，赖玉隆看了第一稿，提出修改意见。吴华静的指导老师吴萍给了吴华静具体指导，对作文进行了认真修改。第二稿再看，赖玉隆觉得还是未尽人意。看得出来学生了解不多，理解不透。果园现场讲故事之后，吴华静很快拿出了第三稿。赖玉隆读了好几遍，心里暗暗高兴。这篇作文后来在省里获了二等奖。

遂溪县第四小学，林彬去了很多次。每年征文活动布置后是必去的，跟校长、老师和同学们坐一坐，聊一聊，鼓励同学们踊跃参加。学校对这个征文活动格外重视，动员四年级以上的学生参与。同学们很努力，经过层层选拔，送到省里。可是基本名落孙山。林彬总是安慰他们：“继续努力，重在参与。”话虽这么说，其实他跟师生们一样期待惊喜。

当好一个关工委主任确实不容易，冲锋陷阵日晒雨淋倒没什么，然而，孩子们写作文怎样才能写好，这是一门学问。既然有奖项，就是个目标，孩子们对获奖的期待也是动力。老师和同学们跟他已经很熟悉了，他还没来得及说出安慰的话，他们倒先乐呵起来说："林主任，没关系！明年我们还参加。有了榜样，找到了差距，也受到了锻炼！惭愧的是，辜负了林主任对我们的关心。"林彬真诚地说："我也在学习！我们一起学习，一起成长！"

征文工作他是亲自抓的，到学校去，到孩子们中间去，他已经习以为常。他和学校还有孩子们都尽心尽力，但是结果总是跟期待有差距。有的土地适合种花，而有的土地适合栽树，还有的土地，适合种粮食。不放弃，继续努力，突然有一天长出一棵高大的树来，也有可能的。林彬这样安慰师生们，也是安慰自己。

担任遂溪县关工委主任前，林彬也曾经犹豫过。本来退下来可以好好跟家人在一起乐享天伦，也答应儿子到广州去帮忙带孙女。短暂考虑过后，他决定走马上任。在照顾一个孩子和为更多的孩子服务之间，他选择了后者。这是一名老党员的责任和担当。

每天准时上班，深入基层调研，联络相关单位，到学校跟师生座谈，就连总结材料也要亲力亲为。明明已经退休，他却跟在职人员一样忙。他说习惯了，做一件事情就要尽力，就要把它做好。那次参加宣讲党的十九大精神，从查找资料、准备讲稿、制作课件等，熬得没日没夜，都是他独立完成。不是没有人手，而是自己经手了更心中有数。从 2018 年以来，林彬到各中小学、机关和镇、村宣讲达 32 场，听众 1 万多人，反响甚好。带队下乡调研，他还自己当司机，足迹遍布全县中小学校、幼儿园以及农村创业青年联谊会 100 多名青年的创业基地；建设"遭日军屠杀死难者纪念墙"，带队到附近 14 个村庄一户户调查核实死难同胞身份资料；还到风朗村、下洋村、河头村等一批村庄抓点兴办传承红色基因教育基地。2019 年省关工委在风朗村挂牌"党史国史教育基地"。

将领身先士卒，部下冲锋陷阵，林彬还带出了一支能干善战的队伍。2020 年，遂溪县关工委获得"全省关心下一代工作先进集体"称号，同时，他也被授予"全国关心下一代工作先进工作者"称号。

有云：老骥伏枥，志在千里。

刚刚还是骄阳似火，突然就暴雨倾盆，雷州半岛的天气变化在瞬息之间。湛江市关工委主任刘菊带队的调研小组，麻章区、遂溪县、廉江市、徐闻县连着跑，风尘仆仆。说起来刘主任也是年近八旬的人，关工委工作一干十几年，热爱，热心，热情，忙起来不知疲倦，不亦乐乎。

走到哪里，都不忘了解主题征文活动的进展情况。虽然已经多次在市关工委常务班子会议中作了安排，并在县（市、区）关工委主任和有关专题座谈会中作了强调，每年主题征文活动的布置工作和总结表彰会议，她都亲自参加并讲话，但是，她还是利用各种机会，检查落实并提出建议。

刘菊强调，征文活动市一级也要评奖，扩大表扬面和鼓励面。湛江市向省推荐的主题征文作品有 350 多篇，均由三家单位颁发获奖证书。每篇入选作品表扬 2 人：获奖学生和指导老师。对主题征文活动搞得好、成绩突出的县（市、区），刘菊多次在会议上进行表扬。稍微落后的个别县（市、区），刘菊亲自出马，与该县（市、区）关工委主要领导具体沟通，打气鼓劲，鼓励他们总结经验，向先进学习，取得更好的成绩。

在刘菊的重视下，市作协、市教育局关工委主要领导也亲自抓这项工作，多方联动，积极配合，工作有序推进。

分管主题征文工作的湛江市关工委常务副主任陈传添，对征文工作也特别上心，出点子，提建议，抓落实。经常与市作协和市教育局关工委的领导沟通、联系，共同推进主题征文工作。指导县（市、区）关工委分析当地征文活动开展情况，到重点学校调研，督促落实征文工作具体事项。辅导修改向省推荐的重点文章，保证征文作品的质量和数量。

湛江市关工委常务副主任陈祥胜，分管网上关工委建设工作。与办公室同志一起，及时收集和汇总主题征文工作的情况，了解进展，分析走向，及时向刘菊主任汇报各地主题工作的信息和工作亮点，做好宣传推介工作。利用“湛江市关心下一代工作管窥”系列原创图文报道的形式，连续不断宣传报道主题征文工作，形成持续的热点。

陈祥胜与办公室同志一起，收集主题征文活动获奖作者以及指导老师的资料，制作新闻短视频，在南都 N 视频、今日头条、抖音等新媒体上推出，获得了学校和社会各界的好评。湛江市每年获得一、二、三等奖和优秀奖的作者都有视频报道。组织有能力、成绩突出的县市关工委也推出系列综合报道，有效推进，效果良好。宣传了典型，激励了士气，营造了良好的氛围，推动和促进了主题征文活动的顺利开展。

尽锐出战

在 2024 年 1 月 15 日召开的广州两会上，广州官宣 2023 年 GDP 将突破 3 万亿元大关。此外，2023 年广州社会消费品零售总额和商品进出口总值连续第 3 年双双超过 1 万亿元，固定资产投资超过 8600 亿元，创历史新高。

改革开放之初，广州 GDP 只排全国第八，1981 年超过重庆，1989 年超过天津，从此夯实内地经济第三城的地位，并连续 27 年稳坐这个排名，创下“北上广”的时代传奇。

广州是我国经济实力最强的省会城市，是珠三角地区的核心城市。广州市拥有 11 个市辖区，能容纳将近 2000 万的常住人口。不论从体量、人均、人口、面积来说，广州都是当之无愧的经济强市。目前在广州投资的世界 500 强企业有 300 多家。

一边是经济高速发展藏不住的“高调”，一边是广州人刻在骨子里的低调。正如全国人都在打趣的“在广州绝对不要小看穿拖鞋的人”。包容、开放、务实、低调、温暖、敢为天下先等特质，是大家普遍认同的广州文化。

很多时候，广州人更习惯做了再说，或者做了也不说。就像广东省少年儿童践行社会主义核心价值观主题征文活动，明明很重视，投入人力、物力，做了很多事，成绩也摆在那，但要说，就觉得不过平常事，轻描淡写。

广州市关工委领导班子对征文活动高度重视。广州市委常委、组织部部长、市关工委主任廉奕对主题征文活动非常关心支持，市关工委执行主任徐咏虹亲自动员部署，执行副主任王成、常务副主任刘梅等督促跟进，协调联动。市关工委办公室的同志全程跟踪问效各区主题征文活动开展情况，及时给予精准指导。全市上下一盘棋、一条心，工作推进稳健踏实。荔湾区关工委常务副主任艾连娣、花都区关工委副主任黄灼基、海珠区关工委常务副主任兼讲师团团长邹正军、天河区关工委讲师团副团长徐江、番禺区关工委副主任兼秘书长吴瑞荣等，为组织征文活动开展，为青少年健康成长，尽心尽力，付出汗水和心血。

就说 2022 年吧。

春节过后，广州各中小学校的校园里，同学们见面之后问候语经常是：“同学，今天你写征文了吗？”“同学，今天你劳动了吗？”原来，一次以“劳动创造幸福”为主题的征文活动正如火如荼展开，并掀起了一波又一波的“劳动风暴”。

以文化人，把组织征文活动的过程变成引导广大青少年崇尚劳动、热爱劳动的过程。

广州市关工委高度重视此项工作，召开专题会议研究决定：把征文活动作为迎接、学习党的二十大的重要载体和抓手，动员全市各级关工组织发挥优势作用，集聚各方资源，运用多种形式，把尽可能多的学校和青少年发动起来，借征文活动契机，培养广大青少年崇尚劳动的情怀、热爱劳动的品格和投身劳动的行为自觉。

各区关工委迅即行动，广大“五老”尽锐出战，协调本区教育部门和学校，把开展主题征文活动作为加强学生德育工作的重要内容，纳入学校德育工作评价体系，结合各自实际开展富有内涵、形式多样的活动。一些学校将开展主题征文活动与升旗礼仪式、团队活动、班会课、阅读课以及书香校园、书香家庭建设相结合；一些学校通过在校园内张贴宣传海报、召开“劳动创造幸福”主题班会、绘制致敬劳动者的主题黑板报、借助红领巾广播站宣传等多种形式，动员广大师生参与到征文活动中来；一些学校围绕“劳动创造幸福”主题，组织学生开展阅读活动，组织读书笔记展评、读书手抄报评比，开展制作好书推荐卡比赛；一些学校发掘整理身边如抗疫逆行者等有意义的劳动故事，从中体悟劳动的意义和价值。各区“五老”宣讲团成员基本下到了各中小学，用生动形象的语言，为孩子们深情讲述革命前辈和劳模典型的故事，讲述劳动的价值和意义。

花都区关工委协调区内各学校成立征文活动领导小组，德育校长主抓活动的组织、监督和检查，以班级为单位，由德育组、团委、班主任、语文老师具体负责指导，层层落实。主题劳动班会、主题黑板报、红领巾广播站、教室读书角、校园读书节等，时刻让同学们感受阅读和劳动带来的幸福和快乐。天河区关工委“五老”协助学校与团、队、班、社会实践活动相结合，采取读书、实践、写作等形式，把征文活动落到实处。增城区关工还重点做好了民办中小学的征文活动开展工作。据统计，从 2 月到 11 月征文活动期间，全市 11 个区共收到经过学校初评选送的征文作品 8529 篇（小学组作品 5297 篇、初中组作品 2167 篇、高中组作品 1065 篇）。在此基础上，各区关工委组织进行第二阶段分组汇审、第三阶段全体评委汇审，共报送征文作品 502 篇（小学组作品 253 篇、初中组作品

149 篇、高中组作品 100 篇）。

正如市关工委常务副主任杨晓在接受媒体采访时所说："这次主题征文活动意义重大，有利于引导广大少年儿童牢固树立劳动最光荣、劳动最崇高、劳动最伟大、劳动最美丽的观念；有利于培育广大少年儿童劳动没有高低贵贱之分、从事一切劳动都应当受到尊重的价值理念；有利于推动全社会进一步形成劳动光荣、知识崇高、人才宝贵、创造伟大的新时代新风尚。"

与文同行，广大青少年在讴歌和参与劳动的过程中体验幸福的滋味。

"不仅要让同学们写好征文，而且要让同学们在征文创作的过程中感受劳动的艰辛与不易，体会劳动的价值和意义。"这是全市关工系统和广大中小学校的共识。

科技农业劳动教育园地、劳动菜园、劳动研学、手工创作、作物种植、志愿劳动服务……广大中小学结合本次主题征文活动，因地制宜，各彰其能，引导学生将劳动观念内化于心、外化于行。

荔湾区文昌小学一直贯彻"劳动育人·家校共育"的教育方针，近年来持续开展中秋节创意灯笼 DIY 评选、母亲节"我为妈妈减负"主题实践、假期亲子种植实践等丰富多彩的活动，每年评选"劳技文昌星"。为搞好本次主题征文活动，专门举办"校园小苗圃·勤劳节约我能行"小菜园种植实践。正如麦秀英校长所说："劳动实践砺心智，用劳动打开孩子们通往幸福的大门。"

市关工委联合市延安精神研究会，依托各中小学现有场地建设南泥湾校园农场。广州大学附属中学南沙实验学校将中学部命名为"三五九旅"，小学部命名为"三五八旅"，将对应的年级设置为连建制，将对应的班级设置为班建制，突出"军垦文化 + 劳动教育"主题，充分利用校园围墙根空地组织学生开展劳动，让学生在实操中增强劳动意识。番禺区中心小学利用楼顶空地，用泡沫箱垒土，推行分班认领责任区，以农作物种植的长势情况检验各责任区的工作成效。"五老"下到部分学校，讲述南泥湾大生产运动的历史，让孩子们在重温历史中感知劳动的可贵。

因为有了丰富的劳动实践，所以才有了诚挚的劳动感言。在征文中，有的同学畅谈自己辛勤劳动、收获成果的感悟；有的畅谈自己尊重劳动、踏实做事的体会；有的畅谈自己崇尚劳动、创造幸福的事理；也有的通过学习革命前辈和各行各业的劳模典型，抒发传承劳动精神的热忱。

小学组《幸福的味道》《麦田里的守望》《那个捡瓶子的男孩》《自己种的菜吃起来就是香》……初中组《劳动创造幸福》《用双手触摸幸福》《劳动之美青春之歌》《幸福之花盛放于劳动》……高中组《补鞋匠》《热气腾腾的幸福》《白水豆腐》《每个人都能浇出幸福之花》《劳动如歌 幸福可期》……字里行间皆

是劳动情，篇篇都是劳动歌，孩子们用劳动浇灌出了征文，又用征文讴歌了劳动。

正如本次征文活动小学组一等奖获得者、荔湾区文昌小学六（5）班的学生梁盈玮所说："很多人都认为劳动是苦的，是累的，但只有亲身去实践、去体会，才知道其中的乐趣。""当我把亲手种的蔬菜送给邻居时，心中的满足感油然而生。让我们一起动起手来，亲自尝尝劳动带来的幸福味道吧！"

言文行远，"劳动"成为校园最美热词。我们的孩子长大了。

"老师您看，我们种的绿植已经开花了！""妈妈，您先休息下，今天的家务劳动我来！""同学，一起劳动去！"……

一次征文活动让老师和家长们看到了孩子们的变化，无不感慨："我们的孩子长大了！"

一次征文活动也让孩子们自己感受到自己的成长和进步，暗自感慨："我真的长大了！"

无疑，这场从 2 月到 9 月纵贯 7 个多月，由全省 108 万青少年参加的活动是成功的。

山水有情

清远的春季湿寒透冷，持续半个月的绵绵阴雨，反复的回南天，早晨沿着南岸公园漫步，感觉人已经长出了腮，不是在走，而是在游动。向空中伸出手去，只一会掌心就能滴出水来。风从远处的山岭而来，带着北江的水雾。待那雾气渐渐消散，一江春水，两岸花香，江中小船悠悠，远处城郭隐隐，好一幅写意山水！不经意抬头，紫荆花水红粉白。

蔡玲娜依旧起了个大早，把昨晚熬到半夜写好的征文工作方案，又仔细看了一遍，觉得有些细节还需要讨论修改。到清远市关工委的路上，她忍不住多看了几眼北江。她喜欢美丽的风景，喜欢拍美美的照片，本想退休后到处玩，可是关工委的工作总是脱不开身。跟在职时的分工明确不一样，关工委每人负责一块工作，从方案、实施到总结，必须亲力亲为，那叫“一脚踢”。办公室只有一个在职的干部，任务特别重，根本忙不过来。

省里的征文活动通知 3 月上旬就下来了，跟往年一样，负责这项工作的清远市关工委常务副主任蔡玲娜先联系协调相关部门，拿出工作方案，然后开会讨论作出决定。蔡玲娜在办公室刚把方案打印出来，清远市关工委主任林文钊，常务副主任李雨松、陈新、龚志强、唐成良，办公室副主任唐晓霞，清远市教育系统关工委常务副主任刘细花等先后到了。大家展开了热烈讨论，纷纷出谋献策。

2023 年的主题是“科技引领我成长”，这对于清远的孩子来讲，好像难度比较大。清远虽然到广州只有一个多小时的车程，但是在经济发展或地理条件上都属于粤北山区，接触科技、了解科技的机会肯定比不上深圳东莞那样的珠三角地区，发达地区的孩子在玩航天模型和人工智能的时候，清远山区的孩子可能正在跟家人一起种苞米。大家感慨一番，觉得今年很难出成绩。

“我不这样看。”林文钊说这话时充满自信，好像胸有成竹。

在众人期待的目光下，他接着说："少年儿童求知欲、好奇心都是最强的，对新事物的接受远超我们的想象。当今信息时代，其实科技无所不在。即使是连南连山的瑶寨壮寨，也早就通了网络。只要我们善于启发，指导得当，完全有可能化不利为有利。没有的，我们希望有，不懂的，我们更愿意探索学习，这正是兴趣和动力。所以说，今年这个科技的主题，对我们太有利了！"

林文钊的话，博得了满堂彩。蔡玲娜信心满满地表示，大家一起努力，争取得到好成绩。

4月上旬，市关工委和市教育局联合下发征文活动通知，并在4月18日与市教育局等部门举行2023年清远市青少年"中华魂"暨家庭教育、主题教育启动仪式，表彰了2022年获得省、市主题征文活动奖项的学生、老师和组织单位。林文钊总结了2022年主题征文活动工作，部署了2023年主题征文活动。既有总结表彰、学习榜样，又有新一年的计划和目标，新鲜热辣，能量十足。

功夫不负有心人，2023年广东省少年儿童践行社会主义核心价值观主题征文活动，清远市16人斩获省级大奖，其中一等奖小学组花开并蒂。

"'五老'责任重大，使命光荣，蕴含无穷的力量与优势。我们急党政所急、想青少年所需、尽关工委所能，在开展社会主义核心价值观教育、开展老少共建活动、营造良好家庭教育氛围以及净化青少年成长环境等促进未成年人健康成长教育实践中主动作为、配合补充，发挥了独特的优势，在有些方面甚至起一箭双雕不可替代的作用，很好地诠释了'忠诚敬业、关爱后代、务实创新、无私奉献'的'五老'精神，是促进未成年人健康成长的一支重要力量。"蔡玲娜在清城区的一次讲课中表达了自己的心声。

毗邻湖南的粤北连州，冬天也是极冷的，雾凇、冰挂现象习以为常。连州市关工委主任梁建辉穿着棉夹克，拎着公文包，匆匆走在路上。他个头不高，脚步轻快，显得蛮干练。刚才跟市委市政府领导汇报了关工委的工作，得到了充分肯定和支持，备受鼓舞，趁热打铁去教育局，商量下一年征文活动的具体做法。教育局一直很支持配合，每年的工作进展都比较顺利。关工委的工作凭的是高度的热情，多走动，多联系，多动手，亲力亲为。都说梁建辉人缘好，会做工作，而他的法宝就是踏踏实实做事，用诚意用行动去影响他人。越来越多的人加入到队伍中，一起关心青少年的成长，他们中有民营企业家、有热心市民、有各行各业的人，所以出现踊跃奖励征文获奖者的场面也不足为奇了。

为共同关爱青少年的成长，提高青少年文化水平与写作能力，更好地促进连州市教育高质量发展，2023年4月23日上午，由清远日报社、连州市关心下一代工作委员会、连州市教育局、连州市文学艺术界联合会、连州市红十字会共同组建的"连州市校园小作家培育基地"在连州市北山中学挂牌成立。基地有12所成员学校，50名指导老师，首批打造一支300人的校园小作家队伍。

小作家培育基地的建立是清远市关工委主任林文钊提议的，梁建辉为此各方奔走，付出了许多心血和汗水。“为青少年成长的事，就是好事。”每当听到有人这样说，梁建辉倍感欣慰。

英德市关工委常务副主任兼秘书长陈永宏，2008 年 12 月进入关工委，分工专责青少年思想道德教育工作，至今 15 年。连续 5 年的征文工作，他不辞辛劳，无私付出，为山区孩子们的成长任劳任怨。

英德市是山区县级市，有 12 间市属中小学校，90 间镇街中学、中心（完全）小学，在校生最高达 12 万人。开展主题教育专题征文以来，能获得省关工委、清远市关工委奖励的，市属中小学的占 70%，镇街中小学的仅占 30%，差距很大。对此，许多人认为只是城乡差距在教育事业上的反映，而陈永宏觉得是自己工作没有做好，在指导思想和工作作风上的差距。虽然，客观地讲，镇街学校，特别是边远小学校，各方面的条件都比市属学校差，单授课时间就比市属学校少 2 个小时，而且学生大多因父母外出务工而成为留守儿童、困境儿童，由于得不到父母的关爱呵护，缺失家庭温暖，性格内向，自卑而自信不足，寡言少语，学习成绩较差，在他们身上很难看到青少年时代应有的天真活泼的精气神。要组织引导他们积极参加主题征文活动，首先就得培养激励他们的兴趣。这对关工人是个考验，陈永宏觉得是必须履行的职责和义务。

5 年间，陈永宏为这事跑了多少路，来往了多少次，他自己都记不清了。他先后去了白沙、西牛、九龙、黄花等镇，与镇关工委、学校的领导座谈交流对力促城乡工作平衡发展的思路，在相关工作会议及组织工作组下乡时，也督导各镇要用心用情着力做好这方面的工作。

乡镇动员起来，“五老”们动员起来，配合“三下乡”大专院校学生举办留守儿童语文短期补习班，开展精心设计的益智益德活动；陪伴学生参加文化文艺活动中心的语法、书法知识学习和作品创作；不辞辛劳、苦口婆心地鼓励学生参加征文活动，悉心指导他们动脑动手遣词、造句、写作文。

通过大家的共同努力，在 2022 年主题征文活动清远市的评选中，白沙镇获一等奖 2 篇，二等奖 7 篇，三等奖 5 篇，优秀奖 1 篇；西牛镇获二等奖 3 篇，三等奖 3 篇，优秀奖 1 篇；九龙镇获二等奖 1 篇；黄花镇获一等奖 3 篇，三等奖 1 篇。各镇街获奖作品 55 篇，占全市获奖作品 116 篇的 47.4%，缩小了专题征文活动中存续多年的差距。

陈永宏终于松了口气。

■ 步步为营

东莞，英雄的土地，鸦片战争揭开了中国近代史的序幕；东莞，一个历史厚重与现代时尚并存的魅力之都，鸦片战争博物馆、威远炮台、抗英纪念馆、海战博物馆、东江纵队纪念馆、太平手袋厂陈列馆，以及东莞大地上活色生香的改革开放伟大成就，记载了一百多年来在这块土地上发生的众多与中华民族命运紧密相连的重大事件。

广东省少年儿童践行社会主义核心价值观主题征文活动，在东莞市全面铺开，几年来热度不减，东莞市关工委和东莞各镇、街关工委重视有加，制定了一系列的方案措施，征文活动顺利开展，并取得了良好的效果。

就说 2021 年。

高度重视，积极部署工作。培育和践行社会主义核心价值观，对于推进社会主义核心价值体系建设，引领社会思潮、凝聚社会共识，具有重要的理论意义和实践意义。工作会议上，大家达成共识，研究部署征文活动的具体工作。在 2021 年征文活动的工作会议上，东莞市关工委主任刘树基提出："党的十八大以来，以习近平同志为核心的党中央高度重视培育和践行社会主义核心价值观。省关工委近年来，围绕社会主义核心价值观主题，分年度开展征文活动，我们要积极配合落实，做好相关工作。"

注重指导，夯实思想根基。市关工委加强和市教育局关工委的联系，了解基层关工委开展征文活动工作的痛点、难点，给予具体的指导意见。各镇街、各镇街（学校）关工委积极引导和鼓励广大青少年参与征文活动，以校园为主要阵地，以三月雷锋月、五四青年节、建党 100 周年等重要时间节点，开展多种形式的社会主义核心价值观主题教育，探索形成对少年儿童进行社会主义核心价值观教育、培养小作家的有效形式和长效机制。茶山镇关工委举办“朝阳读书”主题教育活动，向青少年推荐相关主题书籍，在全镇40所中小学和幼儿园中开展了约50次爱国主义等社会主义核心价值观主题教育活动；道滘镇关工委联合镇教育系统关工委开展“奋笔疾书抒情怀，莞邑少年心向党”校园征文活动，同时强调教师应扎实上好作文指导课，提高青年学生的写作水平。大朗镇关工委组织全体中小学生在暑期开展家乡、家族革命史调查活动，协助相关部门收集和整理家乡革命史，为征文活动积累丰富素材。

做细做实，工作有条不紊。在市、镇关工委的关心指导下，东莞市中小学校青少年积极参与征文活动，关工委的“五老”经常跟学校沟通，通过座谈、辅导等方式，帮助师生更好地理解征文主题，找到写作的入口。作文收集后，市关工委组建评审小组，和市教育局关工委一起认真做好征文的评审工作。2021年，东莞市获得省奖20人，其中有三位同学获得一等奖。他们是东莞市南城阳光第六小学学生李思奇，获奖文章《我用自强拥抱青春》；北京师范大学东莞石竹附属学校学生鲜宇轩，获奖文章《朋友圈》；东莞市康复实验学校学生赵赢，获奖文章《奋斗》。

到了2023年，东莞市关工委联合市教育局、市文联等单位组织开展了2023年广东省少年儿童践行社会主义核心价值观主题征文活动，全市200多所公、民办学校积极参与，有34名中、小学生荣获各种奖项，受到省关工委表彰。其中，东莞市南城街道南城阳光第一小学六年级张焕新的《神奇的智能耳朵》、东莞市大岭山镇连平小学六年级钟政宇的《肥皂船载来的梦》双双获得一等奖。

真抓实干，低调务实，努力奔跑，不负时代。这就是东莞人！

拔头筹，争上游

2023年端午，江门鹤山古劳水乡举办龙舟赛，沙坪街6条“猛龙”近300名选手在古劳升平河角逐，群龙争霸，热血沸腾，中东西村1队、2队“双龙夺锦”，创造沙坪龙舟队伍历史最佳战绩！随着全国媒体轰炸式的报道，清一色古铜色皮肤、体魄健壮的中东西村龙舟队团体形象，他们敢于拼搏，勇往直前，拔头筹争上游的男子汉气概，一时间风靡全国。跟那些“佛系”“躺平”之类相比，他们充满自信，阳刚坚韧，不屈不挠，为梦想而战的精神面貌，正是大众心目中年轻人该有的样子。

江门是著名的侨乡，江门的开平碉楼被列入《世界遗产名录》，成为中国第35处世界遗产，是中国首个华侨文化的世界遗产项目。

地域文化对人的影响，不仅是性格特征、生活习惯、艺术表达，还有教育和价值观。江门的关心下一代工作，自然也离不开侨都特色，征文工作也如此。江门市关工委主任王曙星深有体会，他和关工委的同志们一道，经过多年的探索努力，大家合作默契，积累了丰富的经验。

“不仅是下达一个文件，而是要把工作做好、做细、做对、做深入，根据各区各学校不同的情况、不同的特色，制定相应的措施。比如说新会区，关工委执行主任伍锦泉能力很强，有责任心，土生土长的新会人，新会的情况，新会的人，他熟悉得不得了，完全可以让他发挥，有需要我们支持的，我们全力配合。还有鹤山市关工委执行主任温伟强，他的特点是知识丰富，能说会写，对当地的红色文化了如指掌，他在鹤山电台开辟的专栏“强哥讲故事”，专门讲述鹤山当地的红色故事。讲了100多集，影响很大，还编印成册。他还经常到各个学校去，给学生们讲，生动，接地气，很受欢迎。指导学生写作文，更不在话下。还有台山、开平、恩平以及江门市各区，都比较重视征文活动，做得不错。这些年在征文工作方面，如果说江门取得了一些成绩，不是一个人做的，而是大家一起努力的结果。”江门市关工委主任王曙星诚恳地说道。

龙舟夺冠，靠的就是团队精神。

在“科技引领我成长”2023年广东省少年儿童践行社会主义核心价值观主题征文活动中，江门市获得省级一等奖1篇、二等奖1篇、三等奖11篇、优秀奖12篇。在江门市关工委召开的总结大会上，江门市关工委常务副主任叶少华说：“从我们获奖的情况来看，我市各级关工委、教育部门、学校、辅导老师都非常重视这次征文活动，付出了很大的努力，获奖的同学能在93万人中脱颖而出非常不容易，我为你们感到骄傲，希望你们再接再厉，在明年的活动中更上一层楼。”

老黄牛精神

征文主题发到学校，斗门区关工委常务副主任黄春炳就天天打电话、发信息，跟相关负责人反复沟通联络。也跑了一些学校，当面座谈磋商。有提出讲课邀请的，他全都应承下来。老师和学生愿意听他讲课，他挺开心的，觉得自己的工作被认可，有价值。他文字功底不错，还曾经写过不少文章，发表在报刊上。

感觉到身体不太舒服有一阵子了，但是黄春炳一直坚持着。实在太忙了，抽不出时间去医院检查。老伴催得急，他就笑着说，上了年纪的人，哪儿能没有毛病？一到医院，查哪儿哪儿都不好。自己的身体自己知道，没什么大问题，吃点药就好了。老伴也拿他没办法，都“80后”了，又不是小孩。

还别说，人到了一定年纪，真的返老还童，性格脾气有时候跟孩子差不多，想做的事情一定要去做，直到做好为止。倔得很，八头牛也拉不回。你说都这把年纪了，图什么？黄春炳呵呵一乐：“千金难买我乐意。”人生在世，不过百年，有一份热爱伴随一生，心甘情愿为之付出和奉献，不计得失，无关名利，只为守住初心，践行曾经的诺言。所谓的修行，也不过如此吧。

黄春炳就是个操心的命，关工委的工作，关键是主动作为。初时任区关工委办公室主任，他就兢兢业业、任劳任怨，主动承担任务，当好领导的参谋，还兼职做司机。下乡调查开车，开会记笔记、做记录，会后整理材料。工作琐碎繁多，他都能出色完成。

戒毒帮教是斗门区关工委常规工作和品牌，从年初制订计划，年中走访调研，年末验收表彰，黄春炳亲力亲为，深入调研基层“五老”的帮教情况，了解吸毒人员的现状和家庭实际。捐资助学是关工委工作的重头戏，他主动协助领导，走访企业，调查研究。十多年来，他与领导发动社会贤达和企业，帮助5700多名贫困学生圆了大学梦，发动“五老”帮教近600多名失足青年脱离毒瘾，走向新生。2019年，黄春炳被评为“斗门区最美老干部”。2023年，他荣获“全国关心下一代工作先进工作者”称号。

广东省少年儿童践行社会主义核心价值观主题征文活动只是众多工作中的一环，黄春炳深知这项任务的重要性，因而格外用情用心。发动联络只是开头，给孩子们讲课也是轻车熟路，任务最重的还是征文评审。要确保把真正优秀的作文选上，不仅要靠眼力、能力，还需要相当的耐力。就像一头老黄牛，行动可能不再敏捷，但富有经验并坚韧，还有忠诚。

珠海市关工委对征文活动的重视一如既往，成效显著。在珠海市老干部局2022年的一则资讯中，以“市关工委在省征文活动中获得佳绩”为标题，作了具体阐述：“劳动创造幸福”2022年广东省少年儿童践行社会主义核心价值观主题征文活动评选，我市共有26篇作品获得省级奖项（一等奖2篇，二等奖4篇，三等奖5篇，优秀奖15篇），珠海市关工委、香洲区第一小学获评省级优秀组织奖。

高度重视，认真部署安排。市关工委领导高度重视本次征文活动，接到通知后，市关工委先后召开主任常务工作会议和全市关工委办公室主任会议研究征文工作，认真部署筹划，把征文活动与“老少颂党恩，喜迎二十大”活动相结合，引导青少年增强听党话、跟党走的思想和行动自觉。

措施得力，保障激励到位。根据省关工委征文活动通知要求，相应开展市级征文奖项评选工作，并在组织建设、活动经费等方面给予保障。各区关工委也陆续开展区级奖项评选，香洲区教育局关工委组织专家评审，多所学校也设立本校奖项，校长动员并在国旗下颁奖；金湾区关工委将征文活动与劳动实践相结合，组织青少年开展劳动教育、家庭实践、劳动节大扫除等活动，使学生从实践中体会“劳动创造幸福”；斗门区关工委“五老”深入学校，给学生上征文写作辅导课，指导学生写好“劳动创造幸福”主题征文作品；高新区关工委联合区社会事业局开展征文活动，得到辖区少年儿童积极响应。

形成合力，活动成效明显。珠海市关工委主动联合市教育局、中国儿童少年基金会护航计划项目珠海护航中心等各方力量，形成了与市教育局、社会团体、各区关工委及各区教育局、各学校在征文活动开展、征集、评选、推荐全过程的联动机制。据统计，2022年全市共有211所学校，16.9万名青少年参与活动。

“有这么好的平台，我们一定要密切配合，努力把工作做到位，让孩子们好好发挥、展示。”珠海市关工委主任陈英说道。

为霞尚满天

山有梅峰，水有梅溪，梅州因山水而得名。素有“世界客都”“文化之乡”美誉的梅州，灵山秀水，藏龙卧虎。清代著名诗人、外交家黄遵宪，晚清抗日志士、诗人丘逢甲，开国元帅叶剑英，都是梅州人。客家山歌、广东汉剧是广东文化的重要组成部分。

在梅州，有这样一位老人，两鬓霜染却精神矍铄，历经岁月又睿智平和，他叫何正拔。他经常出现在各处，调研、讲学、现场办公，而且，还写得一手好文章，时不时地可以在《梅州日报》上读到。年近八旬也是爷爷级别了，梅州人说命好的都当上太爷爷了，理该含饴弄孙颐养天年。然而，他却退而不休，原来是梅州市市长，又当起了梅州市关工委主任，从2008年开始，一干十几个春秋。也想放下，但总有忙不完的事，操不完的心，就想再干两年吧，把手头的工作完成。时间就这样悄无声息地流逝，一年又一年。

新鲜出炉的2023全省关心下一代“最美五老”名单中，何正拔榜上有名。关工系统的荣誉称号他不是第一次获得，他曾两次被中国关工委评为“全国关心下一代先进个人”，他所带领的梅州市关工委，被评为“全国关心下一代工作先进集体”；他和梅州市关工委的同志们一起付出心血和努力办起来的梅县区城东镇中心小学“爱心之家”被中国关工委评为“全国优秀儿童之家”。

在梅州，“爱心之家”不止一间，而是138间。经济相对滞后的梅州市，开放改革之后就是劳务输出重地，不少留守儿童和困难家庭子女的教育和健康成长成了客观问题。这是痛点难点，也是责任和担当。梅州市关工委在何正拔的率领下，主动作为，联络各方，集结多个部门和社会各界力量，创新举措，排除万难，建起了一所所“爱心之家”，为留守儿童和困难家庭子女提供了温暖的避风港。梅州人点赞："关工委办实事、好事，何主任不但人好，能力也太强了！"

征文活动早就成为梅州市关工委的日常工作之一。梅州市是较早联合当地媒体举办征文活动的地市，很多梅州人得知征文活动的消息是从《梅州日报》上。梅州市的征文不限年龄，何正拔带头撰写文章，参与投稿，一来带头示范，二来发起号召，起到宣传推广的作用。根据每年不同的征文主题，制定相应的措施。就说2022年的征文"劳动创造幸福"主题，梅州市关工委主动积极与广东省雁洋公益基金会、市教育局、梅州日报社等单位沟通协调，争取到广东省雁洋公益基金会3万元资金支持，围绕征文主题制定具体实施方案，并指定专人负责，从组织宣传、时间安排等各方面，逐级逐层落实。部分县（市、区）关工委、教育局召开了专题会议研究落实，按文件要求部署，成立了征文活动工作小组，并将活动工作小组的工作责任作了具体的安排，为按时按质按量完成征文活动提供了强有力的保障。

有人说都这个年纪了，还这么拼。何正拔说："只要能为梅州的下一代做点事情，就很有意义，值得！"革命者永远是年轻啊！

梅州市东山学校大礼堂，座无虚席。台上发言的是梅州市关工委副主任谢雪琼，她讲述了梅州的红色文化、优良传统，勉励孩子们听党话，跟党走，做有理想有担当的时代新人。谢雪琼说："今天的幸福生活是无数革命英雄烈士抛头颅、洒热血换来的。作为共产主义的接班人，一定要认真学习党史，将红色基因代代传承下去。"

这是2021年11月，为进一步推进党史学习教育在广大师生中走深走实，引领全体师生切实做到学史明理、学史增信、学史崇德、学史力行，由梅州市关心下一代工作委员会、梅州市教育局、中共梅州市委党史研究室等多家单位联合主办了"党史教育进校园，红色基因代代传"巡回展。梅州市关工委主任何正拔，梅州市关工委副主任谢雪琼，梅州市关工委副主任王球堂，梅州市关工委研究员朱传虎等亲临现场，气场强大。

"平常跟学校联系密切，互动频繁，主动给孩子们讲课、辅导，学校和学生很欢迎，也更有利于我们开展工作。比如征文活动，说到底阵地就是学校，跟学校熟悉了，经常有往来，发动、落实起来就很容易。我们有专门的'五老'队伍，经常到各个学校去做不同主题的演讲，效果非常好。"谢雪琼说得朴实，句句在理。所谓经验，就是长期的积累吧。

■ 田野稻花香 |

南雄市市委大会堂。这一天的会议有点特别。会场里不是党政干部为主，而是学生、老师唱起了主角。保驾护航的是南雄市关工委，上了年纪的爷爷奶奶，笑容里满是慈爱。南雄市市委、市政府的领导和南雄市关工委的领导一起，为获得广东省少年儿童践行社会主义核心价值观主题征文活动的学生颁奖，市里的领导发表讲话，赞扬鼓励获奖的老师和学生，勉励他们再接再厉。奖品也很特别，一本价值130多元的厚厚的《汉语词典》。听说，这个颁奖会，市里的领导特别重视，主管领导到场指挥，安排会议各个环节。通过南雄当地媒体的报道，广大南雄百姓知道了广东省关工委开展的全省少年儿童践行社会主义核心价值观主题征文活动，获奖的学生也成了明星和榜样。

南雄市关工委的工作在韶关地区历年来可都是典型，他们有一个团结合作的集体，一个召之即来、来之能战的“五老”团队，因为出色的工作表现和突出的成绩，得到了南雄市委、市政府的肯定，也因为市委、市政府一直以来的重视支持，工作开展得有条不紊，各项任务出色完成。

近年来，南雄市关工委发挥大关工委优势，争取市委、市政府支持，联络各方，筹集经费，建立了10个跟南雄市革命斗争史有关的红色教育基地，还与学校共建劳动教育基地21个，为南雄市中小学开展社会主义核心价值观教育创造有利条件。与此同时，拥有20多人的讲师团经常开展“五老进校园”活动，很受学校和学生们欢迎。

平常的工作做到家，征文活动来了，发动布置起来也就顺理成章。在南雄，发动学生参与征文活动是全覆盖，无论能不能拿奖，参与就是颁给自己的第一个奖项。2020年征文活动，南雄市参赛的作品就有1826篇，在一个县级市，这个数字很能说明问题。

南雄市第三小学六年级学生雷诗琴，凭《幸福生活是奋斗出来的》一文获得“劳动创造幸福”广东省少年儿童践行社会主义核心价值观主题征文活动小学组二等奖，是当年韶关市获得的最高奖项。雷诗琴说，对“劳动创造幸福”主题，我心里很有感触，因为我身边其实处处都是这样的人，我特别想赞颂我身边那些人，因为他们用自己的双手去创造了美，创造了幸福。

雷诗琴的同学很多都参加了征文活动，获奖当然是心中的期待，谁不想自己的努力得到肯定呢？不过，即使没有获奖，也很开心，至少努力过。

南雄市关工委执行主任刘宏伟说：“我们的‘五老’们真是没的说！个个都很积极，做事认真，有始有终。不为什么报酬，我们就想做点有意义的事。虽然退休了，关工委的事情就是最大的事情，只要有需要，有任务，一个电话，一条信息，马上从各地赶回南雄，无论多远。”

泥土一样朴实，稻花一样清新。

在南雄市关工委已经15年的南雄市关工委副主任兼办公室主任李光洋，原来是中共南雄市委党校常务副校长，讲课自然不在话下，还写得一手好文章。在他看来，这还远远不够。他总结了自己多年关工委工作的体会，细致入微，体现了责任担当和脚踏实地。

勤奋学习关工委的各项政策规章制度及具体要求，李光洋认为这特别重要。他说，毛主席说过学习使人进步，我督促自己工作到老，学习到老。我家里最多的家具是书橱；在家里和单位办公室摆放有许许多多的书籍，可谓“书山书海”，这些书都是与关心下一代工作有关，这些书我翻阅多遍以备工作之需。我常年习惯背着个布包，包内必备的“三大件”分别是关工委文件资料及关工委具体工作要求、日常工作的笔记本和水杯，就是这“三大件”装备贯穿着我十多年用心用情用爱去做好每一天的关心青少年工作。

勤动手，好记性不如烂笔头，这是李光洋的秘密武器。他说，我读书有记笔记的习惯，出门时包里带着笔记本，休息时床头上放着笔记本，凡有用的知识以及所思所感马上就记下来。我还有读报和剪报的习惯，几十年来，我一直坚持，整理分类保存，用起来非常方便。

勤动脑筋多思考，对这一点李光洋深有感触。他说，他认为勤读书、勤动手和勤动腿都非常重要，但得到的可能仅仅是材料，是感性知识，只有通过认认真真地思考，才能明辨是非、去伪存真。他为撰写好一篇文章或备好一堂课的讲稿，往往是反复思考，反复推敲。

其次，还要勤动嘴，充分发挥语言表达能力特长，做好新时期社会主义核心价值观宣讲工作。他说，退而不休的他深知讲好课没有什么捷径可走，简而言之就是要肚子里有“货”，“货”从哪里来？他摸索总结出一套“勤”字为要的法宝。他思想上重视，行动上自觉，工作上落实，立马学习文件，收集资料，撰写报告。

2020年8月，李光洋被中国关工委评为“优秀辅导员”，2022年12月又荣获韶关市“最佳五老”称号。

老树春深发新芽，霜叶红于二月花！

好风凭借力

河源，别称槎城，位于广东省东北部、东江中上游，东接梅州市、汕尾市，南邻惠州市，西连韶关市、惠州市，北与江西省赣州市交界，全市面积 1.58 万平方公里。河源是东江流域客家人的聚居中心，有着“客家古邑，万绿河源”的美称。历史悠久，战国时属楚，秦、汉、三国、晋时期均属古龙川县地，归南海郡管辖。截至 2015 年 4 月，河源恐龙博物馆出土和馆藏的恐龙蛋化石达 1.7 万多枚，河源由此成为中国乃至全球馆藏恐龙蛋化石数量最多的地方。

河源市关工委开展广东省少年儿童践行社会主义核心价值观主题征文活动也是用尽心思，作为关工委每年的重点工作，不仅省市县三级联动，一竿子插到底，而且与河源市作家协会、河源市教育局密切合作，专业分工。2022 年开始联合河源晚报社，优势联动。关工委负责全面发动、指导、落实，作家协会负责评审、质量，获奖作品在《河源晚报》发表，广而告之，宣传造势。尘埃落定，召集各方，召开总结大会，并出版获奖作品集。市一级的评奖在先，优胜作品送省。获得市一级奖项的给予奖励，一等奖 300 元，二等奖 200 元，三等奖 100 元。别看这数目小，却是大动力。

河源市关工委副主任陈成威说：“这项活动引起这么多人关注，得到各部门各单位的支持，是因为这个征文主题很好，很受学校、学生和家长欢迎。我们河源是山区，比较分散，有些县距离市区比较远，但是河源关工委很重视，各县区关工委也特别配合，大家一起努力开展工作。”

老作家邹晋开是河源市作协主席，军人出身，退休后是一名热心“五老”代表，协助关工委的工作。河源还有一位作家罗志勇，年纪不大，对关工委的工作也很热心，多年前就开始协助关工委办公室事务。后来河源市作家协会换届，罗志勇任主席。征文活动开始之后，他马上请出邹晋开等经验丰富的作家组成评审组，为征文活动出谋献策用脑用心。邹晋开说：“当评委的快乐，是通过征文看到了中国的希望。少年强，中国强，这已经是共同的认知。”

和平县福和高级中学，这一天来了一位面容清瘦的老者，先是拉起二胡，再吹一会儿笛子，可还别说，还真好听，专业级的水平。这可把同学们看呆了，课堂的气氛活跃起来。老人问想不想学？同学们回答：想！老人耐心地讲解传统乐器的基本原理，拉二胡的基本方法。有同学说：“买这些都要钱的，我妈肯定不同意。”老人笑着说：“我用竹子给你做一根笛子，不用钱。学好了，同样能吹奏出好听的旋律。”同学们都笑起来。老人话锋一转，问今年的征文活动，广东省关工委主办的少年儿童践行社会主义核心价值观主题征文活动，他们都参加了没有？怎么这么重要的比赛，他们没有参加吗？同学们纷纷举手，踊跃发言，表示已经参加了，或准备参加。

他是和平县关工委主任黄小平。和平县是边远山区，文化活动相对少一些。加之有不少留守儿童，性格内向，交往少，参加大的比赛更加没有自信。根据当地实际情况，黄小平发动“五老”们，利用各自的专长，为孩子们送关爱，送知识，送欢乐。“五老”进校园，不仅是讲课，同时还送上民乐、书法、绘画等丰富多彩的免费课程，让孩子们动起来，活跃起来，阳光起来。

福和高级中学的学生叶佳鑫，在 2022 年“劳动创造幸福”主题征文活动中，写下《逐劳动之光，扬时代之帆》一文，获得省级二等奖。福和小学的学生周可欣是留守儿童，她在 2021 年“用青春拥抱时代”主题征文活动中，获得省级优秀奖。

几年以后，周可欣用文字记录了参加征文活动的感受：“广东省少年儿童践行社会主义核心价值观主题征文活动想必大家都很熟悉吧，我和它可是相识多年的‘好朋友’呢！是它，激发了我的写作兴趣；是它，让我变得更加自信；是它，让我变得更加优秀；也是它，让我拥有了一双善于发现美的眼睛。”

河源市关工委副主任陈小红说：“山区的孩子太需要机遇和锻炼了！征文活动会让很多孩子永远记得。”

坚守的意义

粤东古邑，广东省历史文化名城揭阳市，是广东省最古老的县份之一，秦始皇三十三年（公元前 214 年）设揭阳县，属南海郡，自此，潮汕地区始有正式行政建制。揭阳市既是潮汕人重要的祖籍地、聚居地之一，也是潮汕文化重要的发源地以及兴盛地之一，还是全国著名的侨乡。揭阳的潮汕文化底蕴深厚，以潮语、潮剧、潮汕英歌舞、潮汕工夫茶、潮汕菜等特色文化为代表。

普宁市是个县级市，由揭阳市代管，是著名爱国侨领庄世平先生的故乡。普宁的服装和中药材市场在全国很有名，对于潮汕人来说，当然还有鲜甜的普宁豆酱，香脆的普宁豆干。

普宁国贤学校是一所民办学校，开设于2012年，有45个教学班。这天是周三，学校礼堂来了一位白发苍苍的老人，他给学生讲故事，讲普宁的历史，讲革命老区的英雄传奇，讲林则徐与普宁文昌阁，又结合当下，鼓励同学们珍惜美好生活，努力学习，做对国家有用的人。

他叫杨秀维，已经 80 岁高龄。这个年纪通常是儿孙满堂，理该颐养天年，没错，他 20 年前就退休了，不过退而不休，从岗位上一退下来，就到了普宁市关工委担任关工委主任，连他自己也没有料到，一干就是 20 年。20 年漫长的岁月，干着同一件事情，琐碎，繁杂，操心，没有腻味，没有半途退出，反而老当益壮，干得有滋有味，有声有色。于他而言，不仅是职责，还有热爱以及深藏内心的情怀。理想不仅仅属于年轻人，也属于老年人，理想可以伴随整个生命。有职责，有理想，有热爱，20 年，也不过是回眸的瞬间。

20 年间，普宁关工委发生了很多变化。首先是队伍建设，从开始寥寥几个人，发展壮大为一支蔚为可观的队伍。杨秀维大胆创新工作机制，增强“五老”队伍活力，主动作为，得到普宁市党政领导支持，使全市关工组织全覆盖。2012 年，杨秀维亲自到流沙东街道新坛村抓“五老”校外教育辅导站试点，精心组织，把学校、家庭和社会三股力量扭成一股绳。后又趁热打铁，召开现场会议总结经验，让先行点引领推动全市建立“五老”校外教育辅导站455个，“五老”辅导员7000多名，落实责任进行校外辅导，成为教育青少年的纽带和桥梁，培育学生茁壮成长的“第二课堂”。2014年11月，中国关工委主任顾秀莲在普宁视察时对此项工作的创新做法给予充分肯定。

以市关工委为主，吸纳相关部门专业人才，组成讲师团16人，每年确定一个演讲专题，杨秀维编写教材，亲自上台演讲。开展百校巡回演讲活动常态化。引导青少年厚植爱国情怀，加强品德修养，增强综合素质，争做时代新人，获得很好的教育效果。至2023年，全市关工委（小组）达1150个，班子成员5475名，其中离退休干部1724名，做到“横到边、纵到底”。同时在全市已成立党支部的民营企业建立关工委49家，动员更多社会力量关心下一代工作，获得良好社会效果。杨秀维带领的普宁市关工委主动参与社会管理，形成社工、义工和关工的紧密配合，配合补充，互动促进。

杨秀维坚持不懈抓好“朝阳读书”活动。抓好英才侨中这个全省百校“朝阳读书”活动先行点，亲自到校指导制订读书计划，落实行动，使全校迅速形成读书热潮，取得明显成效。连续16年，他每年都对全市读书活动作了总结并提出意见，推动全市中小学读书活动蔚然成风，每年高考取得好成绩。市关工委经常向各地“五老”校外教育辅导站、农家书屋和中小学校赠送各类书籍。位于普宁流沙市区的白沙共享书屋，是首家民间公益性图书室，2018年6月17日启动时，杨秀维亲自动员演讲，并组织市关工委同志们带头捐赠各类书籍2000多册。经过不懈努力，白沙共享书屋已募集图书1万多册，为提升青少年的文化素养和公共文化服务水平，搭建起一个免费、便捷、有效、共享的平台，为青少年健康成长提供养分。

不但能讲能干勤跑腿，还能写。为了抓好青少年的思想道德教育，杨秀维联系当地实际，编著乡土教材，并带头参加各种征文活动。他创作出版《我歌普宁》专著，并先后主编和参与编撰《普宁民间故事》《普宁宗祠博览》《寒妈传奇》《张顺纪念文集》《伍时耀纪念文集》等乡土教材，利用当地红色故事、革命史迹和优秀传统文化，激励青少年奋发向上。

广东省关工委联合广东省作家协会、广东省教育系统关工委联合举办的广东省少年儿童践行社会主义核心价值观主题征文活动，普宁关工委的做法是把广东省少年儿童践行社会主义核心价值观主题征文活动和“朝阳读书”活动结合起来，首先在普宁市关工委的层面组织大规模“练兵”，每年选取一个主题，面向全市中小学生开展征文活动，不仅数量多，而且质量好，优秀文章给予奖励，并汇编成册，已结集出版共8本书，2万多册，分送各中小学校和征文获奖作者。

西方谚语“罗马不是一天建成的”，意为做事不能急于求成，只有付出努力并持之以恒，才能取得成功。历史上罗马城的建立、发展，经历了2000多年的漫长历程。中国古代先贤总结出“不积跬步，无以至千里”“有志者事竟成”等人生哲理，在这一点上，东西方文化有着异曲同工之妙。

一些看上去无关紧要的琐碎事，经过时间的验证，有一部分渐渐凸显非凡的意义。朝着远大的目标，义无反顾前行，风里雨里，不辞辛劳，等到走过漫漫长路，回头看去，每一小步都是积累的过程。就像杨秀维和他所在的普宁市关工委，从抓队伍建设，到组织讲师团；从校内辅导站，到掀起青少年读书热潮；从传统教育、红色教育、为学生们编书写书，到带动、指导学生参与广东省少年儿童践行社会主义核心价值观主题征文写作……一年又一年的坚持，熟悉了学校的情况，了解了青少年的心思，积累了实操的经验，等到任务一来，发动、布置、落地，也就水到渠成。正所谓坚守初心，方得始终。

航行靠舵手，羊群看头羊，杨秀维带领普宁市关工委，为多年来卓有成效开展工作作出了突出贡献，受到干部群众的高度赞扬。普宁市关工委先后荣获全国、广东省关心下一代工作先进集体和“创建五好基层关工委”优秀组织奖；杨秀维荣获全国、广东省和揭阳市关心下一代工作先进个人称号和省“最美五老”提名奖。2020 年下半年，杨秀维被中共广东省委组织部、中共广东省委老干部局授予“全省离退休老干部先进个人”荣誉称号；还荣获“全省关心下一代工作突出贡献奖”，受到广东省关工委、广东省文明办的联合表彰。

在 2021 年“用青春拥抱时代”主题征文活动中获得省级三等奖的普宁市流沙第二小学学生周思妍，因为获奖得到了很多关注，不但作文在媒体上发表，揭阳市、普宁市关工委的领导也到学校来看望，给她点赞和鼓励，学校也将获奖消息作为喜讯在全校宣布，一时间成为小小名人。她的父亲周海坤是一名数学老师，脸上掩饰不住的喜悦，内心满是自豪，打趣地说：“我当了那么多年的老师，出了学校没几个人认识我，我的女儿参加征文获奖，得到了这么多的关注、鼓励，一下子就出名了，哈哈，我沾了女儿的光！”

在 2020 年“中国梦·家风美”主题征文活动中获得省级高中组二等奖的方钦灏，是普宁国贤学校的学生。普宁国贤学校的创办者陈焕烽是普宁籍香港人，对家乡的教育事业满怀热忱。广东省少年儿童践行社会主义核心价值观主题征文活动，国贤学校积极响应，广泛发动学生参加，学生们围绕征文主题踊跃撰稿，用文字书写动人的故事，表达了爱国爱家的赤子情怀。以“中国梦·家风美”主题征文为例，共收到作品 100 多篇，由老师在校内对作品进行严格的评审，最终选送 6 篇文章，其中，方钦灏的作文名为“家齐而致天下平”。

陈焕烽坦言，杨主任跟我们这么熟，也经常到我们学校来指导，给学生讲课，学生需要正能量，需要正确的价值观引导。杨主任告诉我有这么一个征文活动，我们太高兴了，这是很好的机会。因此，我们充分发动学生参加，整个过程，老师和学生都受到了锻炼，思想水平和写作水平都得到了提高。我们都很佩服杨主任，这个年纪了，还在工作，不为名，不为利，这样的人真是太了不起了！言语之间，洋溢出对普宁市关工委主任杨秀维的敬重。

■ 协同作战 |

征文活动在全省掀起热潮，全省各级关工委，包括最基层的关工委组织都行动起来，体现了很强的号召力和执行力。那么，省关工委只是发发文件吗？当然不是。他们具体做了哪些工作？

其实行文至此，这个问题早就有了答案。如果需要说得更直接，不嫌烦赘，那就罗列一二吧。归纳起来也简单：抓协调、广发动、保质量、重宣传。别看这四项，真正有效实施，那也十分不简单。

先说抓协调。征文活动的组织机构是由3+2组成的。这种模式，充分印证了关心下一代工作社会化的重要意义。不过，分工合作和协调同步，也是一门学问。

省关工委，主要负责活动的总体策划、组织、落实、监督、经费，以及纵向、横向协调等工作。省教育系统关工委，发挥阵地优势，指导各市教育系统关工委及中小学校开展征文活动。省作协，发挥专业优势，各地作协对征文活动的专业指导作用，培育更多的“小作家”。

承办单位《秋光》杂志社，举办过多次类似的活动，宣传推广、采编报道、文本文案、组织协调等样样皆能，有足够的团队实力，又有宣传推广阵地；协办单位《少男少女》杂志社，有发表作品的园地，有现场采写的编辑记者，还有组织评审的经验。后方是广东省作家协会、广东省小作家协会，有强大的专业力量。

关工委办公室在征文活动中，健全了上下、左右的协调机制，做了大量、细致、务实的指导和协调工作。同时及时跟踪进度、发现问题、解决问题。例如建立沟通通报制度，主题制定、征文收集、把关评选结果、会议筹办等。

再说广发动。征文活动从2019年征集作品1.6万篇，到2022年达到108万篇，五年来直接和间接参与者据估计达数百万人之多。省关工委广泛联络各地关工委，利用“五老”的优势，把工作做实做细，不断提高征文活动的知晓度和知名度。

重点说保质量。质量是含金量的标志，也是品牌的说服力。首先是主题设计的用心，前文已经有详细描述。每年不一样的主题，广泛征集，听取专家意见，召开联合办公会议集体讨论。比如2021年选题备选的题目有30多条，每一条都要详细说明理由。

其次是严格把关。一是成立评审专家库，从中抽选专家作为评委；二是2021年起实行查重制度，对获奖作品进行查重，避免某地区某单位重复获奖，彰显公平公正；三是思想政治上把关，对三等奖以上作品进行复核。

最后说的是重宣传。征文活动就是要广而告之，让更多人知晓，更多人参与。省关工委在宣传工作方面做了很多努力，并制定了宣传方案，例如：多维度宣传。事前、事中、事后；新载体宣传。2022年线上表彰会，“羊城派”直播线上人数200万；树典型、立榜样宣传，对征文工作做得好的单位进行宣传报道。

还有流程管理、公示、发布消息等。看上去琐碎，但细节往往决定成败。

成绩是看得见的，努力也通过成绩而凸显。成为关工委的一员，作为一名“五老”，都是有信念有情怀的人。经历过春天的蓬勃，夏天的烈日，秋季的成熟，冬日的沉淀，心中的目标更纯粹，更接近生命的本质。一提到关工委工作创造的业绩，省关工委领导异口同声的一句话就是：“工作都是大家一起做的，成绩也是共同努力的结果。”

风轻云淡，举重若轻。

2020年11月18日，习近平总书记在纪念中国关工委成立30周年暨全国关心下一代工作表彰大会召开之际作出重要指示，代表党中央向全国从事关心下一代工作的老同志和关工委干部致以诚挚的问候。总书记指出：“广大‘五老’是党和国家的宝贵财富，是加强青少年思想政治工作的重要力量。各级党委和政府要加强对关心下一代工作的领导，支持更多老同志参加关心下一代工作，使广大‘五老’在关心下一代的广阔舞台上老有所为、发光发热，为培养社会主义建设者和接班人作出新的更大贡献。”

第五章 采花成蜜

这世上的事情，哪有轻而易举？不过是坚持再坚持，并且坚信，坚持就是胜利。坚持是一种力量，能够抵御逆境，让我们在风雨中坚定地站立，永不言败。正是坚持，让他们一次次战胜困难，创造了奇迹。

——题记

知之愈明，则行之愈笃

“落其实者思其树，饮其流者怀其源。学生的点滴成长，都是有源可溯的，各级关工委坚持每年进行少年儿童践行社会主义核心价值观主题征文活动，这个平台，不仅仅是评出了多少篇优秀的作品，更深层的是起到培根铸魂的作用，让莘莘学子在践行中明理导行，立凌云志，成栋梁材。”写下这些感悟的是肇庆市端州区教育系统关工委常务副主任杨晓红。她是一名关工委的新人，却是一名教育系统的老将。事实上，从2019年开始的征文活动，她就常常被关工委请去协助工作开展，对关工委的工作并不陌生。重点是，她一直负责肇庆市征文活动的评审工作。她有热情，经验丰富，责任心强，文学素养好，又热心关工委的工作，在职期间她还不够格当一名“五老”就已经被“预定”。关工委太需要这样的人才了！

五年来，看了太多学生的作文，太多的惊喜和感受，太多的触动和思考，应该整理一下，记录下来。2023年9月，作者到肇庆采访见到了杨晓红，被杨晓红的讲述深深吸引。但是因为时间关系，实在意犹未尽，于是请杨晓红把这些感受和思考写下来。那时，杨晓红还是肇庆市端州区教师发展中心教育科学研究部副部长，工作特别忙。

肇庆市关工委常务副主任谭金早就介绍过杨晓红，对她赞不绝口，夸她特能干，将征文的评审工作做得好。这位年逾八旬的谭金主任也是肇庆市关工委公认的里里外外一把手，好像永远不知疲倦，永远都有使不完的劲，她负责关工委的日常工作，每天准时上班，而且一定把办公室收拾得整齐干净，文件整理得井井有条。她带着作家到端州区、高要区采访，饱满的热情，务实的精神，认真负责的态度，很让人感动。当时作家就问她，关工委的工作其实挺杂的，工作量也大，志愿者一样地服务，为什么干了这么多年还在干？她的回答出人意料："闲着也是闲着，事情总要有人去做。工作就是健身，工作就是美容，工作就是长寿秘诀。"说完哈哈一乐，神情乐观而坦然。一个人走过漫长的岁月，沉淀下来的是智慧，是柔软的心。这样能干的一个人说杨晓红能干，那一定错不了。

也就在几个月后，杨晓红退休，可以静心整理思路，好好写文章了。文章题为"落其实者思其树，饮其流者怀其源——近年肇庆市少年儿童践行社会主义核心价值观主题征文评选感言"。为观其要义和脉络的完整，尽量保留原文：

感言之：知行合一，培根铸魂

每一年的征文，多数为记叙文和议论文，所以，在评审征文的时候，评委更看重学生结合自身经历和成长的故事，以及结合实际的议论。这些文章容易得到评委的青睐。因为从教育心理学的角度看，学生接受一个道理并内化成为自己的行动，是需要切己体察的，是需要经历成长的过程的。

南宋大儒朱熹曾说："知之愈明，则行之愈笃；行之愈笃，则知之益明。"充分说明了处于人生成长拔节期的青少年，知行合一对培根铸魂是何等重要。在2020年主题为"中国梦•家风美"的征文评审中，我们肇庆市级共收到全市中小学征文329篇，在这些从几万学生征文精选出来的文章中，中小学生们用他们耳闻目睹的事例，生动展示了各自家庭的诚信敬业、勤俭节约、勤劳致富、清正廉明、爱国爱家等优良的家风，抒发了传承优良家风，争做栋梁之材的志向。如当年的肇庆市百花园小学的陈俊言同学的文章《养良好家风，塑美好品德》文中以"孝为先""勤为本""诚为德"叙述了妈妈在平常的日常生活中孝敬外公、勤劳工作、诚信买卖的事情，抒发了良好家风对他潜移默化的影响。在文章的最后他这样写："家庭是圃，孩子是苗，好的家风就像一片好的土壤，让我们这些小苗得到充足的养分，茁壮成长。好的家风如春雨，在点点滴滴中影响着我们的心灵，塑造着我们的人格，从而带动整个社会乃至整个国家向前发展！"充分展示了知行合一对学生成长的重要性。

感言之：躬行入世，怀凌云志

体现社会主义核心价值观，在爱国、敬业的层面，如何让尚在校园中的学生领会践行，是征文活动的初衷。在评审征文的过程中，我们也是真切看到广大学子，在躬行实践中，养成爱国之志，报国之情。

如在2021年主题为"用青春拥抱时代"的征文活动中，我们市的中小学生同样用他们热情的笔调，写出凌云志，报国情。在小学组征文中，肇庆市第十六小学的周子涵同学撰写的《用青春拥抱时代——记我的爷爷是党员》一文，通过写听爷爷讲述参加国庆20周年阅兵训练和参加抗美援越战斗的故事，表达了要接过革命先辈的红色接力棒，挥洒青春和汗水，为中华民族伟大复兴而奋斗的决心。

在初中组征文中，鼎湖区第一实验学校的郑偲洳同学撰写的《合壁》用“打磨—抛光—成型”作比喻，把青年一代的成长与伟大祖国的建设成就有机融合，抒发了青年要勇于投身伟大祖国建设，与祖国同成长，做时代追梦人的豪情壮志。

在高中组征文中，德庆县孔子学校的陈赞辉同学撰写的《爱国之心 兴国之魂》用充分的事例，论证了社会主义核心价值观最永久、最根本、最深层的就是爱国主义的观点，发出了弘扬社会主义核心价值观，让爱国主义代代相传，生生不息，我们定能在实现中华民族伟大复兴的中国梦的征途上慨然前行的最强音。

周恩来总理曾有诗云：“险夷不变应尝胆，道义争担敢息肩。”相信新一代的未来建设者一定能担起重任，实现中华民族伟大复兴的中国梦。

感言之：情真意切，情动辞发

在评审征文的过程中，我们基本会被有真情实感、笔调朴实的文章所打动，因此，一篇篇记述着学生亲身经历、饱含着学生真情实感的文章，会让我们拍案叫绝，会心微笑。如2022年主题为“劳动创造幸福”的征文评审中，我们市级共收到各县市区从6万多篇征文中精选出来中小学征文303篇，在这些文章中，有通过写疫情之下失业的姑妈，开设云吞店，不被困难压倒，努力用自己的劳动改变困境，获得快乐的故事，表达了“一切乐境都可由劳动得来，一切苦境，亦可由劳动解脱，长大以后，我也做一个崇尚劳动，辛勤劳动和诚实劳动的人”的感悟；也有描述与祖父一起耕作，体会“方今盛世祥和，人民欣然劳作，百姓衣足粮裕，世间贯览太平。它让人民依偎希望，它让众生宛见光明。因而，劳动可谓众生之蒂，更为生命之光”，劳动创造幸福的意义和内涵展现无遗；还有一家人在蕉园劳作，把香蕉砍下卖掉后，去改善生活的细节描写，写出了平凡劳动人民用劳动收获成果的幸福和满足。

也许，学生的作品不算是经典惊艳之作，但是他们用真挚的笔墨，真实的情感，真实的感悟，畅谈了自己辛勤劳动、收获成果的感悟，畅谈了自己尊重劳动、踏实做事的体会，畅谈了自己崇尚劳动、创造幸福的事例，通过师长、父辈、祖辈的辛勤劳动成果，解读劳动创造美好生活的意义。体现了全面落实培养有理想、有本领、有担当的时代新人的要求。

杨晓红的感悟，也代表了各级评委们的心声。从区县一级开始，到地市级，再到省一级，每一级的评委都付出了劳动，犹如辛勤的小蜜蜂。

■ 探索与思考 |

“五老”队伍由老干部、老战士、老专家、老教师、老模范等老同志组成，都是曾经在某条战线独当一面颇有建树的人才。征文活动在全省的展开推进，很多地市负责征文工作的是老教师。他们熟悉教育系统，有责任，有水平，还有独到的见解。中山市教育系统关工委副主任陈春艳就是其中一位。他还是中山市教育学会会长、广东教育学会国学教育专业委员会副理事长、特级教师专业委员会副秘书长。

作为征文活动中山市的评委，陈春艳不仅只是完成任务，而是深入其中，进行探索和思考。一场历时多年的征文活动，参与面广，成效明显，社会影响大，究其原因，他认为征文活动在促进少年儿童健康成长方面发挥了多功能作用。他从专业的角度加以阐述。

成效之一：探索了社会参与育人工作的新路径。人的社会化需要多方面的教育资源，家庭、学校和社会都有培育年轻一代的责任。社会各系统、各部门如何利用自身资源和优势促进少年儿童的健康成长，是一项亟待研究的重要课题。广东省少年儿童践行社会主义核心价值观主题征文活动是社会参与育人工作的有益探索。

首先是多部门合作，形成合力。省关工委有组织征文活动的经验，运行路径通畅；省作家协会有指导写作的专业人员，能在活动质量上把关；省教育系统关工委多年来组织“朝阳读书”活动，同学校联系紧密。三个部门优势互补，征文活动开展数年来，各项工作顺利推进，达到了预期目标。

其次是由外到内，将社会热点变成学校热点。教育内容具有滞后性特点，社会需求与文化成果难以马上进入学校课程。关于践行社会主义核心价值观，社会上先于学校进行了讨论和研究，并具备较丰富的理论成果积累。如何将这一重要育人资源尽快引入学校？活动主办单位发挥自身优势，尝试以主题征文为杠杆将中小学生带动起来，让他们经历“了解—认同—践行”的过程，迈出了核心价值观教育的第一步。

成效之二：创新了核心价值观教育的实施方式。党的十八大提出了社会主义核心价值观，这是政治共同体最高的信念和行为准则。同时，十八大提出把“立德树人”作为教育的根本任务。显然，核心价值观教育是“立德树人”的重要依托。

在基础教育领域，因为学生知识经验有限，开展核心价值观教育难度较大。如果采用念文件和空洞说教的方式，难以收到预期效果。主题征文活动遵循教育规律，在创新核心价值观教育实施方式方面积累了成功经验。

一是贴近实际。核心价值观包括国家、社会和公民三个层面，其中公民层面的价值准则是“爱国、敬业、诚信、友善”。2021 年到 2023 年的主题分别为“用青春拥抱新时代”“劳动创造幸福”和“科技引领我成长”，这些征文主题从公民层面切入，选取新的角度，对核心价值观具体化，符合学生实际。

二是旧中寓新。征文主题既与现有德育内容相同或相关，又连接了核心价值观的内容。新、故互参，学生的观察、思考和写作有了合适的生长点。

三是体现弹性。征文的主题只是标示了写作方向，给写作者留出了广阔空间。文章可以记录自己或他人认识和实践核心价值观的具体事例及感受，内容与形式丰富多彩。

成效之三：促进了写作教学生态的优化。培养未来社会发展需要的一代新人，必须全面贯彻教育方针，全面实施素质教育。为推进素质教育，2001 年我国启动了新一轮基础教育课程改革。新课程倡导自主、合作和探究学习。2012 年以来又进行了 21 世纪学生发展核心素养的研究与实践。但在“应试教育”的影响下，不少学校未完全改变灌输式学习和题海战术的方式，写作教学仍存在教师以考定教，学生为应考而写的现象。

真正意义的写作是学生蓬勃生命活动的展现。因为体验，因为见闻而有所思，有所感，产生倾吐欲望而希望与人交际，然后付诸笔端。为分数而写作，不是基于需要而写，违背了写作的基本规律。核心价值观主题征文活动对激发学生写作兴趣，改良写作教育生态起到了促进作用。

一是符合写作的自然顺序。虽然征文有一个写作主题，但不要求学生马上写作。沿着主题指引的方向，他们可以通过阅读、观察、访谈、实践收集材料，经历一个积累、梳理和孕育过程之后，水到渠成下笔成文，学生的自主性不断增强，写作过程成为满足其自身需要的过程。

二是有利于培养学生探索和创造能力。在教学实践中，害怕写作的学生不在少数。不论是平时单元作文还是考场作文，基本是根据题目要求提取已有信息进行加工，没有相应的材料积累只得“硬写”，没东西可写时学生十分痛苦。践行社会主义核心价值观主题征文活动的写作就相当于做一个课题。了解自己，认识国家和社会是第一步；动笔写作是整个活动的最后环节。笔者从征文稿件中可以看出：学生多渠道收集材料，其中不少是亲身实践的一手材料；大多运用了调查、统计、分析方法。从本质上看，这一过程是运用科学方法研究问题的过程。用这种方式完成征文，对学生探索和创造能力的提高，对学生未来高效学习和工作具有重要意义。

不仅只是为了完成任务，而是为了党的事业；不仅只是一篇作文，而是看到了祖国的未来。从陈春艳身上，人们看到了“五老”发挥的巨大作用和他们的赤子之心。

从广东省关工委举办征文活动的初衷，到来自一线的真实反馈，这一场源自初心使命的活动，千军万马共奔赴的壮观镜头，注定将定格在时代的某一刻，成为历史的组成部分。

坚持的力量

广州的秋天，是一年中最闷热的日子。“秋老虎”借着台风的威力，越发肆无忌惮。不开空调根本不行，长时间待在空调环境里，又总是不舒服，头昏脑胀，全身酸软。窗外的桂花是开了的，隔着玻璃，闻不到香气。很想出去走几步，放松一下，呼吸一会新鲜空气，但是，还有很多事没有做完。

夜，安静下来。《秋光》杂志社编辑部，楼上楼下灯火通明。每个人的办公桌上，都是高高摞起的稿件。全省 21 个地市和省直关工委经过初评，送到省征文活动评审组的稿件有 6000 多份。《秋光》杂志社承担了 5000 多份稿件的复评任务，大家都紧赶慢赶。一会儿埋头在那稿件中，一会儿对着电脑双手不停地敲打键盘，一会儿又拿起笔在本子上写着记着。突然有谁惊讶地说一声：“不对呀，这里错了！”仿佛拉响了警报，所有人的神经都绷了起来。

“这篇作文我反复看了几遍，觉得挺不错，我的意见是可以进入终评。怎么被淘汰了呢？”

“我认为这篇进不了终评。单独看是不错，但是放在所有的作品里比对起来，还是弱了一点，有比这个更好的。我们来重新看，作个比较。”

“你们可以看看这篇，写得真是太好了！我都看了好几遍了，还做了阅读笔记，列出了它的特点、优点。这篇评个一等奖估计都没问题。”

这个复评，真不是看一轮就可以的。而是反复看，轮流看，反复比对，三轮、四轮，甚至更多。沙里淘金是一目了然，难的是几轮淘洗，一篮子都是金子，要从中挑选最闪亮，最纯的，确实太难了！

这世上的事情，哪儿有轻而易举？不过是坚持再坚持，并且坚信，坚持就是胜利。坚持是一种力量，能够抵御逆境，让人们在风雨中坚定地站立，永不言败。正是坚持，让他们一次次战胜困难，创造了奇迹。

每年到这个阶段，评审工作进入紧要关头，工作量巨大，时间紧迫，加班习以为常，看稿确实看得太辛苦。开玩笑的时候，有的伙伴打趣，几百篇上千篇的稿件反复看，一轮一轮地看，没日没夜地看，醒着是文字，睡着还是一行行的文字，有时候抬头看着天空，也全是文字，甚至地上一行搬家的蚂蚁，也能看成文字。累瘫了长叹一声：看完这些，我这一辈子都不要看作文了！可是，只过了一会儿，又开始看稿了，把自己说过的话忘得一干二净。

鹿麟是真的心疼他们，经常给他们鼓劲，给大伙买杯咖啡提提神。

评审工作是征文活动重要的一环，不仅要保障评审的公平性，提高评审的专业度，还要尽量让评审公开透明。评委不但要有责任心、有担当、有专业水平，还要能吃苦，有耐心，守准则。

广东省少年儿童践行社会主义核心价值观主题征文活动举办之初的2019年，从有想法，到形成方案，到落地实施，是几年来时间最短、宣传和准备工作最匆促的一年，以为不会有太大反响。意料之外的是，收到全省征文稿件1.6万份。各地关工委直接把稿件交给《秋光》杂志社，也就是初评、复评、终评都由《秋光》杂志社组织评审。

当时一下子就蒙了。近2万份，怎么看？

那时，《少男少女》杂志社还没有加入，只有《秋光》杂志社独立承担。还能怎么办？撸起袖子加油干呗！

回忆起这段经历，真是刻骨铭心。时隔多年，《秋光》杂志社总编辑鹿麟谈起当时的情景，仿佛依然身在其中。她说："那真是戙起床板！""戙起床板"是广州方言歇后语，意为加班开夜车，床板都已经竖起来。表示不睡觉也要把事情做完。鹿麟说："《秋光》杂志社的全体同志全部投入评审工作当中，每个人分到1000多份稿件，因为还有正常工作，白天得上班，看稿通常都是利用休息时间。要在一个很短的时间内把这些稿件全部看完，并且还要按名额从近2万份之中筛选出1000多份进入复评，这个工作量是非常大的。我们尽最大的努力，加班加点，攻坚克难，把事情给做好了。而且，第一年我们评审出的稿件质量就非常高，初评复评筛选出的优质稿件，后来与终评组的评审基本一致。"

征文活动第二年，也就是2020年，有了第一年的经验，鹿麟他们预判到参加活动的人数势必更多，面也更广，影响也更大，于是早早筹谋，跟省关工委领导汇报，调整征文活动工作方案，得到省关工委的高度重视大力支持。结果不出所料，当年征文活动的投稿量达到30多万份。按照工作方案，初评放在各市关工委，30多万份的原始投稿，经过各市初评，送到省里参加复评的有6000多份。

《少男少女》杂志社在这时候加盟。两家杂志社分工合作，分头进行复评。复评结果出来，合二为一，再来一轮总复评。所谓文无第一，武无第二，文章的评判从来都是见仁见智，评审的标准存在着差异也属正常。这就需要交叉看稿，现场讨论，陈述理由，反复比对，精益求精。

看一遍远远不够，因为每个人手上可能几百篇文章，看一遍下来，最困难的工作是要做比较。鹿麟要求每个人都做笔记，文章的长处在哪里，或者特点在哪里，然后经过反复比较，才能把差的稿子淘汰掉。这是第一轮。

挑出来的稿件再进行反复比较，比较的工作非常辛苦，因为很多稿件的质量差异并不是很大，要把握稿子微小的质量差异。比如说它的特色，要通过仔细比较，反反复复斟酌，有的一篇稿子可能看十遍八遍一点都不出奇，这一篇和那一篇，它们到底是可以进入优秀奖还是可以进入一、二、三等奖的范畴，在复评的时候，会有一个大致的分类，既是考量复评的水平，也让终评评委减少劳动量，特别是优秀奖和一、二、三等奖之间的差异，一定要有说服力。

第二轮复评是集中看稿，充分讨论。高中组、初中组、小学组的讨论，层次、质量的讨论，地域的讨论。在同等质量的前提下，有时候需要顾及一下地域的平衡。把握的度很重要，需要考量的维度很多，因素不少，评审工作的难度可想而知。

就用一个近镜头，来看看 2023 年 9 月 14 日，“科技引领我成长”广东省少年儿童践行社会主义核心价值观主题征文第二轮复评现场。

《秋光》杂志社派出强大阵容，总编辑鹿麟领头，还有副总编辑熊锦华、总编助理刘力，三个编辑部的所有负责人和骨干都到场，陈瑞蓉、郭文宁、甄晓岚、陈美娟、张婧婧、林珊瑜、翟宇钊；《少男少女》杂志社副社长曾庆丰、执行主编吕晓霞、编辑林枫炀到场。

复评会在《秋光》杂志社的会议室，早上 8:30 准时开始。黄小玲、吴子刚、肖秀到场听取鹿麟汇报第一轮复评汇总情况，黄小玲表扬鼓励大家，并提出工作要求。评审纪律，评审原则，评审流程学习完毕，高中组、初中组、小学组三组人马，按照分工，各就各位。《秋光》杂志社的谭秀兰、陈小杏等同志把分类编号的一摞摞作品搬出来。

2023 年征文活动，全省共收到稿件将近 100 万份，经过各地初评，送到省征文活动评审组 6000 份左右，复评要从 6000 份当中选出 1000 份左右，进入终评。谁强谁弱？选择谁舍弃谁？一个人说了不算，必须经过多人审读，反复比对，每一篇的取舍必须有充分的理由。你也有理，他也有理，所见略同最好，意见不一就得反复讨论。一时间不能达成一致的，激烈争论也不足为奇。大家朝着共同的目标，选出真正最好的、优质的、有说服力的作品。

鹿麟说：“学生们好不容易写了稿子，老师们也认真地去指导了，我们一定要评得公平公正，一定要把高质量的稿子筛选出来，因为我们都有很强的责任心，所以才会有热烈的讨论。这正是认真负责的态度。”

午餐是简单的盒饭，填饱肚子后接着干。头晕眼花，腰酸背痛，眼睛是红的，脸色也是红的。来杯咖啡，再来杯咖啡……

西方哲人柏拉图说：“耐心是一切聪明才智的基础。”中华民族古老的智慧“只要功夫深，铁杵磨成针”，两者有异曲同工之妙。认真和坚持，排除万难，所向无敌。

夕阳西沉，夜幕降临，《秋光》编辑部的灯依然亮着。讨论还在继续……

农耕四季，春种秋收，晴天雨天，农忙农闲。征文活动一年一度，如果你认为只是集中评选的时候忙一阵子，那就大错特错了。持续性的系列活动，一年到头都有事要做，步步跟随，环环紧扣，只有忙，没有闲。5 年，在浩瀚的宇宙中不过是电光一闪，稍纵即逝，了无痕迹；5 年，60 个月，1825 天，每一轮日出日落，每一季花谢花开，都是真实具体触手可及。

如果把 5 年浓缩成一天，这一天正是评审季的某一天。

凌晨 5 点。晨光未现，残月依稀。陈瑞蓉在黑暗中睁着眼，没有了睡意。昨夜睡得晚，想再多睡一会儿，脑子里却千头万绪，好像有一本厚厚的书，刷刷刷地翻着，每一页都写满了字。她不能忽略任何一页，任何一行，任何一个字。多年的经验告诉她，稍有疏忽，就会出错。她干脆起床，把想到的事情逐一记在本子上，然后简单吃完早餐，赶往编辑部。

陈瑞蓉就是具体工作的具体执行者之一。从集思广益征集、整理、提交征文题目，起草征文方案、通知，印发征文通知、打电话联络各地关工委，收集整理各地各单位报送的作品，组织作品评审，从入选作品查重、公示到筹办颁奖典礼、后期宣传推广稿等，工作繁杂琐碎，事无巨细，陈瑞蓉都要自己过一遍才放心。每年征文活动高峰期，陈瑞蓉总是失眠。她耐心，细致，平和，不急不躁，柔性的外在之下，有一颗坚韧的心。

征文编号是陈瑞蓉想出来的，那是在经过第一年的手忙脚乱之后。第二年开始，送到省里的文章 6000 多篇，也是一个庞大的体量。怎样才能不混乱？怎样可以容易查找？能不能像身份证那样好识别？经过反复摸索，陈瑞蓉找到了一个方法。按小学、初中、高中分 A、B、C……设计一套编号，每篇文章都有一个独立的号码，并将全省报送的文章全部录入电脑汇总编号，汇总表的每一条作者信息编号与文章对应，也就是说每位作者都有一个号码，这样打印出来评审的纸质文章无论经过多少轮调换都不会乱，随时可以找到。如此一来，千头万绪的稿件信息从繁杂、混乱变得一目了然。

把学生作品编号是一项庞大的工程，通常一个人每天只干这件事，得花上一周的时间。陈瑞蓉、陈小杏、李威以及编辑部不少同志都干过这项工作。

有必要了解一下编号的过程。首先，需要把 21 个地市和省直单位按照 A、B、

C……26 个英文字母的顺序依次命名，然后把入选第一轮复评的作品按照不同地市不同组别依次命名小 A-001、小 A-002……；初 A-001、初 A-002……；高 A-001、高 A-002……；小 B-001、小 B-002……；初 B-001、初 B-002……；高 B-001、高 B-002……

这些数字、字母看上去长得差不多，看的时间长了就模糊起来。连续几个小时盯着电脑，聚精会神，心无旁骛，眼睛又干又涩又痛，还会流眼泪。那些符号、数字有时还调皮捣蛋，一下子没看住就站错队。这可就麻烦了！改动不单是改一个地方，而是牵一发而动全身，包括作品封面、信息汇总表、作品文件名都需要同时改动。这时候就需要万分专注，除非天塌下来，要不眼睛就粘在电脑上了。

7：10。刘力一大早赶往杂志社，虽然这个周末又不能陪孩子了，但是他说，每当打开电脑，或者埋头在一摞摞的征文堆里，面对着来自全省各地孩子的作品，他觉得看到的是许许多多孩子灿烂的笑脸，他们青春飞扬，对这个世界充满认知和探索的热情，闪烁着独特光芒，他感觉特别激动特别幸福。

“多年的评审工作，我感受到征文大赛的最大意义就是对于青少年价值观和理想信念的引导。在同学们的作品中洋溢着对最好时代的赞美，和将会大有可为的信心，他们在时刻准备着。同学们用行动、用笔、用情、用思考作出的掷地有声的答卷，这些真实真切的成长故事，总是让人深感振奋。2023 年的征文主题是‘科技引领我成长’，我第一眼看到深圳市翠园中学高择鑫同学的作品《朝乾夕惕，易一声长鸣》就特别惊喜，他把自己作为学校航模社成员，经过数十次的调整，终于让火箭模型在科技节上一飞冲天的经历和感悟都写进了征文中，后来获得了高中组一等奖；2020 年珠海市西藏班巴桑玉珍的《待到茶香弥漫时》讲述了祖辈相传的家国情怀和民族情深，立志报效祖国建设家乡；2022 年惠州市黄思颖的《手擀面》、中山市陈心怡的《制衣厂体验记》、肇庆市林舒琴的《“蕉”筑幸福》等作品，孩子们通过各自不同的亲身体验，感悟劳动之美，在实践中收获了珍贵的成长。”刘力说得很真诚。

刘力最感欣慰的是，透过每年变化的主题，仿佛能够触摸到新时代少年们那颗跳动着的爱国心。征文活动潜移默化中塑造着孩子们的优秀品质，培育了孩子们正确的人生观、价值观和世界观，引领着他们立下人生志向，踏上追梦之路。

征文活动将思想教育的严肃性和文学的艺术性相结合，也取得了良好的效果。主题鲜明，内容健康，构思精巧，文笔生动的作品，体现了孩子们对汉语言表达艺术的领悟。2021 年的征文评审，小学组一等奖获得者潮州市枫溪瓷都实验小学陈昱东同学，他以“他们仨·我们仨”为题，引用臧克家的诗《三代》做引子，进行跨时空的对比，将旧时代祖孙三代的人生际遇与自己家祖孙三代进行比较，真切地反映了时代的变迁。小作者观察入微，角度新颖，语言富有质感，艺术地表达了对时代的热爱，对理想的追求，对民族伟大复兴的憧憬。

沉浸在这些作品中，评审工作的辛苦有时是一种享受。他说，永远期待和孩子们，和每一个青春跃动的灵魂、每一个动人的篇章，在下一届大赛上相遇、重逢！

8：00。郭文宁整理自己的思绪，想写点什么。昨天有个电话打给她，问她5年的征文活动，感受最深的是什么。5年来她从《秋光·关心下一代》编辑部副主任成长为主任，接力担起征文工作的重任，她应该还有很多话说。这个问题她真的还没有想过。任务来了就去做，踏踏实实做好。完成了一个任务，又奔赴下一个任务。犹如一个赶路的人，晨光夕阳，山高水长，朝着目标，坚定地一路向前，却很少停下来思考赶路的意义，有时候，行动就是意义。郭文宁把5年来的历程放电影一样过了一遍，每一个画面都有她的记忆，鲜活生动，悲欣交集。确实有很多话想说，那就理一理写一写吧。

一篇征文作品的拿起或放下，或许会成为某个孩子成长中的转折点，评审征文也因此更添几分慎重。这几年来，经手评审的征文有好几千，老套点说，确实是个痛并快乐着的过程。评审征文也是蛮有乐趣的，孩子们的成长故事常常让人受到触动，一个因为身体原因18岁才开始能走路、上学的少年，努力用劳动挣得人生第一笔工资；一个“小胖墩”开始了每一天朝阳下的奔跑，因为意识到只有强健体魄才能建设国家，所以立志“为中华崛起而锻炼”。即使是不那么宏大的书写，这些鲜活的青春也因其率真而动人。

“痛”一则在于累，几千篇征文，每篇看5分钟也要几万分钟、数百小时。二则在于抉择之难，几年来参与征文活动的青少年有几百万，庞大抽象的数字在拿到一篇篇征文作品的时候似乎具体化了，拿起这篇、放下那篇，仿佛都能看到一个孩子欣喜的笑脸和另一个孩子失落的眼神，于是分外纠结，唯恐一个不察就掐灭了一个文学新苗的梦想火种，压力巨大，只能反复看、反复比较、反复掂量，花费的时间与精力更是几何级数增长。

《秋光·关心下一代》编辑部是全程跟进活动的主战场，我还主要负责征文活动各个阶段大部分材料的起草工作，比如工作方案、通知、总结、新闻通稿等。每年颁奖大会前撰写材料供省关工委领导作会上总结发言的参考，一次又一次地梳理总结，使我对征文活动的意义和影响有了一年比一年更深切的理解。社会主义核心价值观承载着民族、国家的精神追求，青少年以此为主题，通过写作立心、立德、立行、立身，意义深远。每年会后策划十多个版面的活动报道，让我对此有了更直观的感受。搜集素材的过程中了解到太多感人事迹了，老同志们的无私奉献，让人感佩；青少年的茁壮成长，更让人欣慰。2023年“科技引领我成长”征文活动，事先已策划好介绍“文武双全”的科技小达人的版块，评审时就专门留意记录相关情况，没想到整整两页纸都记不下，这些优秀的孩子时时让人产生“后生可畏”的赞叹，也更感觉到能见证、激励他们的成长，是多么幸福的一件事。

相信所有《秋光》人都有同样的感受，所以大家都满怀激情地做好这件事。

颁奖大会是活动高潮，也是最紧张繁忙的时刻。谭秀兰、陈小杏、李威、梁伟财等编辑化身“搬运工”“录入员”，几十箱的宣传物料扛到会场逐一装袋，几千份入围作品的相关信息逐一录入；会前的准备更是无比细致，发言学生的讲稿逐字逐句指导修改，一个个询问到场学生身高后，提前安排好合照站位……

2023年颁奖大会后，现场拍摄视频要随同新闻稿当天推出。大会结束已是中午12点了，匆匆扒拉几口饭，就要争分夺秒开始视频制作了。我和林珊瑜、黄梦沂、陈小茜几个编辑负责相关工作，为了抢时间，连单位都没回，直接在会务组房间就开干了。几百张照片，几个小时不同机位的视频素材，要反复观看、一一挑选、剪辑、选择合适配乐等，非常耗时耗神。林珊瑜当时怀着孕，离预产期也就一个多月，本来领导没有安排她到会场，她主动要求过来了，挺着大肚子坐在地毯上，一干就是一下午。视频不断调整修改，直到晚上八九点才大功告成。午饭打包的点心就放在桌上，始终没人动一口，直到完成任务，绷紧的弦松下来了，才后知后觉地感觉到饥饿。当天发出的通稿、照片、视频被多家主流媒体转载，“学习强国”学习平台、新华社客户端、《光明日报》客户端等门户网站也转载了多篇征文活动报道，宣传规模和力度都达到历年之最。

五年来，亲历了征文活动里的每一件大事小事，值得记下的事情太多，反而不知道从何说起，想到哪儿说到哪儿，以二三事作为记录征文活动的小小注脚吧。

8：30。张晓梅在读自己的日记：在评审过程中，我认真阅读每一篇作品，根据比赛的要求和标准进行了客观、公正的评价，不仅关注作品的内容和主题，还注重作品的语言表达、结构布局和创意创新等方面。有时，因为受名额的限制等原因，为了不错评，我会十分慎重，反反复复对比同一等级的作品，有时候遇到水平不分上下的作品而不得不放弃其中一篇入选时，我会感到有点难过，因为作为一个文学爱好者，我知道每一篇作品都是孩子们的心血，也是孩子们的希望，我一个不小心的选择，可能就会幻灭一个孩子的希望。

我遇到了一些让我印象深刻的作品。比如，有许多学生把视角放在传统工艺上面，呈现着宽阔的视野。还有些作品讲述了学生在面对困难和挫折时，如何通过自己的努力和坚持，最终实现了自己的梦想。文章语言朴实，却充满了力量，这类作品让我感受到了学生的坚韧和毅力。

我还收到过一个有轻微智力缺陷的特殊学生的来稿，对比许多优秀作品来说，这个学生的作品在文学性方面稍微有点逊色，但考虑到他的情况特殊，我觉得我们需要鼓励这样的学生，于是，我向评委会提出给这个学生以特殊的评比，最终评委会也接受了我的意见。在我看来，保护、激励学生的进取心比评作文的等级更为重要。

通过五届的评审工作，我也更加深刻地认识到关心下一代工作的重要性和紧迫性。我们要更关注学生的身心健康和全面发展，尊重学生的个性差异，通过各种途径和方式，为学生提供良好的教育环境和教育资源，激发学生的学习兴趣和学习动力，让他们在学习中体验到快乐和成功，帮助他们树立正确的人生观、价值观和世界观，培养他们的社会责任感和创新精神。

9：00。张婧婧抱着一大袋子稿件回到编辑部。怀孕8个月，她行动很是不便，脸也有些浮肿。昨晚看稿看得很晚，她不想拖后腿。鹿总跟她说过，评审会就不要参加了，身体要紧。可她还是要参加。她怀的是二胎，觉得自己没有什么问题，辛苦一点，累一点，能坚持。编辑部所有人都在，自己又怎能例外！同事们关心她，叮嘱她不要硬扛着。张婧婧笑笑说："没事。"同事们打趣："你不是一个人在参加复评哦。"

10：20。陈美娟从第一届征文活动开始，就是征文复评工作的主力。每次复评文章的数量少则几百篇，多则上千篇。陈美娟负责《秋光》（长寿生活）编辑部的工作，尽管日常采编工作非常忙碌，但她对待征文复评工作还是一丝不苟，专门用一个本子对每篇文章作了记录，简要写下自己的意见。杂志社对复评工作有一套严谨科学的流程，每个人看完自己负责的那部分文章后都要进行交叉复评，以达到统一的评审标准，减少个体倾向性的误差。虽然这样做会增加两三倍的工作量，但却保证评审结果更加科学客观，提高评审工作的准确性。在评审过程中，一些文章经不同的人审读确实出现了不同的等级结果，陈美娟就会把这些文章拿出来跟同事反复讨论，再提交总复审评判，最终确定哪篇文章可以晋级，哪篇文章需要降级。虽然过程很烦琐，但正是日常认真严谨的工作作风使她们习以为常。

有时，一篇文章需要反复阅读多次才能做出准确的评价。有时，不同的观点在陈美娟脑海中交织碰撞，需要她仔细权衡和思考。陈美娟知道，只有这样，才能确保评审结果的公正性和准确性。虽然耗费大量的时间和精力，但陈美娟的快乐是在文字里遇见美，听见春天万物生长的声音。

11：00。李威记下了参加评审的感受。终评结束后，领导们对我很信任，将邀请颁奖大会学生代表的工作交给我来跟进。我需要给广州市的获奖学生家长一个个打电话征求同意。由于学生家长普遍在工作时间都不方便接电话，我只能利用午饭时间和下班时间联系邀请各位家长。为了邀请足够的学生代表出席颁奖大会，我每天都忙于给各位获奖学生家长打电话，哪怕周末也没敢停止，足足忙了十来天才算完成任务。此外，我还得添加同意出席的学生家长微信，不时为他们解答各类问题：比如出席时需要如何穿戴，当天的会议时间有多长，开车自驾过去方不方便等。

2023年9月23日，这一天是周六。为了完成征文查重工作，陈小杏、梁伟财和几位年轻编辑主动返回公司加班，希望能够赶在国庆前公布最终获奖名单。查重工作极度烦琐，620篇获奖征文，我们每个人平均要负责200篇征文的查重。每查重一篇文章，需要截图一张查重费用凭证。查重完以后还得一一检查620张查重费用凭证，避免出现遗漏或重复。

12：00。《秋光·关心下一代》编辑部。“好的，您先别挂电话，请听我再自我介绍一下。我是广东省少年儿童践行社会主义核心价值观主题征文活动评审组的，我叫陈小杏。耳东陈，大小的小，杏花的杏。我们的征文活动是由广东省关工委、广东省作家协会、广东省教育系统关工委联合主办，《秋光》杂志社承办，《少男少女》杂志社协办。我们从2019年开始第1届。今年已经是第4届了。您的孩子在今年的征文活动中获奖了，我们要把证书寄给孩子，请您提供具体的收件人姓名、地址、电话……”对方再次挂断了电话，并讥讽地来了一句：“骗子！别再给我打电话！”

陈小杏笑着摇摇头，这样的情况不是第一次，早就有思想准备。她也不着急，喝几口水，清清嗓子，再次拨通电话。对方拒绝接听，再打，还是拒绝，一而再再而三地打。骗子敢这样一直打电话吗？真的有事才冒着被骂的风险不厌其烦一再坚持吧。终于，电话再次接通。陈小杏彬彬有礼地说：“打扰您了，真的非常抱歉！您的孩子叫某某某，他的指导老师是某某某，他参加征文活动的作文标题某某某，他写的内容是爷爷的故事，爷爷是老党员，老教师……”对方迟疑了好一会，忽然哈哈乐了：“哈哈哈，原来是真的，我以为是骗子呢！真的对不起！”

征文活动覆盖范围广，学生分布在全省各市，在活动评选结果公布后，分发证书刻不容缓。以往正常情况下，除了省直单位的证书由组委会直接联系，其余的皆按地市，分类然后附上纸质名单，最后分箱打包，交由快递寄往各市关工办。

那一年12月，广州刚解除疫情管控，很多人发烧居家康养、办公，当时广州市关工委反馈，那边没人接收这批证书，没法下发证书。陈小杏特别着急，立即向领导汇报情况，为了不影响工作进度，赶在年前让获奖的学生和老师能收到证书，商量决定广州这部分获奖的学生证书也由组委会办公室直接发下去。做了决定和分工，才发现工作量还不少。即使每个电话都能有效沟通，也需要打90个电话。

打电话这个动作很简单，过程却很困难，经常被家长误解是诈骗电话，或者说要和老师、学校确认，甚至有的不接电话、关机或者直接挂断。有些无奈，有些焦虑，但那都只是瞬间。克服一切困难，迎难而上，这是不二选择。每当辛勤耕耘迎来收获，那份喜悦和感动，顿时让人觉得所有的努力和曲折都是值得的。有一天，陈小杏接到一位家长的电话，说太开心了，孩子获奖了，还有奖金。她一再对陈小杏表示感谢，说：“谢谢你！我们全家人都很开心。真的谢谢你！这是最好的节日礼物了！”陈小杏回过神来，发觉那天正好是圣诞节，心里暖暖的，觉得受到了鼓励。不知不觉，她轻轻地笑了。

13：35。颁奖大会当天，早上7：00，活动开始前两个小时，陈小茜就到现场准备就位，采访陆续进场的学生和家长。“我没想到他们来得这么早，有的从外市特意提前一天赶过来，有的父母陪同还带上了年幼的弟弟妹妹，还有的一进场就兴奋地和我讲起了自己的作文……会场渐渐热闹起来，处处洋溢着喜悦的气息。负责拍摄的同事们一一就位，不时将拍好的照片和视频拷贝给我整理。我看着一张张定格的笑脸，深受感染：老领导们和蔼慈祥，笑容里满是对孩子们的关爱与赞许；学生们青春的面庞彰显着自信与开朗，无不因为上台领奖而欢欣；家长们欣慰地笑着，眼中是期待与骄傲……”

15：20。经过初评、复评、终评，征文活动的各个奖项尘埃落定。每年的11月，《秋光》杂志社就进入征文活动的“全力冲刺”阶段。公示获奖名单、打印数以千计的获奖证书、联系举办颁奖大会的酒店、制作背景板、制作暖场视频、联系新闻媒体、通知参会人员、安排食宿……各项工作数不胜数。

熊锦华2000年从中山大学中文系毕业后，就到了杂志社工作。担任副总编辑后，鹿麟有意让她锻炼，2023年颁奖大会的组织工作由她统筹指挥。面前是一摞子表格，她像个质检员。“按表作战”是多年积累的经验。这些天，熊锦华带领同事们列好表格清单，把人员分为宣传组、会务组、后勤保障组等，把每项工作落实到人，注明要完成的时间。征文总结大会日期越来越近，尽管大家都进入了战时状态，怀着高度的责任感，有着专业精神，但是，熊锦华依然放心不下。上班时跟同事们交流探讨，并仔细检查，晚上躺在床上脑子里还是工作，从头到尾，由大到小，由整体到细节，复盘一遍又一遍，想到什么马上记录下来，马上通过电话、微信通知同事落实。鹿麟的要求是：事事有回应、件件有着落、凡事有交代，明知道没有绝对的完美，却一定要尽量接近完美。

曾经的一件事让熊锦华印象深刻。那是2020年“中国梦·家风美”征文活动，会场背景板海报早早设计好了，画面上红旗红花相映衬，大家都说挺好看。但鹿麟觉得还应该突出青少年元素，向日葵更能体现少年儿童向阳生长。红花换成向日葵，果然更清新明快，也更有象征意义了。颁奖大会举行前一天的彩排，海报放上背景大屏，整体效果很不错，但眼尖的鹿麟又发现，因为大屏的显示比例，向日葵在画面上显得不够突出，于是马上让美编贾萌现场设计更换，保证会场背景尽善尽美。鹿麟的“抠”在编辑部众所周知，这种“抠细节”并非吹毛求疵，而是鹿麟以及《秋光》杂志社的一贯作风，“要做就做到最好”，能做到100分，绝不允许90分。

熊锦华也是“时时放心不下、事事放心不下”的“细节控”，颁奖大会举行当天，她一早出现在会场，发现杂志社的同志们都不约而同地提早到了会场。黄晓华正在餐厅查看早餐，康蔚、缪俊耀、彭康周在大堂和会场门口指引会议代表进场。刘力、翟宇钊在准备接待媒体。甄晓岗又跟会场工作人员过一遍流程，确保播放国歌、字幕等绝不能出错。梁少玲、张文静在召集获奖学生代表走台演练，熟悉上台、下台的方向、位置，她俩负责催场，每年都把大会流程背得烂熟于心。合影环节，在筹备阶段预先就让领奖学生报身高，制作了清晰的站位图。大会开始前，学生们先演练一遍，这样就能保证合影时大家能迅速找到自己的位置，确保现场秩序井然。黄梦沂、苏俊宁在拍摄，尽可能多地捕捉花絮。颁奖大会各个环节无缝衔接，流畅圆满。

16：15。《秋光》编辑部会议室，编辑全员到场。马上要进入终评了，复评工作基本完成，统筹组织、安排下，细致分工，明确责任。复评工作的收尾，预示着终评工作即将开启。大家都碰一下头，哪些问题比较突出？哪些难点是需要协商解决的？哪一些重点需要共同讨论？或者有什么想法要求，大家聊一聊。

有一篇作文写得非常好，无论是立意、结构还是语言，都有过人之处，但是文中有个用词错误，这个词很关键，可以影响到文章的立意，应该是麻痹大意造成的。这篇文章能不能进入终评？

我这有一篇，文章很不错，但作者署名两个人。经过跟指导老师了解，是这两个学生各写了一部分，老师帮他们合并一起。这样有没有违规？

我负责的900篇全部审读完，挑出来一些重点，我又反复多次地看，并且作比对，但还是拿不定主意。现在的孩子真的很厉害，想象力丰富，语言生动，有时候读着读着就被感动了。要作出取舍，真的不容易。

18：00。自加入《秋光》杂志社以来，林珊瑜便迅速成长为《关心下一代》编辑部的骨干，经常采访报道各地关工委的亮点工作，与各地关工委老同志建立了密切的联系。同时，她也是几届征文活动的重要参与者，见证了征文活动的蓬勃发展。每年，她都会主动联系各地关工委，沟通了解征文活动的进展情况。关工委老同志认真负责的工作精神和开拓进取的工作态度，常常令她深受感动。

韶关、湛江等市关工委构建“大关工格局”，联合市教育局、市科协、市文明办等单位，开展形式丰富的征文主题宣讲活动，寓教于乐，让更多青少年参与其中，激发青少年的写作灵感。梅州、深圳等市关工委近年来积极与当地报媒联合宣传征文活动，利用媒体线上平台扩大征文活动的号召力和影响力。还有一些偏远山区，如连山壮族瑶族自治县、五华县、乳源瑶族自治县等，当地关工委老同志不辞辛苦，亲自深入到当地中小学做辅导。即便是杂志社的新人，如李威、梁伟财等，虽然第一次参与征文活动的工作，但也经常被这些老同志的奉献精神所感动。

23：45。甄晓岚紧赶慢赶，还是没能赶上最后一班地铁。她只好叫了一辆网约车，急慌急忙地往家赶。孩子正备战中考，本来，她每晚都得接孩子放学，顺带做些夜宵给孩子补一补。进入复评阶段，一开始她加快节奏，还能勉强赶上趟。但随着工作越来越重，时间越来越紧，到复评最紧张的阶段，她只得请家人代劳，和同事们一宿宿地加班。等车的时候，甄晓岚想买一些点心向孩子表达愧疚之意，周围看了一遍，店铺都已经关门了。心头涌上来莫名的情绪，她眼眶一热。

凌晨。梁伟财把自己写下的短文看了一遍，作了一些修改。忽然觉得很惊讶，短短的一年，竟然做了这么多事。他觉得自己很幸运，同时又挺有成就感。

来到《秋光》参与的第一个项目，就是征文活动。在给几个地市的作品完成编号后，我又参与到作品的复评中。

学生们的作品是有趣的，有的充满天马行空的想象，令人会心一笑，例如深圳周李佳昊同学的《FT-HLK号汽车》的“国务院找到了我的‘雄鹰展翼’科研团队，交给我一个艰巨的任务：制造一款清洁、便利、易控、智能、舒适、有AI语音功能的新型汽车”；有的则充满了浓厚的亲情，例如朱淑娴《外公拍照进化史》：“那个时候外公总对我说：‘还好科技发展得好，我们有多么伟大的创造力，不然怎么把你快乐的童年记录下来呢？’”……他们稚嫩的文笔打动了我，还让我看到了他们对于科技的理解。也因为学生们的作品常常让我难以抉择，所以每份我评阅的作品也用铅笔浅浅地写上评语，和我的搭档温键键老师一起进行讨论。

几天后，大家聚在会议室一起进行复评，会上大家都热烈地进行讨论，对所有作品再次进行评阅，其中还仔细地发现了一些“沧海遗珠”，挑出来跟大家共同讨论，使之“复活”了，我特别高兴。

征文作品集校对的时候非常繁忙，我要同时兼顾广东省关心下一代工作委员会网站改版、网号运营以及杂志稿件，为了更好地做好校对工作，我也体验了一把“科技引领我成长”，我使用AI辅助我找到错字或者病句。

作为新人，征文活动让我看到了孩子们充满着各种可能性，尽管稚嫩但也在不断地认识世界，关工委也在守护着他们这份“可能性”，正如广东省关心下一代工作委员会网站头图所示——“在南粤大地上播种希望”。

勤劳的蜜蜂

比赛，必定有裁判；征文活动，必定有评审。评委的作用是提供专业评价、确保公正性、遵守保密条款和相关纪律、严格遵守评审标准等。为此，广东省少年儿童践行社会主义核心价值观主题征文活动办公室专门设立“评委专家库”，挑选有影响、经验丰富的作家、教师、编辑，每年抽出相应人数组成评审组。

评审标准着重几个方面：一是主题思想，紧扣主题，观点正确，立意准确；二是内容结构，文章篇幅符合征文要求，中心突出，内容真实，故事性、可读性强，结构严谨、完整、清晰、有条理；三是语言文字，文笔流畅、用词准确、意味鲜活、感情真挚、富有时代感；四是创新性，内容新颖、独特、有创新，能引起读者共鸣，具有一定的启发意义。

列明评分注意事项：1. 坚持贴近作者实际，综观全文，客观评分。2. 坚持实事求是，不徇私情，公正评分。3. 作品要求真实原创，代写、抄袭、一稿多投均取消参评资格。

评审组组长李国伟说：“评委首先要有高度的责任心，专业素养排在第二位。全省上百万名学生参加，层层筛选，最后进入终评，这是对评委的信任。只有公平公正，以专业的精神严格把关，精益求精，把真正的好作品评出来，结果令人信服，才对得起这份托付。评委是勤劳的蜜蜂，采花成蜜，再忙再累但是心里甜。”

李国伟是军人出身，老党员，中国作家协会会员，创作出版不少文学作品，也曾经在《少男少女》杂志社挑大梁。他同时是广东省作家协会副主席、广东省小作家协会会长，一辈子对文学充满热情，对广东文学事业的发展尽心尽力。当评委，他最高兴的是看到一代新人茁壮成长。

2022 年“劳动创造幸福”广东省少年儿童践行社会主义核心价值观主题征文活动总结大会上，李国伟代表评委对获奖作品作了点评。有赞赏，有欣慰，有期待。

人生因劳动而精彩，生命因劳动而美丽。从同学们的征文中，我们看到了在党和政府，以及社会各界多年来的宣传教育和大力推动下，习近平总书记“要在学生中弘扬劳动精神，教育引导学生崇尚劳动、尊重劳动，懂得劳动最光荣、劳动最崇高、劳动最伟大、劳动最美丽的道理……”已经深入贯彻到全省中小学校中去，并深深根植在千万中小学生心坎里。

在这次征文中，我们发现了两个有趣的现象。

一是征文的文体要求可以用记叙文，也可以用议论文。可送来的全省108万份征文中有98%以上都是记叙文。行胜于言，绝大多数同学似乎都不屑泛泛而论，都不约而同地选择了用记叙文的方式，更真实、更生动、更细腻地描绘出自己所闻所见的劳动场面和参加劳动实践亲历，为我们展现了一幅多姿多彩的中华民族劳动创造幸福的手绘长卷。

第二个现象是，70%以上的征文内容，都是同学们自己亲身参加劳动实践的真实记录。从征文可以看到，同学们从小学一年级就开始接受劳动教育，从小就参与各种各样的劳动实践。他们有太多的劳动感受和感悟要诉说，有太多的劳动喜悦和收获需要分享。这次“劳动创造幸福”征文，无疑为同学们提供了一个直接抒发劳动情怀的平台。

讴歌劳动，是为了记住过去；崇尚劳动，是为了开创未来。劳动是一切幸福的源泉。实现我们的奋斗目标，归根到底要靠辛勤劳动，这些道理，是同学们发自肺腑的劳动感言。社会主义是干出来的，从身边的小事做起，从现在做起！同学们通过自己的劳动实践，发出了中国少年响亮的宣言。

通过征文，我们还感受到，随着新时代的到来，同学们参与劳动实践的场所和方式出现了许多令人惊喜的新变化。从传统的洗衣煮饭做家务，学校劳动课清扫卫生，延伸到乡间农田春播夏收、桑林鱼塘养殖捕捞、闹市广场义卖、城市公园环保、工厂车间渔港……到处都可以看见同学们小小的劳动身影。

还有同学参与了新业态、新模式、新产业的劳动实践。比如，一位潮州市的小同学，小小年纪就跟妈妈来到茶山学习采茶，还自己动手拍照片，编写宣传广告，学习利用微商平台销售自己家产出的茶叶。

新时代呼唤新的劳动。同样令人惊喜的是一位来自东莞的同学征文，记录了他从小学一年级开始就学习电脑编程，经过艰辛的努力，已经开始有了一定的成绩。他认为编程也是一种劳动，他说：“不论是体力劳动还是脑力劳动，只要过程付出辛勤的劳作，最终能给社会带来进步的劳动都是光荣的。”

是的，随着社会的发展，科技时代呼唤更多的智力型劳动、创造型劳动。唯有思考，唯有亲身实践，才能在信息爆炸时代获得真知，才能创造出更新的辉煌。

同学们，历尽天华成此景，人间万事出艰辛。在党的二十大胜利召开，全党全国各族人民迈上全面建设社会主义现代化国家新征程、向第二个百年奋斗目标进军的关键时刻，让我们热爱劳动、歌颂劳动、参与劳动，在劳动实践中提升自我，成为更高素质的劳动者，成为国家的栋梁，民族的希望，为实现中华民族伟大复兴的中国梦贡献力量。

闻鸡起舞

从第一届的2019年开始担任评委、凭借长篇人物传记《欧阳山全传》斩获第十一届广东省鲁迅文学艺术奖的著名报告文学作家胡子明，对5年来的征文活动了然于胸，有很多感触，也有不少故事。一直都是写别人，现在要讲自己，他显得有点难为情。盛情难却下，他讲述了亲历的两个故事。这里选取其中一个。

2019年，广东省关工委举办第一届主题为“腾飞新中国 辉煌七十年”的广东省少年儿童庆祝中华人民共和国成立70周年征文活动，《秋光》杂志社为承办单位。7月末的一天，征文工作组的陈瑞蓉对我说：“胡老师，关工委主办的征文活动开始了。您是作家，又长期担任编辑，还担任过多种征文活动的评委，特别是您连续三届当过省作协三级作家职称评定工作的评委，您来担任这次征文活动的评委再合适不过了，而且要挑大梁。”

我欣然接受了这一“任命”。

8月1日，4000多篇征文发到了我的电脑上。这是初评（从2020年开始，初评工作由各地关工委负责）。我要逐篇逐篇地、认真细致地把这4000多篇征文审读完，并按照比例从中挑选出1000篇写得好的（均需打上分数）进入复评。这一工作要在9月10日完成，一天要审读100多篇，可谓时间短，任务重。

我正着手这一工作时，广东省作家协会发来通知，安排我参加由中国作家协会举办的2019年第八期全国会员北戴河休假，时间由2019年8月30日至9月9日。接到这一通知，我喜忧参半。喜的是因为北戴河是中外闻名的旅游胜地，由于众所周知的原因，北戴河也蒙上了一层神秘的色彩，能被中国作协安排到北戴河休假，并与来自全国各地的几十名作家朋友交流创作体会，机会难得，能不高兴？忧的是如果我去北戴河休假，就意味着评审4000多篇征文的时间将由40天缩短至30天，能否在30天评审完4000多篇征文，我有点忐忑不安。正在我眉头紧锁，举棋不定之际，妻子对我说："所有家务都由我承担，你就全力审读征文，争取在8月30日圆满完成任务，这样，你就可以去北戴河了。"

就这样，我每天早上6时30分"闻鸡起舞"，除了一日三餐"浪费"了一点时间外，所有时间我都坐在电脑前，逐篇评审征文，直到晚上12点，一天工作10多个小时。这样连续工作了30天。

2019年8月30日凌晨3时，我终于把4000多篇征文评审完，并把入围复评的1000篇征文立即发到征文评审组的电脑上。我和衣倒在床上，眯了3个小时后，坐上了前往白云机场的汽车。

当我站在北戴河的海滩边，望着那波涛翻滚、一望无际的大海，不禁大声朗诵起毛泽东的《浪淘沙・北戴河》：

大雨落幽燕，白浪滔天，秦皇岛外打鱼船。一片汪洋都不见，知向谁边？往事越千年，魏武挥鞭，东临碣石有遗篇。萧瑟秋风今又是，换了人间。

2019年至2023年，胡子明参加了五届征文的评审工作，任务最艰巨最繁重的复评，他是绝对的主力。第一届评审组共收到征文1万篇，他审读了其中的4000多篇；此后各届，他每届平均审读3000篇。2023年第五届，他由于身体原因，审读征文的数量有所减少，但仍有1300多篇。且经他之手评出的拟一、二、三等奖的作品绝大部分都通过终评。

胡子明说："一篇好的作品，一定是从实际生活出发，通过自己所认识、接触、了解、感动的人和事中所获取的素材来撰写的文章，是有真情实感，既能打动自己，又能打动读者的作品；一定是贴近生活、接地气、有人间烟火气、真实可信的作品。而那些大话、空话、套话连篇、空洞无物、标语口号式的文章，是不被评委看好的。"

高铁上的评委

2023年征文的复评工作安排在8月。按照评审组的分工，温键键分到的是广州和佛山两地的作文共622篇，约定的完成时间最迟在8月28日。在短时间内阅读大量的稿件，并作出评判，即使她是编辑出身，有着丰富的经验，还是感觉有压力。重点不是看完，而是要看得认真仔细，初读、细读、反复读、登记、列表、备注，把所有的作文进行比对，挑选出真正优秀的。长期当编辑的人对文字相当敏感，分辨能力强，但也多少有点强迫症，对段落词句甚至是标点符号都不放过。在她看来，标点符号也是有感情的，跟文字同样重要。她的审读速度有点慢，但这种事情急不了，她宁愿多花点时间，暂时啥也别管。

就在这节骨眼上，意想不到的事情发生了。8月27日，温键键的母亲在南京突然离世。惊闻噩耗，温键键如雷轰顶。她怎么也没有想到，尤其是她前一天还通过妹妹跟在南京的母亲视频联络过。即使母亲已经卧病在床两年多，但变故如此突然，温键键一时无法接受。当务之急，做女儿的就是马上回家见母亲最后一面，为母亲送行。强忍着悲痛，买车票，通知亲友，准备物品，又回单位请假，交代好手头的工作，28日下午，全家人踏上开往南京的高铁。

在这个时刻，温键键要是忘记作文评审的事，或者搁置一旁，完全情有可原。毕竟是这辈子最亲的人，骨肉相连，母女深情。世界上最爱自己的那个人如今走了，这种痛深入骨髓。然而，温键键没有忘，不敢忘。尽孝是一种本能的呼唤，肩负使命是一种庄严的承诺。抹去脸上的泪水，她在自己的行囊里装上了笔记本电脑，里边有她还没有审读完的100多篇作文。

先生和儿子都十分体谅。笔记本电脑是儿子的，可以脱机工作，儿子专门从香港带回来；家里电脑的作文，先生帮忙一篇篇发到手机上，方便分头阅读。先生也是行内人，曾经担任过多种作文比赛的评委，水平自然不在话下。他主动分担审读其中的一部分。

广州到南京的高铁，7个多小时路程，漫长而又短暂。她想早点到达，归心似箭；又担心时间不够用，耽误了作文评选。因为评审会时间早就定下的，不能因自己的原因而影响大局。车厢里的人来人往她浑然不觉，车窗外的山水人家她无暇顾及，在列车抵达目的地之前，她必须完成任务。晚上11点多，列车抵达南京站，他们也把作文评审完毕。第二天凌晨4点，温键键和家人一起，参加了母亲的遗体告别仪式。

回程的路上，温键键接到了评审组陈瑞蓉的电话，让她别着急，鹿总对她特别关心体谅，评审组大家商量过了，把评审会推迟一天，也就是8月29日。温键键又电话联络评审组的陈小杏，告诉她有几个区的成绩未合并统计。陈小杏一听，主动说："这个我来。统计合并的这些后期工作交给我吧。"大家的关心理解，让温键键尤感温暖。她很高兴加入了这样一个团队，有高度，有深度，还有温度。

第六章 繁花似锦

大关工，大视野，发动社会力量，热情参与，奉献爱心。善意和大爱，真的能潜移默化影响更多的人，像潮水一般漫延开去，形成浩荡之势，汇聚成海。

中国人说“众人拾柴火焰高”，“三个臭皮匠，顶个诸葛亮”，“人多力量大”，讲的都是集体力量的强大。创作出《战争与和平》《安娜 · 卡列尼娜》《复活》等不朽名著的俄国作家列夫 · 托尔斯泰说“一切使人团结的是真善美，一切使人分裂的是假恶丑”。

征文工作的推进是自上而下，层层落实的。关工委、作家协会、教育系统，三条线并行。作家协会有作家，可以给予专业的指导；教育系统直接对口学校，及时推进；关工委系统是一个完整的体系，从省里一直到最基层，几乎无所不在。有青少年的地方就有关工委的“五老”，关工委是为青少年服务的，工作宗旨是一切为了青少年的健康成长。如何正确关心、帮助、陪伴、引导青少年成长，这是一门大学问。不仅要主动适应新时代发展要求，还要根据当地实际情况，制定行之有效的工作方案。

广东省少年儿童践行社会主义核心价值观主题征文活动，就是经过思考、调研并付诸实践的重大举措，这从独具匠心的每年主题设计上可见一斑。第一届“腾飞新中国 辉煌七十年”的主题着眼点是“国”，第二届“中国梦 · 家风美”的主题着眼点是“家”。2021 年，是中国共产党成立 100 周年，我们已经实现了第一个百年奋斗目标，正在意气风发向着全面建成社会主义现代化强国的第二个百年奋斗目标迈进。在这样的历史背景下，注定当代青少年必须有更多的担当和作为。第三届征文确定“用青春拥抱时代”为主题，正是反映时代与责任……

征文的主要目的，是推动社会主义核心价值观教育具体化；

助力学校的思政教育和语文教育；促进关工委工作的改革创新；通过征文活动，宣示以大爱之心陪伴青少年成长的理念；发现文学幼苗。

征文活动的主要特点，是坚持挖井式推进，每年都组织开展的主题系列活动；具有整体设计，每个年度的征文主题都是按照社会主义核心价值观的基本内容和内在逻辑提出的；进行广泛的社会动员，是集合各方力量进行爱心传递的实践活动。

广东省关工委主任林木声指出："我们的愿景是通过学校、家庭、社会相结合，把主题征文活动打造成为关工委叫得响的工作品牌、小作家的培育园地和青少年接受教育的崭新平台。经过5年的实践，征文活动取得了初步成果，积累了许多经验，这使活动的不断深化有了更多的根据。这项活动将继续下去。"

园丁们开辟一片花园，播撒种子，培育浇灌。春天来了，五彩缤纷，吸引了众多的目光。这花太漂亮了，我也想栽种，可以吗？当然可以！种子越撒越广，苗圃越来越多，到后来，到处都是花园，又一个春天到来之时，大地上莺歌燕舞，满目锦绣。

征文活动也如此。开始可能是试探，观望，甚至不看好，但是不要紧，园丁栽花从来就不是为了得到别人的称赞，而是心中有美，有图景。一年，两年，枝叶茂盛了，花朵灿烂了，赏花的人越来越多了，甘当园丁的人自然也多了。征文活动不是短跑，而是长线项目，不仅需要信心、方法、态度，还需要耐力。参与者汇聚成浩浩荡荡的队伍，除了主办方，省关工委，省作家协会，省教育系统关工委，还有遍及全省的中小学，学校，教师，家长，以及社会各界。很多人用笔写下了参加征文活动的经历、感悟、成长和收获。这里无法一一展现，那就存留一些片段吧。或许可以透过这些片段，看到一部大片的概貌；又或许，一朵小花，已足以让人想见整个春天。

如果说通过一篇征文改变人生，好像有些过；通过参与一次征文活动，用心投入，切身体验，无论得奖与否，都得到锻炼有所收获，并有所成长，这样说比较客观。但是事实上，在长达半年的调研中，还是不乏一次征文活动让人发生重大改变的案例。比如克服心理障碍，走出自卑，增强自信，又比如原来对父母不理解，家庭关系紧张，以作文为契机，沟通理解，打开心结，增进了家庭和谐。

关工委不是发号施令，而是温暖陪伴。大爱之心，悲悯情怀，身体力行中，凝聚起越来越多的正能量。各级党政部门的领导、各级关工委的"五老"、各地作家协会的作家、教育部门和学校的老师、媒体的记者编辑、学生家里的长辈，以及志愿者、民营企业家等等，都热情参与，奉献爱心。善意和大爱，真的能潜移默化影响更多的人，像潮水一般漫延开去，形成浩荡之势，汇聚成海。

——题记

合家欢

粤东，潮州市饶平县三饶镇。张朝阳昨晚连夜从深圳赶回家，今早要带着三个孩子去潮州市。大女儿张丹婷 2021 年参加广东省少年儿童践行社会主义核心价值观主题征文活动，得了省三等奖，全家人甭提多高兴了。听说有几十万人参加，在省里拿奖可了不得。张丹婷成了家里的明星，爷爷奶奶脸上乐开了花，爸妈给了奖励，全家人还吃了一顿大餐热烈庆祝。妹妹和弟弟羡慕得不行，马上变成小迷弟、小迷妹，一有空就追着姐姐，让姐姐讲怎么写作文。

今年，张丹婷的妹妹也跟姐姐一起参加比赛。潮州市关工委召集参加比赛的学生，请经验丰富的作家、语文老师统一辅导。弟弟一定要跟着去，说我明年就四年级了，我要跟两个姐姐一起参加比赛。张朝阳心里欢喜，天刚亮就带着三个孩子出发了。多年来他在深圳谋生，不能一直陪伴孩子们，孩子的教育主要靠学校和他们的妈妈。他最希望的就是孩子们能学好，走正道。

课堂上，三个孩子和父亲一起听课，听得认真，讨论得热烈。今年的征文主题是“劳动创造幸福”，张丹婷的《村医》写了作为乡村医生的爷爷，为村民排忧解难的故事。“几十年来，在无数个日日夜夜，身材瘦削的爷爷手拿黑布雨伞，肩背红十字医药箱，风里来雨里去，行走在去往山村病患家的路上。”为了写爷爷，张丹婷走进了爷爷的故事，理解和感动中，也觉得自己一下子长大了。她的写作想法得到了老师们的肯定，并给了她修改建议。

一篇作文牵动了全家人的心，一起倾听、学习，一起领会、成长，老少齐参与，全家总动员。张朝阳说：“我挣多少钱也比不上我的孩子们学好、走正道让我高兴！”

“这篇作文写得真好。有思想，有故事，还有感情。这个送到省里，应该能获奖。”王如晓从厚厚的一摞稿件中拿出一篇，看了又看，满是赞赏。他是茂名市关工委的评委，每年的这个时候，他都要看很多作文。读到精彩的，忍不住眉飞色舞，跟小孙子小孙女夸赞。

王如晓又拿起一篇作文说：“这篇文章也写得不错，三年级的小孩，写得很生动，很有趣。你听听，我跟你读几句。”朗声读起作文。

“爷爷，我也要写作文参加比赛。”孙子王松蔚7岁，在读小学二年级。爷爷一愣，随即高兴地笑起来：“好好好，明年你就可以参加了。今年你的年龄还不够。”

王松蔚不依不饶：“我也会写。今天老师还表扬我的日记写得好。8岁就能参加了，我已经7岁了，就差那么一点点。”

孩子的爸爸王伯冲接话说：“那你想写什么呀？”

王松蔚稍作思考，认真地说：“我写爷爷啊！爷爷是老党员，劳动模范，爷爷得过很多奖状，很了不起。我就写爷爷！”

孩子的妈妈邓肖琴被客厅的热闹所吸引，走过来拍拍孩子的肩膀赞赏地说：“嗯，这是个好题材。”

王松蔚有点委屈：“可是爷爷说，我还不够年龄，要明年才可以。”

爷爷、爸爸、妈妈异口同声地说：“明年参加，你现在也可以先写下来哦。先练习练习。”一家人其乐融融。

茂名市关工委副主任、教育下一代讲师团人才库专家、市第七小学原校长王如晓一家三代情牵征文活动的故事，成为佳话。

从2019年始，作为“五老”成员之一，王如晓积极投身到省关工委组织的主题征文活动中，指导年轻教师上好主题征文专题课，指导有关老师撰写提纲挈领，供学生写作文时参考。同时他还是一个评委，积极参与作文评审的同时，还会利用传统节日或有特殊意义的日子，对师生们进行爱国主义、热爱劳动、传承红色经典等的主题教育，以拓宽学生的视野，增长学生的见识，使学生写作文言之有物，下笔有神。

王如晓的儿子王伯冲，是一家国企单位的法人及党支部书记。在本单位的主题教育活动中，大力宣传主题征文活动的目的意义，发动员工子女参与。

王如晓的儿媳邓肖琴是茂名市愉园小学一位五年级老师兼班主任，从2019年开始，就按照学校要求，积极组织学生参加征文活动。而且自己也带头写作，跟学生们一起学习，一同成长。

王如晓的孙子王松蔚及孙女王靖抒分别在读小学二年级和幼儿园大班，整天听爷爷讲征文活动，一家人也常常讨论这个话题，又看到爷爷颁奖会上的照片，听着爷爷对捧着奖状的小哥哥小姐姐称赞有加。小孩子深受感染，跃跃欲试，表示也要写作文参加征文活动。

一个家庭，三代人，被同一个主题所吸引，心向往之。多么温馨而又美好的画面。

江门新会区会城红卫小学学生林丹莹的妈妈，是本校的语文老师，林丹莹最开心的事情就是可以通过征文活动这个话题跟妈妈自由自在地讨论，妈妈不厌其烦地指导她修改作文，这个过程不仅锻炼自己的写作能力，也锻炼自己的耐心。

林丹莹说："当我看到自己的文章在不断地修改中变得更生动有趣，很有成就感和满足感，最后定稿上交学校时，虽然不知道最终是否能获奖，但我心里很满足。此后，我对写作的兴趣和热情更高，能敏锐感知到生活中一些很细小的事情，当这些事情触碰我的心灵深处时，我便拿起笔写上几句。征文写作的过程激发了我对写作的兴趣，我收获了，我成长了。我不仅完成了写作，在不断地思考、打磨和修改中，还培养了耐心和毅力，让我学会在写作过程中保持专注和坚持，这对我今后的学习都有很大的帮助。"

林丹莹的妈妈汤丽壮则说："通过参加征文活动，一路走来，孩子在成长，家长也在成长。在路上，我们成了战友，一起攻克难关。遇到挫折的时候鼓励孩子，在她实在找不到解决办法时跟她一起寻找方法。引导和鼓励，真是一步步打破孩子困难壁垒的最佳'利器'。我陪伴孩子写作，不是简单的旁观者，从中也领悟到：学然后知不足，教然后知困。知不足，然后能自反也；知困，然后能自强也。故曰：教学相长也。活到老，学到老，成长到老！与孩子一起成长，是责任，是幸福，也是一门艺术。我们要无限相信孩子的潜力，永远不要对孩子失望，决不能吝啬父母的表扬和鼓励，还要教给孩子一生有用的东西。总之一句话，参加征文活动，我们都在其中受益！"

随着网络的无所不在，现在的孩子远远比大多数人想象中要成熟懂事得多，毫不夸张地说，很多他们懂得的，成年人不一定懂得。所以，像"你个小屁孩懂啥？""你还小，等你长大就明白了""小小年纪，大人的事情别插嘴！"诸如此类居高临下的话，除了会让孩子们委屈、觉得不可理喻和抗拒之外，还会让成年人在他们心中距离感被拉远几分。陪伴、理解和尊重，无论是对亲子关系还是对家庭氛围、学习氛围，都会造成正向的影响。

吴丽霞，佛山市获奖学生杨凯雯的妈妈，她的感受是：孩子是父母的镜子。

《秉承好家风，奉献传久远》这篇获得 2020 年"中国梦·家风美"广东省少年儿童践行社会主义核心价值观主题征文活动中学组一等奖的作品，出自佛山市惠景中学学生杨凯雯之手。她描写的书香之家，三代为师，好家风的熏陶对孩子成长至关重要。在当年的总结大会上，她作为获奖学生代表朗诵了获奖作文。情真意切，很有感染力。

在后来对杨凯雯的采访中，她讲到了全家人对她参加作文比赛的支持："得知我要参加这次征文活动，我的家里人都非常支持。特别是我的妈妈和外公。每次我把想法跟妈妈分享，妈妈都会与我交流讨论。我采访外公，外公也是非常配合，把他以前在山区支教时发生的事情详细地跟我讲述，包括他的学生，叫什么名字，现在在哪里之类的，都娓娓道来。外公讲这些事情就好像讲故事一样，我听着，觉得格外亲切和真实。他们这么配合，是因为他们也知道言传身教的重要性，有小家才有大家，所以家风的价值不容忽视。他们是在以行动引导我加强对自身的道德修养的重视，让我养成好习惯，树立优良品质，塑造健康人格。”

杨凯雯的妈妈吴丽霞这样说：“孩子无时无刻不在模仿着父母。如果我们想让孩子成为什么样子的人，首先我们自己就要成为这样子的人，在日常生活中以身作则，用自己的言行影响孩子。我也是很注重自己的言行，希望能引导孩子学会做人。孩子是父母的镜子，父母做得好不好，看看孩子就知道。‘百行孝为先’，我希望女儿也能传承敬老孝亲的优良传统。我夫妻俩都很照顾老人家，时常去我们的爸爸妈妈家帮他们做家务，周末陪伴他们去喝茶，买好吃的给他们。女儿在耳濡目染之下也是善解人意，每逢长辈身体不适，总会斟茶倒水、嘘寒问暖，还经常做一些力所能及的家务，是父母的‘贴心小棉袄’。今年暑假期间奶奶住院治疗，她知道后立即要去看望奶奶，还第一时间想到要去照顾好身体状况一直欠佳的爷爷。她待人友善，有一颗真诚的爱心，经常为同学和小伙伴提供帮助。我很欣慰，在家人的影响下，女儿如今已成为儒雅阳光、勤奋踏实、热心善良、全面发展的小姑娘。”

李喜玉，揭西县棉湖镇一名教师，获奖学生李卓佑的妈妈。她说，获奖给了孩子力量。

家里两个老人，86 岁的爷爷得了阿尔茨海默病，衣服上缝着定位器、联系牌。84 岁的奶奶多年瘫痪在床。他们的儿子是一名警察，每天早出晚归，有紧急情况还不能及时归家，疫情防控期间常常外出执勤便是一个月。李喜玉教学任务重，回家还要照顾公公婆婆、料理家务、辅导孩子作业。俗话说久病床前无孝子，李喜玉却十年如一日，软声细语，侍奉周到。2019 年，李喜玉家庭获得“揭阳市最美家庭”称号。

他们家的孙子辈李卓佑，是揭阳市揭西县棉湖镇实验学校学生。受家庭氛围熏陶，李卓佑从小就懂得百善孝为先的古训，并且身体力行。他一点没有嫌弃年老的爷爷奶奶，经常帮忙照顾老人。在他眼里，爷爷虽然记忆力不行了，脑子不好用了，但是爷爷艰苦奋斗勤劳刻苦的人生值得赞颂和学习。他以《“手”护幸福，劳动最美》一文参加 2022 年“劳动创造幸福”主题征文活动，获得广东省三等奖，作文的内容就是写爷爷辛勤劳动的故事。他还写妈妈的孝顺，他写的《最美的家庭》获得揭阳市关工委“朝阳读书”活动一等奖。

李卓佑记录了获奖的心情：“当我得知我的作文获奖后，我欣喜若狂，兴奋地把这件事告诉了爸爸妈妈，全家人都很高兴。因为这不仅仅是我的作文获奖，更重要的是爷爷的劳动得到了肯定和认可，这是对他一生辛劳的赞扬！我还清晰地记得，那天，爷爷戴着老花镜，一手拿着我的获奖证书，一手拿着我的文章，脸上满是抑制不住的笑。那一刻，爷爷的脑子很清醒。”

“一个家庭，家风很重要，直接影响孩子的价值观。”李喜玉如是说。

江门市第一中学景贤学校的张博涵谈起参加征文活动的感受，他略作思考，用了“美好”这个词，他说：“整个过程很享受。为了写这篇作文，要看很多书，查很多资料，整天在思考这件事情。还会专门去做一些实验，跟爸爸妈妈一起交流探讨，不同的想法、观念的碰撞，让家庭氛围更民主和温馨。”

他在日记中写道：“我们在霓虹灯的丛林中奔跑，追逐着远处烟波浩渺的地平线，却往往对脚边的芳草鲜花熟视无睹。我们不妨放慢脚步，静下心来，让我们的味蕾从那些快餐式的廉价消遣中解脱，拂去那些角落中不为人知的美好上覆盖的尘土，静心体会光阴的流转。反思过去的，珍视当下的，勇于未来的，这样你就会发现生活真正的美好。”

这样的文风感觉不像初中生，但事实上，现代注重孩子阅读的家庭很多，阅读量到了一定程度，读书破万卷，下笔如有神，享受文学的精彩，感受写作的美好，他们的人生跟沉迷游戏不读书的孩子相比，肯定截然不同。

张博涵的妈妈对儿子参加征文活动特别高兴，这其实也是在帮助家长。随着孩子渐渐长大，家长和孩子之间的话题会不断变化，征文就是一个很好的话题。孩子的作文交给你，征求你的意见，跟你一起讨论，也是对家长的认同和鼓励，其实家长更应该和孩子一起学习和成长。

是的，很美好。

满满的小幸福

潮州市枫溪中学教师、优秀指导老师谢湘玲认为，孩子参加征文写作的过程，就是挖掘生活宝藏的过程。

那几天，我刚好在制作关于“劳动创造幸福”主题征文活动的课件，其中一个环节我打算用一个个的微镜头唤起学生的情感，启发学生链接生活中的小事情，小人物，小细节，体悟“小”中藏“大”的至情至理。让学生挖掘记忆中的“宝藏”“闪光点”，或口头表达，或及时书写，三言两语，把想到的这些“亮点”一一罗列出来。环节最后，我展示了王阳同学雨中摆放单车的照片以及雨后整整齐齐停放有序的单车，显然是校园一景。我顺势点出，“正是有这样默默付出、无私奉献的同学，我们才能在如此整洁有序的环境中学习，正是他们的劳动，创造了我们的幸福”。看到这里，王阳的眼神中闪出亮光，他静静地听着课，这是以往不曾出现过的。同学们也若有所思，纷纷开始动笔。

隔天收上作文本，意外收获了王阳写的作文，虽然语言方面有很多不通顺的地方，结构也详略不分，但是感情真挚，令人动容。写的是他跟爷爷上山采摘黄皮果的场景，王阳的父母在深圳工作，是爷爷奶奶将他带大的，而采摘黄皮果，是爷孙两人的默契配合，是难忘且幸福的回忆。不少同学选材独特，贴近生活，但是欠缺情感，写出来的幸福是强加上去的，并不是感情的自然流露。王阳的作文告诉我们，写作，是属于心灵的，而不是属于作文参考书的。于是，我布置了一项作业，回家观察劳动者的语言、动作、神态，揣摩他们当时的心理等，或采访笔录，一周后课堂分享。

那年暑假结束后，在家长群里，不少家长跟我反映，有很多同学在假期争着做家务或者参加其他的劳动，说是要感受“劳动的幸福”。感谢关工委开展这样有意义的征文活动，对我们的教学很有帮助，让同学们树立正确的劳动观，崇尚劳动，尊重劳动，自觉养成劳动习惯。

遂溪县岭北初级中学教师、优秀指导老师陈华兴的感受是，努力的动力是因为责任与坚守。

2021 年，“用青春拥抱时代”广东省少年儿童践行社会主义核心价值观主题征文活动如期而至。在这建党一百年之际，我组织开展“走进红色 触摸历史 做时代新人”研学之旅，带领学生走出教室，走进遂溪的红色天地。参观黄学增纪念馆，一向冷漠的周永帅激动地说：“黄学增‘丹心为人民，热血洒南粤’，真英雄！共产党员好样的！”在钟竹筠的故居，同学们为钟竹筠“铁骨柔情”感动。一向柔弱的陈慧琳同学说：“巾帼不让须眉，我们女同学要当时代的弄潮者。”参观社会主义新农村，同学们探寻新时代劳动致富的传奇。红色之旅触动学生们爱党爱国的心，激发拥抱时代的激情，激活学生的创作热情。陈慧琳同学的《青春向党 拥抱时代》，以“碧血映青春，丹心照汗青”明志，借“浪子回头金不换”等传奇故事，发出“青春向党，拥抱时代”的青春宣言。该文荣获广东省初中组一等奖，我再次收获优秀指导老师奖。颁奖会上，县关工委林彬主任的勉励：“陈老师，你和你的学生是好样的！继续努力！”让我的心感到火热而有了追求梦想的无限动力。

一片丹心育桃李，立德树人写春秋。回顾五年的写作辅导育人历程，恍然如一日之间，淡然如一池清莲。问我何以在这平凡的岗位上始终守望着这份朴实的初心？我会说：责任与坚守！

广州市海珠区海联路小学副校长刘虹云说，孩子的梦想五彩斑斓，广东省少年儿童践行社会主义核心价值观主题征文活动就是其中一抹色彩。

海联路小学是首批广东省书香校园，每年举办的“雅美读书节”是孩子们期盼的盛大节日。每年主题不同，形式多样，一系列的阅读活动深受学生的喜爱。在2023 年的读书节中，各班级围绕“读诗语经典 承华夏文明 做书香少年”主题，开启了为期 20 多天的诗词之旅。如 21 天诗词打卡活动，学校红领巾广播站的“袅袅诗音”读书活动分享贯穿始终。以班级为单位的每周不同主题的系列活动：第一周“诗语书画”给自己最喜爱的中华经典诗词配画，或工笔细描，或浓墨重彩，一幅幅作品栩栩如生；第二周“诗语灯会”开展现场诗词知识竞赛；第三周年级“诗词大会”，紧张刺激的“飞花令”环节令同学们连连叫好；第四周结合省关工委“少年儿童践行社会主义核心价值观主题征文活动”发动组织学生积极参与，学生们笔墨酣畅，妙笔生花。整个读书节活动中同学们所展露出来的诗书才华让老师们拍手称赞，充分感受到推动全校师生努力践行社会主义核心价值观的正能量。

读书节也可以说是一种形式，社会主义核心价值观引领才是内核。丰富的活动，增加了素材，触发了灵感，孩子们写起来得心应手。省关工委的征文活动名头响亮，同学们踊跃参加。

广州市培英中学校长林泽权说，价值观的引领是头等大事，办好广东省少年儿童践行社会主义核心价值观主题征文活动是我们的共同愿望。

“从古至今，中华儿女中不乏民族英雄。黄继光、焦裕禄、邓稼先、钱学森等英雄儿女，为救国而牺牲的一代代伟大的共产党员，正是他们用过硬的本领和钢铁般的意志与时代抗衡，是他们用脊梁扛起衰微的中国，是他们让五星红旗在时代的巨浪中屹立不倒。”《这盛世，如您所愿》是詹嘉婧参加2021年“用青春拥抱时代”主题征文活动的作文，她是广州市培英中学的一名学生。

几年前，白云区关工委常务副主任房宜永、办公室主任徐建平和白云区教育局关工委的同志专程到广州市培英中学（白云新城校区），带来征文活动的消息，希望学校能参加。培英中学可是一所名校，办学历史已有145年。中学的学习任务紧，要面临高考，会不会像某些学校和家长那样拒绝。房宜永他们有备而来，做足了功课，把征文活动的目的、意义、方式以及主办方都宣讲了一遍。没想到，校长林泽权喜出望外说：“这太好了，跟我们的愿望、目标一致。培英中学开展社会主义核心价值观教育形式多样，贯穿到教学当中。创新无止境，学校也希望有更多的方式，帮助学生更好地理解、践行。征文活动就是一个很好的平台。具体怎么做，请关工委的领导多指导。”

以广州市培英中学为龙头的广州培英教育集团作为典型范例，其办学经验被收入广东省优质集团办学经验集，在区域教育教学中充分发挥培英品牌引领和辐射作用。学校以“世界入怀，培育英才”为教育理念，坚持多样化育人、特色化发展、国际化办学，涌现了多样化的优秀成果。被评为首批广州市新课标新教材“双新”基地学校、广州市第二批文明学校，广东省篮球、游泳推广学校，并作为广州市首家公办中外合作办学项目学校，开办中外合作办学班。

林泽权说：“为党育人、为国育才是我们的使命，我们将构建科学化、精细化、人文化管理、服务师生发展的现代化治理体系。立德树人德为先，价值观的引领是头等大事。”

潮州市湘桥区作家协会副主席、潮州市枫溪中学教师、优秀指导老师张勇利说：功成有我，但不必在我。

时间过得真快，参与“广东省少年儿童践行社会主义核心价值观主题征文活动”，一晃就4年了，一路走来，许多细节还历历在目。那些师生携手开拓、砥砺奋进的往事不知不觉已成为自己精神世界的一笔财富。

记得第一次参与该项征文活动是2020年，当年的主题是“中国梦·家风美”。其中一个叫张娉纯的同学的作文引起了我的注意，她的初稿虽然不令人满意，但其中不经意提及的一件家庭小事却让我心头一动。那是写她父母如何照顾生病的外公的经历。印象中，她不止一次在自己的作文里写到这个题材，我敏锐地感觉到，这是一个真实的故事。把她叫来一问，果不其然。我抓住时机启发她，百善孝为先，这不就是“好家风”吗？干吗舍近而求远？我们写征文，不是拣漂亮话说，而是要用细节饱满的故事、真实的感情去打动读者，传递正能量。我还特意叮嘱她，忘记自己在为征文而写作，只需要提醒自己：我只是在分享一段温馨的家庭往事，为善良孝顺的爸爸妈妈，也为可亲可敬的外公。

从孩子的表情，我知道这番话触及了她内心。果然，重新写出来的作文完全脱胎换骨了。熟悉的题材、亲近的人物、充实的细节，以及饱含感情的笔锋，都让文章自然而然具有了一种动人心弦的感染力。这应该就是作文教学的最佳状态吧，就像卤水点豆腐，在恰当的时机催化了学生心中的化学反应。由于稿子的完成度较高，我只是稍加润色，便把它推荐上去了。不过，虽然对质量有信心，但对获奖却没抱太大希望。像我们这类的学校，地处欠发达地区，也不是实验类的重点学校，要在省级征文大赛中拿到好名次实属不易。但这篇文章最终斩获省二等奖，而且我看到统计数据之后发现这个二等奖确实是非常难得。这件事在学校里也产生了热烈反响，此后师生们的热情更高了。

做幕后工作，榜上无名，心里有光。千淘万漉虽辛苦，吹尽狂沙始到金——育人之乐，其乐无穷。近两年我不仅在本校辅导征文，还作为湘桥区小作家工作委员会负责人深度参与这项工作，所辅导的绝大多数都不是自己的学生，但这又有什么关系呢？功成有我，但不必在我，挺好。

广东高州中学教师、优秀指导老师李金梅的体会：滴水石穿非一日之功！成绩的取得，是长期奋发的结果。

在2020年“中国梦·家风美”广东省少年儿童践行社会主义核心价值观主题征文活动中，我辅导的学生有3人获得省级奖励，其中2人二等奖，1人三等奖。在2021年广东省少年儿童践行社会主义核心价值观主题征文活动中，在茂名评选区，有9人获奖，其中有2人获得一等奖。在省级评选时，有5人获得省级奖励，其中获一、二等奖各1人，获得优秀奖3人。这成绩的取得，有学生个人的努力，也离不开学校的重视和支持，还有本科组老师的团结和努力。

获得省级一等奖的余文乐，是一个很有抱负的优秀学生，理科很强，但文科有点弱，写作水平不算突出。听了他的写作构思，我鼓励他先把初稿写出来。第一次交来的文章语言平淡，详略不当，他想写在邻居王大爷的影响教育下，实现参军的梦想，但摘龙眼遇到王大爷的过程写得太长了，我让他进行了适当的删减。缺少细节描写，王大爷的人物形象不够鲜明。我指出了作文的毛病，他认真坚定地对我说：“老师，你看哪里不合适，我就改，我很想抓住这次投稿的机会。”他这种决心也打动了我。我就让他多用对话，添加各种人物描写，让人物形象更加鲜明，同时对于跑步的路程，王大爷的话缺乏真实性，要修改以贴合生活实际。还要引用一些名言，增加文章的内涵，他就字斟句酌进行修改，最终定稿。当他听到自己的稿可以被选上送出去的时候，脸上露出了欢喜的笑容。“兴趣是最好的老师”，这个综合实力很强，但写作能力不算好的同学，就凭着对写作的浓厚兴趣和一股认真的劲头，终于成功了。

滴水石穿非一日之功！成绩的取得，不是偶然为之，不是一蹴而就，而是长期以来，奋发进取的必然结果。

广州市天河区华阳小学校长周洁说，我们开展各类鲜活生动的活动，让孩子们受到启发，从中找到素材。

广东省少年儿童践行社会主义核心价值观主题征文活动通知发到华阳小学，学校很重视，立即布置相关老师落实，积极组织学生参与，并结合学校德育教育，融会贯通。一边聚焦鲜活、生动的典型故事，帮助学生理解主题，一边结合学校“阳光七品”“太阳娃”等活动，让价值观具体化，看得见摸得着。启发学生从自己的视角，记录自身实践以及身边人、身边事，表达自己的感受与想法，在真实的生活中领悟社会主义核心价值观的要义。

学生写作文我们重在启发，不直接“动手”，培养学生独立思考的能力。这跟华阳小学的办学理念契合：充分相信学生，高度尊重学生，全面发展学生。华阳小学的育人目标就是培养“拥有阳光七品的太阳娃”，赋予其七个特征：心有远志、热爱运动、文明有礼、乐学善思、悦读悦美、实践创新、阳光自信。华阳小学的校训：心有梦，行至远。在华阳小学，温暖童年、照亮梦想、向阳生长是我们共同的愿景，相信每一个孩子的生命成长都有万千可能。

华阳小学学生吴桐是少先队大队委、班长，他从 5 岁开始学编程，理想是成为一名计算机工程师。同时，他也喜欢文学，因为文学能让他徜徉在天马行空的想象世界。吴桐参加 2023 年“科技引领我成长”主题征文活动的作文题为“学习榜样行走在科学研究的道路上”，他写道：“妈妈也常鼓励我在学习中多提问题，大胆表达，她很少问我今天在学校学了什么，更多的时候她会问我：今天有提出什么好问题？如果我能把老师问住，她会给我一个大大的赞！逐渐地，我养成了喜欢思考和提问的习惯。”

河源市和平县福和高级中学教师叶新潮感慨：应该给没有获奖的同学同样的鼓励和温暖。

2022 年的一天，我同往常一样早早地来到办公室，惊讶的是桌面上多了一张小信笺。信笺这样写道：“叶老师，特别感谢你给我发的奖状，我的语文老师昨晚已经把奖状颁发给我了。拿到奖状的那一刻我很开心，昨晚也睡了一个好觉，我会继续努力，写出更好的作文。”落款是高一（15）班陈思遥同学。

看完这信笺，心头瞬间迸发一种很微妙的小幸福，足以让我一天能量满满。事情还得从省关工委关于“劳动创造幸福”的征文活动说起。征文活动得到同学们的积极响应，共收到稿件928份，语文组精心挑选，选出了奖项等次。遗憾的是获奖同学们的面不够广，对很多优秀的作品忍痛割爱，没有颁发奖项。就在前几天，陈思遥同学主动找到我，欲言又止，我猜就是她难以开口。我就把陈思遥同学独自叫到外面，我说：“现在就我俩，有什么事可以大胆地跟老师讲。”然后，她就说出了她内心的想法：“这次征文活动我用心写作了一个星期，写了又写。老师，这也是我第一次那么认真用心地去写作，我很想自己的‘劳动创造幸福’一文能得到老师的肯定。”我看着学生一脸的真诚，怎么能够狠心去打碎小姑娘内心的美好呢？我果断地说：“老师会给你奖励。”我从网上下载了一个奖状模板，打印出来填写上。后来才有了小信笺，以及小信笺所带来的小确幸。

这次征文大赛的小插曲给予我深深的思考，征文活动的宗旨是要激励每一位青少年勇当新时代的奋斗者。作为备课组长，我却把评选当作了手段、目的，而忽略了征文活动的内在价值。新时代，我们不应该辜负每一位奋斗者，学生对“劳动创造幸福”的理念体会更应该得到我们更大的鼓励。我想，教育可以轰轰烈烈，亦可以是润物细无声啊！想不到，老师的小小举动却让学生产生了无限的上进动力。一年后，我很欣慰地看到陈思遥同学对写作的热爱，更欣喜地看到陈思遥同学屡屡在县、市征文活动中取得骄人的成绩。我想，教育需要温度，有“温度”是老师最好的选择。让教育多一些关注度，多一些关注边缘的学生，多一些赏识教育、鼓励教育。高山仰止，景行行止，真正向有理想信念、有道德情操、有扎实学识、有仁爱之心的“四有”好老师靠近，做好新时代的小先生。

广州市荔湾区蒋光鼐纪念小学文昌学校书记麦秀英说，我们为征文专门设计了一系列活动。

我们特别重视这个征文活动，而且很用心，设计了一系列的活动，帮助学生理解主题。比如2022年“劳动创造幸福”广东省少年儿童践行社会主义核心价值观主题征文活动，我们将此作为专项任务布置，专人负责，老师之间互相探讨，开设专题课，让学生增进交流，互相学习。劳动基于生活，要写得真实感人，就要有生活有体验，学校开展丰富多样的活动，还专门请非遗传承人到学校，现场制作，讲述劳动创造的幸福，工匠精神的传承。比如“劳动精神、劳动价值、劳动素养”教学实践活动、中秋节创意灯笼DIY评选、母亲节“我为妈妈减负”主题实践、假期亲子种植实践、设置班级植物角等，评选“劳技文昌星”，让我们在劳动中收获技能，感受幸福，真正领悟习近平爷爷说的话“光荣属于劳动者，幸福属于劳动者”！

学生获奖，我们也是正面宣传、大张旗鼓进行颁奖，让学生学有榜样，满满的仪式感和荣誉感。2022年，文昌小学五年级学生梁盈玮的参赛作文《幸福的味道》

获得了小学组省级一等奖，我们在升旗仪式上举行了隆重的颁奖，区关工委的领导也来了。这是鼓励，也是发动。场面很热烈，很多学生表示，下一年一定要参加。

广州市第113中学政教处副主任夏力说，一直朝前走，总能抵达。

“我们也一直有参加，学校很重视，老师和同学们都很喜欢这个征文活动，尽管没有拿到大奖，但是重在参与。”夏力话语中透露出丝丝遗憾。不想当将军的士兵不是好士兵，赛场上想拿冠军，理所当然。“我们的学生都很优秀的，在全国全省各类比赛中拿奖的都有。你看这个周茉同学，是新鲜出炉的2023年羊城小市长。”夏力一边说一边指着校园里“幸福始于心 成长践于行——践行社会主义核心价值观”主题活动剪影墙报。

113中学从每周升旗仪式上全校师生背诵社会主义核心价值观内容到学校、年级、班级开展的活动，始终将“幸福始于心 成长践于行——践行社会主义核心价值观”的主题贯彻其中。夏力说：“关工委的征文活动，我们也跟德育和语文教学结合起来，根据不同的主题，开展实践体验活动。有理想，有目标，一直朝前走，总能抵达。我们会继续努力，加油！”

深圳罗湖教科院附属学校党支部副书记刘素华称，学生载誉归来，学校会以最高规格进行表彰。

学校高度重视关工委每年组织的全省少年儿童践行社会主义核心价值观主题征文活动，“三管齐下”推动学生积极参与。一是思想高度重视，巧用教育契机，学校每次都将征文创作等活动看作是鼓励学生成长发展的重要契机，充分鼓励热爱阅读、喜爱写作的学生积极参与，探索发现身边的真善美；二是家校协同育人，延伸教育时空，积极推动亲子互动，引导家长鼓励学生针对每一年不同的主题，结合自己的生活经历，将所见所闻所思所悟转化为生动有趣而又温暖真实的作品；三是专业团队护航，注重教育效果，学校高学历高热情的语文老师作为征文指导小组成员，对学生的文稿进行专题辅导与审阅，引导学生扩展视野、深化思考，提高文章质量。

孩子们载誉归来，学校就在每周最高规格的升旗礼活动中表彰颁奖，让孩子们在满满的仪式感中获得足够的尊重与肯定，并保持兴趣与自信，汲取持续奋进的力量。

互相成就

吴春丽是茂名化州市那务镇中心小学教师，同时也是一名作家。对文学的向往和热爱，让她对从小学好中文、写好作文的重要性深有体会，更加深深懂得一个好的平台对写作者的非凡意义。机会来临，接到“中国梦·家风美”2020年广东省少年儿童践行社会主义核心价值观主题征文通知，她比学生们都激动，马上动员全班同学参与，无论能否获奖都要试一下。果然功夫不负有心人，她辅导的学生莫欣怡以《传家之宝——弘扬好家风，助力中国梦》获得当年小学组省级一等奖，同时，吴春丽获得“优秀指导老师”奖。

吴春丽在当地小有名气，她的学生在各种征文活动中屡有斩获，而且经她推荐在多种媒体上发表，她也获得多项省、市殊荣。尤其是莫欣怡的获奖造成了轰动效应，她辅导学生有经验，又是作家，对征文工作轻车熟路。2022年，吴春丽被调到化州市教育局，主管学生德育方面的工作，主抓征文工作。谁也没有想到，主题征文活动改变的不仅是学生，还有老师。

吴春丽感慨万千，挥笔写下了她与广东省少年儿童践行社会主义核心价值观主题征文活动的故事和对它的感受。

2009年，我毕业回到生我养我的家乡农村小学——化州市那务镇中心小学，那时候的我已加入市级作协，已出版个人作品集，带着满腔的热情，只想让自己写作的情怀在家乡生根发芽。

农村资源的匮乏和应试教育的影响，曾一度让我迷失了方向。2018年，学校成立文学社，我担任学校文学社指导老师，莫欣怡同学是文学社中的一员。她学习比较踏实，但写作并不是很突出，所以一开始并没有引起我的注意。2020年，迎来了“中国梦·家风美”广东省少年儿童践行社会主义核心价值观主题征文活动。

很快，孩子们的初稿交到我手中，作品虽差强人意，但没有新意。教师的辅导方式很大程度上决定了学生的创作方式，我开始反思我开展的模式和辅导方式，小范围的学生参与活动虽然省事，但并不是最好的方式，也没有达到社会主义核心价值观主题征文活动的目的，甚至会埋没一些创作苗子。于是，我重新梳理思路，面向全体学生大力宣传，再次开展征文活动。

莫欣怡同学的《传家之宝——弘扬好家风，助力中国梦》在众多的稿件中吸引了我。她写得很简单，语言朴实，故事平淡。素材是好素材，思路比较有新意，但美中不足的是文字缺乏感染力。我找到她，了解她的个人情况和家庭情况。她出生在农村家庭，祖祖辈辈都是农民，在长辈的熏陶下，从小就知道粮食和今天的幸福生活都来之不易。据了解，她的爷爷是一位书法爱好者，以前生活条件差没有机会书写，改革开放以后，农民的生活水平渐渐提高，他会在农耕之余练习书法，有时候一坐就是好几个小时。莫欣怡和弟弟出生后，她的爷爷比较注重从小对孩子的书法培养和品格培养。她的爸爸和妈妈更是勤劳务实的农民，他们开荒了一大块地，种上各种各样的食物素材，然后将这些自己种的植物素材做成各种美味的食品进行销售……这时候我才发现，我经常点的凉粉草、双皮奶、各色糖水、紫菜饭团、艾粄、粽子等小吃，都是出自她妈妈的手。

她的爸爸妈妈虽然忙，但一直比较注重从小对孩子的阅读培养，莫欣怡同学就是在这样的家庭氛围中长大的，所以她的故事情感真挚，只要将氛围渲染好，效果会更加好。于是，我从她的家庭背景入手，引导她写好故事发生前的环境渲染和烘托，所以，她写了夕阳，写了爷爷、爸爸、妈妈的身影：“悠闲的傍晚，晚霞映红了西边，映红了村庄，映红了厨房里忙碌的爸妈，映红了在书房练字的爷爷，也映红了客厅里挂在墙上的‘勤俭节约’四个字。”接着，我再引导她思考为什么这种家风值得宣扬和传承，价值在哪儿？她马上想到了对比手法，于是，她用对比手法将有收藏价值的青花瓷、勋章与看似普通的“勤俭节约”作比较并产生疑问：这算什么传家之宝？然后才通过“弟弟浪费粮食被爸爸和爷爷批评教育”这件小事得出真理：“饱经风霜的青花瓷，价值在历史的花纹里；引以为傲的勋章，价值在褒扬优秀和记载荣耀；而勤俭的好家风，价值则在智慧里，在骨子里，在传承里。”

这么平常的一件小事，家家户户都会发生，很多同学都会写，但是欣怡的作品能脱颖而出，最后获得广东省一等奖，她也因此被邀请加入广东省小作家协会，这是因为她把写作方法、表达手法运用得非常妙，同时与她平时的日积月累是有很大关系的。

这次获奖，彻底改变了莫欣怡同学。

莫欣怡同学本是一个不够自信的人，成绩稳定但不够拔尖。自从参加全省少年儿童践行社会主义核心价值观主题征文活动获奖后，她像雨后的春笋，成绩和整体综合能力节节拔高。第二年，她以优异的成绩顺利考取了化州市第一中学，初中三年以来，她在班上表现出色，一直任班政治科代表，任学校青协委员，多次在各种类型的征文活动中获奖，如2022年在茂名市“我的书屋我的梦”征文活动中获一等奖。接受采访的时候，她刚刚结束中考，7月，喜讯传来，她以优异成绩考上了理想的高中。她说，是广东省少年儿童践行社会主义核心价值观主题征文活动改变了她，成就了她。

这次获奖，不仅成就了莫欣怡同学，也改变了我。这件事之后，我开始探索少年儿童践行社会主义核心价值观主题征文活动的写作方法，并把它融入我的教学生涯，使得我每一次组织学生开展征文活动都得心应手。

组织开展参加了这么多征文活动，我认为，广东省少年儿童践行社会主义核心价值观主题征文活动是最有意义的一项征文活动，它每年设定不同的主题，从不同角度宣扬社会主义核心价值观，让社会主义核心价值观深入校园，深入青少年的生活，从而广泛培养青少年的良好品格，对培养祖国未来的栋梁人才有深远的意义。

韶关市张九龄纪念中学教师董迟秀，她的感受是不仅要引导学生怎么写，更重要的是给学生们打气鼓劲，让他们树立信心。

张九龄纪念中学是C类学校，学生的知识水平普遍不高，思想深度不够，驾驭文字的能力也不足，对征文活动有心无力。董迟秀觉得参加征文活动对学生们是一个锻炼，不仅课后耐心解读，还挤出课堂时间，讲解征文活动的意义、写作方法，引导学生放下思想包袱，增强自信，积极参加。2021年，大多数学生抱着试试看的心态参加，到2022年，新一届学生在学长、学姐们事迹的激励下，参与的热情更是高涨，董迟秀所教的两个班参与度是年级最高的。

学生的热情激发出来了，接下来就是精心选材。董迟秀对学生们说：“我们没有优美的文笔，但我们同样有发现美的眼睛，感受美的心灵，用心用情去创作出来的作品更动人。”在2021年“用青春拥抱时代”广东省少年儿童践行社会主义核心价值观主题征文活动中斩获省一等奖的石莉同学，由征文主题，她想到写外公，但外公只是一名普通的共产党员，在农村生活，没有做过轰轰烈烈的大事，她向董迟秀请教是否可写。董迟秀肯定了她的选材，普通的共产党员在基层，在各个平凡的岗位上不忘入党初心，默默奋斗奉献，正是我们青年一代学习的榜样，如能写好，更有激励新时代青年接力奋斗的作用。董迟秀建议她周末回家和外公聊聊天，听他讲讲过去的事，跟着他在村里走走，看看他平时都做了哪些事，用眼观察，用心感受，再决定是否可写。2022年荣获省三等奖的何健雯同学，她对自己的家乡充满热爱，结合自己的生活经历，决定写家门前的桥，因为从小学起，她上下学就离不开桥。董迟秀也很肯定她的选材，但建议她再多逛逛韶城，这样能以小见大，看到韶城的发展，感受家乡的变化，以及这些变化给韶城百姓出行带来的便利。

孩子需要知识的辅导，更需要鼓励。董迟秀总是对孩子们说：“勇敢点，你能行！”

深圳市南山实验教育集团南头小学校长张晶说，广东省少年儿童践行社会主义核心价值观主题征文活动是一场写作实力的“PK”。

对征文活动，深圳市南山实验教育集团南头小学一直积极响应。在师生们共同努力下取得了不错的成绩。林子涵同学在2021年主题征文活动中获得省一等奖，李昀晓同学在2022年、2023年两届的主题征文活动中分别获得省一等奖和二等奖；白莲花、李辰光两位老师还获得了优秀指导教师奖。这离不开深圳市关工委和南山区教育局关工委的高度重视和支持，也离不开集团领导的具体指导。

中文是中国人最重要的表达方式，学生写好作文是每个家长的厚望，也是老师们的期待。南头小学对学生作文的重视一以贯之，我们也希望有更多的方法来提高学生的写作水平。征文活动的逐级评选，优胜劣汰，从班级、学校，到区到市到省，是一个大跨度高层次大平台的PK。别人好在哪里？自己的短板在哪里？一比较就出来了。每年的优秀作文还编印成册，这就是范文案例。可以说，征文活动无论是对学校、学生还是家长，都是获益的事。

南头小学教师、优秀指导老师李辰光：我的学生李昀晓连续两年在省关工委举办的征文活动中分获一、二等奖的好成绩，我甚是欣喜。感谢省关工委举办的征文活动，让学生看到自己的努力结下了丰厚的硕果，让老师体会到职业的幸福感。

有人问我，为什么你的学生能连续获此大奖？我想说，这是“厚积薄发”。南头小学是一所以阅读为特色的学校，“八岁能读会写”实验已探索二十余年。在张晶校长的引领下，根据儿童的年龄特点，儿童的阅读规律，从低年级的图画书阅读到中高年级的整本书共读，小学阶段共读量达到几十本。我们还将阅读延伸到课外的家庭阅读和书友队共读，大量阅读给学生精神打底子的书籍。有人说：阅读是吸入，写作是呼出。我带领学生在阅读的基础上拓展写作练习，共读《西游记》后学生用半文白的语言写自我介绍；共读《童年》后将自己的童年和阿廖沙进行对比；共读《鲁滨逊漂流记》后学写自己的荒岛求生小说。学生们不仅把阅读呼出为文字，还呼出为气质、气概、性格、智慧、勇气、能力……

获奖的李昀晓同学是班级优秀学生的代表，爱阅读的她善于发现生活中的小事，善于用精彩的语言表达内心的感受。在昀晓同学榜样力量的带领下，班级同学们“厚积言有物，勤练笔生花”，积极参加各项征文活动，班级的氛围感满满，有多人在市区征文活动中获得优秀成绩。

大爱无涯

惠州市作家协会与惠州市关工委合作征文活动，作协的任务主要是审读稿件，从专业的角度担当评委。这是作协的本职，而且发现培养文学新人也是作协的职责所在。惠州市作协主席陈雪高度重视，他说：“不管有没有报酬，我们都得高质量如期完成任务。”

2023 年 8 月 4 日，惠州市作协收到市关工委发来的征文作品 737 篇，限期在 10 天内完成评审工作。这么短的时间，要给文章评审、打分、排名、归类，难度相当大。市作协当即成立评审组，全力以赴投入评审工作。评委有的是资深作家，有的是报社编辑，还有的是学校老师，大家都有本职工作，只能想方设法加班加点。惠州市作家协会常务副主席黄伟辉担任评审组组长，围绕征文的内容，分工到人，责任到位，对征文评审文章逐一进行筛选，反复读，不漏掉一篇好文章。黄伟辉说：“那 10 天评审组的人没有不熬夜的，中午也不休息，出差途中还带上平板电脑。反正接了任务就要尽力做好，就要有个交代，这样才对得起那份信任。”

8 月 10 日清晨 6 点，出差在外省的惠州市小作家学会会长华霖正在连夜评审稿件时，忽然收到评委惠州市作家协会副秘书长杨理的信息，说小孩发烧了，既要照顾孩子，又要审稿，一夜无眠，快要支撑不下去了。已为人母的华霖非常理解杨理的难处，一边安慰杨理，要她先休息，照顾好孩子；一边把情况跟评审组的评委们报告。还有三天就要完成所有的评审，总结所有评委打的分数，还要排序，跟打仗一样。但没有一个人有怨言，大家齐心协力，克服重重困难。人心齐，泰山移，最终，经过大家的共同努力，提前完成了评审任务，8 月 14 日如期把评审好的稿件发给了惠州市关工委。

汕尾市作协主席李济超感慨，后生可畏！

汕尾市作家协会2021年就开始与市关工委合作开展征文活动，我们不仅是当评委，还参与整个过程。比如从开始布置征文工作的策划、方案，到具体实施过程，都是事无巨细地进行交流沟通，一些难点难题的解决，能出力的，我们当然二话不说。作家协会的强项就是作家，可以给学生和老师提供一些专业的建议和辅导。我们主动组织作家到学校去讲课，辅导学生写作，根据每年不同的主题设置课题。很受师生欢迎，效果也很明显。我们有一个专门的评审组，负责作文的评审，每年我都亲自参与。还有，在汕尾市作协的刊物《海陆丰》杂志辟出一期作为征文活动专刊，不是专栏，是专刊，重磅推出获得省市奖项的优秀作文。看到自己的文章登在杂志上，孩子们特别高兴。从一个作家的角度，三人行必有我师，常常有发现好文章的惊喜，也有后生可畏的欣慰。

遂溪县创业青年以实际行动支持广东省少年儿童践行社会主义核心价值观主题征文活动，遂溪县关工委介绍：征文活动也得到了遂溪县企业家和创业青年的大力支持，出钱出力出场地。为配合征文活动而开展的社会实践、劳动体验、表彰奖励、文学夏令营等活动，他们踊跃参与，用实际行动赞助支持。企业家、全国人大代表林水栖，企业家唐文盛，创业青年宋景标、李广如、陈振国等，都是征文活动的热心支持者。关工委的工作面向全社会，面向青少年，大关工发挥的积极作用，越来越显现出来。

企业家、全国人大代表林水栖：每一个创业成功的企业家，都是因为有党的好政策，因为赶上了一个好时代。饮水思源，回馈社会，是每个企业家都愿意做的事情。为青少年的健康成长，献一份爱心出一点力，何乐而不为！

清远农商银行基金会负责人说，这是好事，我们当然要支持。

“我们清远在省里举办的广东省少年儿童践行社会主义核心价值观主题征文活动中取得了好成绩，市关工委准备召开颁奖大会，鼓励获奖的学生、老师和优秀组织单位。”清远市关工委常务副主任蔡玲娜跟清远市农商银行基金会负责人报告这一好消息，希望争取经费支持，购买一些学习用品作为奖品。农商银行基金会的负责人回应说：“这是好事，我们当然要支持。我们跟关工委的合作也不是一天两天的事了，对你们的工作还是比较了解。你们做的事有利于青少年健康成长，其实这是全社会的事，我们也很愿意尽微薄之力。”

清远农商银行基金会对清远市关工委的工作一贯很支持。2023年，清远市关工委与清远市农商银行基金会及清远市教育局合作开展全市青少年“一十百千万”心理健康关爱工程，成立清远市青少年心理健康服务中心（阳光心灵服务中心），2023年6月举行挂牌仪式及项目启动仪式，同步发布青少年心理求助电话、新媒体求助渠道。不定期免费开展青少年心理健康讲座和亲子活动，免费提供咨询服务等，普及心理健康的基本知识，让更多的青少年及其家长能认知心理健康的重要性，树立心理健康意识，了解简单的心理调节方法、科学育儿方法等。同时，针对“亲子关系紧张，学习焦虑，抑郁情绪，师生、同学关系紧张，学校适应困难”等群体，开展团体心理辅导工作坊，引导这些中小学生走出困境。

大关工，倡导的正是大爱之心。

云浮市郁南县关工委常务副主任何炳才：县委、县政府一直很重视，这是我们做好工作的关键。这几年在省里的征文活动中也有获奖，西江中学的叶颖宜同学还获得了2022年“劳动创造幸福”的省级一等奖。郁南关工委竭尽所能，大家一起努力。

郁南县教育局党组成员覃建南：征文活动有很多，省关工委这个很有特点。每年一个主题，成为一个系列，而且有关联。虽然定了主题，但是有很大的发挥空间，不局限。还不单纯是写个作文那么简单，而是要实践，动脑动手去做，从中得出结论和感悟。很多家长也觉得这样特别好，都很乐意让孩子参加。孩子得奖了，整个家族都高兴。

郁南县西江中学副校长林豪雄：谁的少年不追梦？谁没有当过文学青年？小时候我做梦也想参加征文活动，我第一次获奖是在西江中学读初二时，作文获得学校一等奖，奖品是一本笔记本，这本笔记本陪伴了我一辈子，我至今珍藏着，我对我儿子说，这就是传家宝。所以，我在动员大会上对同学们说：“参加征文活动是很幸福的事，可能会成为你一辈子的美好回忆。”

郁南县关工委副主任梁少芝：按照关工委的分工，我负责征文工作。我们请郁南的省作协会员给学生讲课，指导写作文。主动联络学生，了解创作的前因后果，有时提出修改建议，同时也可以感知作品是否原创。有一点我们必须把关，就是核实是否原创，有没有发表过。如果是抄袭的，那就会闹大笑话。每年我都参与评审，看很多作文，这是工作，也是享受。对了，我也是文学爱好者，从年轻时就开始写，是云浮市诗歌协会会员。

叶颖宜指导老师田雪情：能一挥而就写成一篇好文章的学生毕竟是少数，绝大多数学生写作文都需要老师有效的引导。老师不仅要懂，还要有耐心和共情心。现在的学生其实成长得蛮快，他们会关注时政、国家大事、国际大事，阅读的书籍也很多。叶颖宜就是一个例子。她从小喜欢写作文，好学、有上进心，希望有突破。她的作文我一直跟进，提了几次意见，结构上、词句的应用、段落的安排之类，她都非常乐意接纳，而且修改得越来越好。其实老师也并非无所不能，我们也需要不断学习，不断成长，很多时候，我会被学生启发。这很美好！

有爱，有光，再长的路，再多的困难，终将被战胜。这一程，花香隐隐；这一程，风光旖旎。

花开见喜

2024年3月25日，一大早，《少男少女》杂志社的总编室和编辑部里的三台打印机哗啦啦地运作着。曾庆丰走进编辑部，摸了摸发烫的打印机，提醒林枫炀等待打完一份书稿，让打印机“休息”一会后再接着打下一份，以免机器过热而“罢工”。机器要休息，人却闲不下来，曾庆丰一边提醒着，一边取下已经打好的一份书稿，书稿的厚度足有一掌宽，沉甸甸的，要两只手才能拿稳。书稿第一页的书名很显眼：“大爱陪伴成长——广东省少年儿童践行社会主义核心价值观主题征文活动巡礼”（以下简称《巡礼》）。这是跟报告文学《大地花开》同时进行编辑的一本书，初稿打印好，准备后续送往省关工委审读。曾庆丰耐心细致地检查起来，打印的完整度、核改过的内容、页码对应的各个章节……

自2024年3月初《巡礼》初稿编辑工作收尾，负责这项工作的《少男少女》杂志社高度重视，曾庆丰第一时间召开了《巡礼》和《大地花开》两本书稿的工作布置会议，指派《巡礼》的初稿审校人员为黄嘉晖，《大地花开》的初稿审校人员为林枫炀，并由吕晓霞统筹。“第一，要全面梳理两本书稿，检查出有无明显的逻辑错误；第二，要认真核查时间和数字，重点核对专有名词，如人名、地名、单位名之类，特别是人物所在单位、职级以及重要数据；第三，《大地花开》初稿拿到后，要逐一梳理文字性问题，撰写一份审读报告。由于全文人物信息众多，最好梳理出一份人物信息检索表，方便人名核查和统计。”曾庆丰在会上强调，“我们这里是第一站，初稿梳理工作很重要，我们越是耐心细心，领导们审读起来就越是流畅，可以减轻后续的审校工作。”

在高小莉进行全省采访期间，曾庆丰委派林枫炀作为高小莉的助手协助采访，并叮嘱她多学多看，全力配合高小莉的工作，协助处理采访过程的琐碎事宜。曾庆丰虽然守在大本营，但一刻也没闲着。高小莉每到一个地区采访的前几天，曾庆丰的电话几乎没有停过，沟通难处、传达需求、准备资料、部署编辑协助工作，在作家与关工委之间架起桥梁，每一个环节都一丝不苟、落到实处。

2024年3月19日，高小莉把《大地花开》初稿发给《少男少女》编辑部，事不宜迟，马上各就各位。林枫炀花了十天的时间对初稿进行细细梳理，十天内，她沉浸在高小莉笔下所呈现的“花开盛景”中，书稿前期采访的三个月，林枫炀在整个采访过程中看到的人、见过的事，此时都有血有肉，在字里行间活了过来，带给她真切的感动与惊喜。敬佩之余，她还需细细筛查出书中的“杂草”和“沙砾”，将它们标注出来进行修改，交由曾庆丰和吕晓霞审核。

为了更好地推进后续的审校和出版工作，等大家都看过一遍《大地花开》书稿后，曾庆丰又召集了一次工作会议，这次会议重点解决了书稿审读报告的撰写难点以及全文人物信息检索表的制作安排。林枫炀在此之前从没写过审读报告，一开始愁得不知从何处下手，在曾庆丰和吕晓霞的指导下，审读报告搭起了基本构架，分为创作背景、作品情况和审读纪要三个部分，不仅写得理性、客观、规范，也充满了感情。来看看其中的一段文字：

《大地花开》全书以第三人称的视角，遵循报告文学“大事不虚，小事不拘”的原则，回顾、梳理、总结五年来举办广东省少年儿童践行社会主义核心价值观主题征文活动的大场景和小细节，大人物和小人物，从顶层设计到市、县、区、镇、学校层层推进，学生、家庭、社会力量齐参与，无论是社会主义核心价值观的引导，对青少年的鼓励与陪伴，对文学新苗的发现与培育，对中国特色社会主义接班人的培养与熏陶，这本书稿对参与的每一个青少年，都具有非凡的意义，对他们的成长以及今后的人生之路有着深远的影响。可以说，这部作品是当代少年生活、成长的“精神图景”，正如作家自述所言：“也是面向全省21个地级市五年征文工作的一次全方位的总结与表彰。”本书从政治性、思想性、文学性、历史价值等方面，都是一部不可多得的优秀作品，具有重要的出版价值和阅读价值。

曾庆丰和吕晓霞逐字逐句进行修改，一稿的批注密密麻麻，力求后期的审阅者看完这份报告能对书稿的初步情况一目了然。全文人物信息检索表的制作也是一项大工程，培训部的新员工姚羽菲参与了进来，检索表的人名、地名、职务等信息由林枫炀在原文里核对，姚羽菲复核，并按地区和职务整理进表格里，全省21个地级以上市，涉及地域之广，人物之多，第一稿统计得出学生107位，老师46位，“五老”123位，此外还有一些社会力量，共计300余人，文章中的每一个名字背后都有作家的汗水和足迹，蕴藏着这五年主题征文活动的力量与微光，点点滴滴，汇聚成星海。

2024年4月2日，距离高小莉完成初稿不到半个月的时间，《少男少女》杂志社完成了初审工作，附带一份3000多字的审读报告和汇总了300余人名单的全文人物信息检索表，交回高小莉进行修改，之后打印书稿送往相关单位进行下一步审核。

曾庆丰做事低调踏实，小至装订书稿，大至部署杂志社整体工作，烦琐如前期每个采访细节和作家需求的点对点沟通，细致如后期书稿每一页、修改每一处的复核，凡事亲力亲为，大事小事了然于心。他的以身作则，影响着杂志社每一个编辑，大家全力以赴，孜孜不倦，能量满满。因而，《大地花开》和《巡礼》两本书稿的编辑工作得以顺利推进。

2024年3月25日、3月29日、4月7日、4月26日、5月28日、5月29日、6月7日、6月21日、6月24日、6月28日、7月1日……这些时间节点分别对应《大地花开》和《巡礼》从初稿到定稿的修改以及复核提交的日期，尤其是《大地花开》，从初稿到第六稿，修改一次，复核一次，复核完毕打印送审，再修改……每个月，编辑部和总编室的三台打印机都会一同运作，哗啦啦的打印机运作声不绝于耳，鼓点般鼓舞着每位《少男少女》杂志社员工的心。他们带着发现与创造的喜悦，也铆足了劲等待下一轮意见反馈，继续参与完善书稿的过程，共同期盼着两本书稿的呈现越来越好。

在孩子们的眼里，《少男少女》编辑部的大哥哥大姐姐们可厉害了，他们满是崇敬之情。在曾庆丰他们的心里，学无止境，参与广东省少年儿童践行社会主义核心价值观主题征文活动工作的过程，是学习、历练、成长的过程。无论是采访，还是编辑，无论是台前，还是幕后，每个人都有磨炼，有收获，有感动。他们说，不管时间过去多久，也不管以后他们还将经历哪些人和事，参与主题征文活动工作的这些年，必将成为杂志社每一个人心中永远的记忆，而记忆中的场景、画面、旋律、节奏，点点滴滴，如此生动感人，又如此温暖美好。

花开见喜，岁月留香。

后记

有一些相遇温暖心灵

2023 年 4 月，我在井冈山那漫山遍野的映山红和不绝于耳的红歌声中，心潮澎湃，重走长征路的想法突然萌生。

1927 年 10 月，毛泽东、朱德、陈毅、彭德怀、滕代远等老一辈无产阶级革命家率领中国工农红军来到井冈山，创建了中国第一个农村革命根据地——井冈山革命根据地，点燃了中国革命的星星之火，开辟了“以农村包围城市、武装夺取政权”的具有中国特色的革命道路，成为中国革命不断走向胜利的光辉起点。2016 年 2 月，习近平总书记在江西考察调研时强调：“我们要结合新的时代条件，坚持坚定执着追理想、实事求是闯新路、艰苦奋斗攻难关、依靠群众求胜利，让井冈山精神放射出新的时代光芒。”

身处井冈山，恍若时空交错。革命历史博物馆、革命遗址、革命故事、红旗、红星、红歌，身上的热血瞬间点燃，在某一刻，已然满含热泪。

接到曾庆丰的电话，我正走在井冈山的小路上，眼前万山红遍。他说的是写报告文学的事，省关工委主办，省作协也有份，主题是写开展了 5 年的全省少年儿童践行社会主义核心价值观主题征文活动。刚刚卸下工作担子，我的心思全在行走山水间。我正计划未来几年沿着长征路走，沿着太行山脉走，沿着祁连山脉走……但我不好立马拒绝。我说考虑一下。

回家后，我用大半个月的时间看了曾庆丰发来的大量资料，左右为难。历时 5 年的征文活动，在全省全面铺开，几百万人参与。

线条长，人物多，跨度大，首先采访是个艰巨的任务，没有真实丰富的第一手素材，没有跟人物面对面的接触交流，根本不可能写好。牵涉的面非常广，从省、市、县、区到乡镇各级关工委是一条线，教育系统、学校、老师、学生是一条线，作家协会、家长、各行各业是一条线。其次是写作难度太大，十几万字的一本书，如果人物主角是一个，可以深入挖掘，写深写透写到极致，发挥的空间就很大，而这个按要求写到书里，少说也有几十上百个人，全省 21 个地级以上市，就算不是平均用力，每个人的素材故事都要了然于胸，这得多大的工作量！再者，3 个主办单位，1 个承办单位，1 个协办单位，可以想象审稿的场景。说实话，作家最怕的就是这个了。虽然是命题作文，但报告文学的体裁决定了作品在“大事不虚、小事不拘”的原则上作家的创作空间。还有一点，时间比较紧，2024 年上半年要完成，满打满算也就一年的时间，采访估计都要大半年以上，会赶得很辛苦。让我不得不深入思考的还有省作协，我在这个单位工作 32 年，对它有着深厚的感情，正是这个平台，让我的努力被看见，让我的梦想得以实现。我的心里，充满了感恩。我单位出面让我做的事，推却的话很难说出口。

主抓征文合作项目的省作协专职副主席苏毅专门给我打了个电话，聊了个把小时，让我对作协参与其中的这项活动有了全面的了解。难度是很大，但是也有做好的可能。我心里其实已经开始接受。

2023 年 5 月 31 日，省作协党组书记、专职副主席张培忠把我喊去，加上曾庆丰，专题座谈报告文学创作的相关事宜和要求。张培忠说：“省关工委特别重视这项工作，木声主任亲自抓。小莉，你是个有成就的作家，报告文学写得好，又是作协干部，我们信任你。你是我们点将的作家。要写得有高度，也要写得精彩。”信任，责任，我感受到了肩上担子的分量。

原定 6 月初召开有 3 家主办单位和承办、协办单位参加的报告文学创作座谈会，阐明要义，确定方向。我的采访计划在座谈会之后开始。后来情况发生变化，座谈会改期在 6 月 21 日。我反复看那些枯燥的资料，坐不住了，这意味着半个多月的时间没有了。突然想我先下去转转，听听基层的声音，摸一摸有没有故事，能不能写得成。

6 月 8 日出发，第一站潮州，省关工委办公室肖秀已经联络好。7 天时间，我走了潮州、汕头、梅州 3 个市。潮汕是我的故乡，历史、文化、人文特征我都比较了解。潮州市关工委主任陈耿之、汕头市关工委主任钟展南都是我相识几十年的文友，有利于工作的开展，听到真话，得到真实的第一手材料。

在潮州市实验学校，家长带着孩子，老师领着学生，争相讲述参加征文活动的过程，真情流露；在饶平县三饶镇，听说有记者来采访，专程从深圳赶回家乡的家长和捧着获奖证书的三姐弟，向我讲起全家总动员参与征文活动的故事，他们的笑声漫出了屋外；在汕头市澄海塘陇小学，师生们对征文活动的热情，对未来的期许，画面很美；在澄海区教育局，获奖学生林诗琦讲述通过写作文了解外公，感受平凡的伟大，为祖国献青春的豪情，她感动的眼泪令人动容；在梅州市蕉岭县，县关工委主任郭定国一句“无论多远的山区学校，我们都要亲自到学校去，让他们知道有这么一个机会”让人肃然起敬……

我的感动如此真实，我的热泪如此滚烫。平淡无奇的总结材料后面，有多少鲜活的有血有肉的故事！

6 月 21 日，在报告文学创作座谈会上，我说：“这书能写，有东西写。”

林木声在会上系统论述举办征文活动的思考、目的、意义，我茅塞顿开。对创作的要求，他说：“作品的章节框架安排、叙述方式和语言表达等具体问题，完全交小莉同志去考虑和处理。因为文学创作有自身的规律，每个作家都有自己的表达风格。”我听了如释重负。他还专门讲到了时间安排，原计划 8 月底完成采访，时间如果太紧，往后推也没有问题。这让我心生感动。

9月26日上午，报告文学创作大纲座谈会召开，省关工委林木声、黄小玲、吴子刚、倪木炎、张岚、肖秀，省作协张培忠、苏毅、曾庆丰、吕晓霞，《秋光》杂志社熊锦华等出席会议。会上，我递交了创作构思，并作了具体说明。每个人都提了自己的想法，有点像专家会诊。见我挺有压力的，林木声说：“也不要有太大压力，你就放手去写。”我也是这样想的，写出来再说。如果太多顾虑，缩手缩脚，别说行动了，步子都迈不开。不过，我采纳了不少好的建议，把创作提纲进行了调整。

整个过程的采访，打头阵都是省关工委。发公函，电话联络，个别沟通，资料收集，突发情况处理。还专门拉了一个微信工作群，把各市相关负责人请到群里。黄小玲专门给一些市关工委负责人打电话，说明情况，请他们支持配合我的采访；途中时不时收到张岚的问候，问有没有需要帮忙的地方；负责具体工作的肖秀细心周到，不厌其烦，工作效率很高。张培忠、苏毅时常关心，及时解决工作中碰到的具体问题。《少男少女》杂志社密切配合，曾庆丰发动全社力量，若有需要，随叫随到，还派出编辑林枫炀给我当助手，配合我采访。《秋光》杂志社的鹿麟很支持，在采访、找资料等方面提供了诸多帮助。

看上去是我一个人在路上跑，其实是整个团队在做事。除了省里的主办部门，全省 21 个地级以上市关工委都很重视支持。采访工作比想象的要难一些，因为涉及面太广了，要采访的人太多，还有一些其他因素影响，后来又补充了 2023 年征文获奖者的采访。一直到 12 月下旬，一共 5 个阶段的采访工作才基本结束。为什么说基本？因为写作的过程，有可能随时需要补充材料，再次采访。事实证明确实如此。

第一阶段，6 月 8 日至 8 月 2 日，奔赴潮州、汕头、梅州、江门、茂名、湛江、珠海、韶关、清远市采访；第二阶段，8 月 14 日至 9 月 1 日，奔赴广州、揭阳、汕尾、东莞、佛山市采访；第三阶段，9 月 4 日至 9 月 28 日，深入采访广州各区，奔赴中山、肇庆、阳江市采访；第四阶段，10 月 9 日至 11 月 11 日，奔赴深圳、河源、惠州、云浮市采访；第五阶段，11 月 15 日至 12 月 25 日，采访 2023 年征文活动获奖者，线上为主。

真正开始动笔是 2024 年 1 月 1 日。我的写作是闭关式的，与世隔绝，排除一切干扰。跟大多数作家午夜开始写作不同，我是典型的农民式日出而作，日落而息。早上 5 点半左右准时醒来，不午休，简单把自己喂饱，下午 4 点离开电脑，在阳台玩泥养花，或者做一些无用的事，同时梳理和思考。到后来冲刺阶段开足马力，晚餐后还会继续工作。除非特别重要的事，不出门。春节跟家人相聚了几天，算是放松了一下。春节后继续闭关。还好有冰柜，像仓鼠一样储存了足够的食物，土豆洋葱淮山地瓜，青菜就是大白菜和包菜之类，一大棵可以吃上半个月。某一天，看到阳台花开花落，窗外云起云飞，突然意识到很久没有出门了。还好，现在写作可以通过语音跨屏输入，不然可能一个月也不用说话。

一句承诺千斤重，说好的事情就要去做好，竭尽全力，方能不负重托，问心无愧。

我收获了很多。超过半年的采访，足迹遍布全省 21 个地级以上市，直接面对面采访的人超过 1000 人。从这 1000 多人的素材当中筛选出 500 来个，再经过进一步分类筛选、整合，最后出现在我的作品里有名有姓的人应该有 300 名左右。从采访到熟悉每个人的故事，从外在的人物形象到内在的精神世界，整个过程，这几百个鲜活的人物每天在我的脑子里晃来晃去，神仙打架般热闹。我不仅了解了历时 5 年的征文活动的整个过程、个中甘苦、参与者的心路历程，思考对他们成长之路所产生的深远影响，而且，对关工委整体的工作也有所了解，对这个以“五老”为主体的组织从陌生到走近，从懂得到心生敬意。

一个作家对自己不熟悉的领域深入其中，发现宝藏，汲取养分，这是对写作生命的滋养。一路朝前走，千山万水，风雨兼程，总有一些风景留在脑海，总有一些相遇温暖心灵；总有一些结果出其不意，总有一些承诺烈火真金。一年的时间转瞬即逝，但是回望每一个场景仍历历在目，仿若经历漫长的时光。

忘不了一个困境儿童，在众人面前颤抖着双唇，一句话也说不上来。我把她带到一旁的小房间，给她倒水、吃糖，不说采访，只拉家常。慢慢地，孩子敞开心扉，一边说，一边泪流不止。我跟她一起流泪，我说，你说不出来的可以写下来，你所有的委屈，所有的心事都可以写下来，我小时候也是如此，我就一直写，后来我成了一名作家。相信自己，你也可以的。我把自己的笔送给她，她抹了一把眼泪，默默地点点头。

忘不了一个山里娃，跟我描述作文获得县级奖之后的激动心情，他奔跑着回家，穿过田野，跨过溪流，他想把这个消息告诉每一座山，每一条河，甚至堤坝上那头老水牛。全家人都高兴，杀鸡买肉，过年一样庆贺。这个奖的意义是他的成长，通过自己的努力获得奖赏的成就感和光荣感。

忘不了一个关工委副主任，年逾八旬，陪着我两天采访，风风火火，亲力亲为。

学校5层楼，没有电梯，她跟我一起爬上去。我实在于心不安，劝她不用去了。她说习惯了，经常跑，在家闲着也是闲着，事情总要有人去做。没有豪言壮语，不提苦和累，举重若轻，却让我心头一震。

忘不了一个“五老”，多年来一直往乡镇跑，利用各种机会宣传关工委的工作，联系当地政府，发动社会各界关注留守儿童和困境儿童。有一分力就出一分力，能帮一个是一个，这些孩子真的太需要关爱了！在他的努力下，情况逐年改变，一些孩子建立了自信，参加了征文活动。老人的话发自内心，令人动容。

忘不了一个特殊学生，先天双目失明，后天又飞来横祸得了尿毒症。她读盲文，用盲文写作，在病床上手术期间也不放下。她的老师帮她把作文翻译出来参加征文活动，获得了省一等奖。突然打开的一扇窗，让她的生命照进了阳光。采访时，我握住她的手，轻轻放在了我的脸上，她高兴地笑着说：“你真是作家，我也想当作家。真好，我看见了你的模样。”我鼻子一酸，眼泪“哗”地下来了。

故事很多，我都记住了，但我未能一一呈现。精彩故事实在太多，从原来计划的十几万字，完稿时已经超过25万字，依旧觉得篇幅有限，不得不有所取舍。尽管我十分努力，然而，一支秃笔画不出江山秀丽，二两墨水写不尽万千风华，《大地花开》全景式的展开，也只能线条式描摹，采访走了21个地级以上市，但不可能每一个县区都走遍，每一个学校都访问，每一个获奖者都进行面对面交流，何况还有更广大的社会群体，没能逐一请教。从一朵花开看见春天，由一片叶落感受秋意，只能通过某个侧面，某个章节，某件事，某个人，窥一斑而见全豹吧。

我还是要说一说改稿。

2024年3月下旬，初稿完成，我走出小屋，春意扑面而来。柳绿花红，春满人间。我长舒了一口气，终于放松下来。

对于改稿，我已经做好了充分的思想准备。这一类题材的作品，后期的审读修改将是一个漫长又繁复的过程。

实际比我预测的更有难度。从3月底开始第一轮修改，到5月中旬，省关工委、省作协、《秋光》杂志社、《少男少女》杂志社分别组成审读组，从不同的层面对稿件进行审读，并给出书面审读修改意见。

5月21日，省作协召开由中国顶尖的报告文学作家、评论家组成的11人专家审读改稿会，省作协党组书记、专职副主席、中国报告文学学会副会长张培忠，省作协专职副主席陈昆、苏毅，中国报告文学学会常务副会长兼秘书长梁鸿鹰，作家出版社原总编辑、著名评论家张陵，中国作家协会创研部副主任、中国报告文学学会副会长李朝全，中国报告文学学会副会长丁晓原、杨晓升、陈启文，南京师范大学文学院博士生导师、南京师范大学中国非虚构研究院执行院长王晖，暨南大学文学院教授、暨南大学出版社总编辑张丽军，福建师范大学文学院教授、潮州市作家协会主席陈培浩等专家在对作品给予充分肯定的前提下，从不同的角度提出了修改建议。

5月28日，审读修改座谈会，黄小玲、吴子刚、倪木炎、肖秀、鹿麟、熊锦华、曾庆丰等对作品第4稿发表了修改意见。

6月21日，省作协在广东文学艺术中心召开报告文学创作出版推进会，省关工委、省作家协会、省教育系统关工委、《秋光》杂志社、《少男少女》杂志社的领导和相关工作人员齐聚一堂，还邀请了羊城晚报出版社文编部负责人参加。会上，既对作品选题确定以来的采访、创作、修改、取得的阶段性成果作了通报，也对下一步的修改和出版进行协调、布置。林木声在讲话中对作家的努力和作品的文学呈现给予充分肯定，认为作品的篇章布局、叙事方式、文字表达风格都没有问题，并提出了进一步修改完善的意见。

第五稿，第六稿，第七稿……到底改了多少遍，我都忘记了。说完全没有过忐忑焦虑也不真实，有一段时间，就连漫天乱舞的大雨，在我眼里也变成毫无头绪的文字。它们变幻组合，一会儿是奇形怪状的飞鸟，一会儿是恣意生长夏花。有一些东西隐藏其中，我扑腾着寻找，在黄昏和黎明。抬头看时，凤凰花燃烧似火，我的忐忑和焦虑随风而去。

我十分愿意听取不同的意见，并非出于谦虚。当局者迷，一个人的视野和才能绝对是有局限的，甚至有盲区和死角，尤其是我。烈火真金，大浪淘沙，优秀的作品都是经过千锤百炼的，出版前尽最大的努力修改，尽量减少错漏，少一些遗憾，这是我非常乐意并充满感激的事情。我一直觉得自己十分愚笨，有人帮我看到我未能看到的，指出我的笔力未能及的，或一针见血，或旁敲侧击，总能让我茅塞顿开。比如省作协召开的改稿会，有些老师的意见十分中肯，让我受益匪浅。还有一些意见，对我这本书可能用不上，但对我以后的创作大有裨益。

最让我感动的是省关工委的领导，A4纸打印出来的稿件，将近300页，字号又小，字数又多，密密麻麻的，他们看一遍我改一遍，再看一遍我再改一遍，一遍又一遍。耐心细致，不厌其烦。每当看到他们在稿件上做的记号，听到他们耐心地为我提出建议，看着他们花白的头发，坚定的眼神，我百感交集。我有什么理由偷懒？有什么理由不用心不认真呢？他们的精神深深打动了我，我的收获，已经不仅仅在作品之内。

“采访花了大力气、苦功夫。看得出来，创作十分用心，特别是十分用情，这很难得。框架安排、叙述方式、语言表达风格挺好，整部作品眉目清楚，读起来比较舒服。对一些人物和场景的描写细腻精致，很出彩。”林木声写下的审读意见给我很大的鼓励，不禁精神为之一振。然而，当我翻开稿件，看见他用红笔在一些地方作了密密麻麻的标注和修改，甚至连标点符号都没有忽略，而且改得到位，体现出独到的见解和水平。这使我内心在那瞬间产生了强烈的触动。我还是有些潦草了，还是不够精益求精。整个改稿的过程，从3月到6月，历经3个月，看着作品修改得越来越好，错误越来越少，这个过程能量满满，心怀喜悦。

如果说半年多的采访走过 21 个地级以上市，上千人的讲述，让我对历时 5 年的主题征文活动能够成功举办而且越办越好，在全省产生广泛、深远影响的理由有了间接的了解，那么，3 个多月的沉浸式改稿，亲历的一场场人和事，则使我对这个理由有了深切的感受。责任与担当，认真与执着，忠诚与热爱，严谨务实与精益求精，初心使命与奉献精神……我从开始的旁观者，变成一个参与者；从任务式的开始，变成自觉自发自我成长的过程。我何其有幸！

一部作品的落地，也许只是个开篇。凡是过往，皆为序章，我总是相信，一切皆有可能。

个人的力量永远都是微不足道的，只有团队的合作，集体的智慧，方能排除万难，战无不胜。征文活动是如此，我的写作也是如此。一路上关心、支持、鼓励、包容我的每一个人，请收下我的谢意！不妥不周之处，请海涵！

2023 年 10 月 19 日，雨下个不停，云浮开往广州的高铁上，我写下了一段日记：台风“三巴”影响，这两天一直下雨。结束在云浮的采访，早上乘高铁回广州。从 6 月 8 日前往潮州开始，云浮是最后一站。整整 5 个月的采访，历经多场强台风，风雨兼程，一路向前。回想半年多来的努力和所见所闻，不免感慨万千。接下来将是几个月的闭关写作，又一场战斗。来吧，我准备好了！

不知怎么就想起我的外婆，她年老之后说的话都充满哲理。走过 108 年的风雨岁月，时间这把刻刀早就把她打磨成一个智者。外婆说：“脚的用途就是走路，往前走，才会知道前头有什么。”

2024 年 3 月 19 日初稿
2024 年 3 月 29 日第二稿
2024 年 4 月 5 日第三稿
2024 年 5 月 16 日第四稿
2024 年 6 月 7 日第五稿
2024 年 6 月 25 日第六稿
2024 年 8 月 12 日第七稿